STARK

2024

Abitur

Original-Prüfungsaufgaben
mit Lösungen

Gymnasium · Gesamtschule NRW

Deutsch GK

STARK

17. neu bearbeitete und ergänzte Auflage
www.stark-verlag.de

Inhalt

Auswahl von Original-Abituraufgaben 2020–2023

Abiturprüfungsaufgaben 2023

Aufgaben 2023 .... **www.stark-verlag.de/mystark**

Sobald die Original-Prüfungsaufgaben 2023 freigegeben sind, können sie als **PDF** auf der **Plattform MyStark** heruntergeladen werden. Den Zugangscode finden Sie vorne auf der Umschlaginnenseite.

Autorinnen und Autoren:
Rainer Koch (Herausgeber, Hinweise und Tipps)

Übungsaufgaben: Dr. Hans Robert Spielmann/Redaktion (Übungsaufgabe 1), Regine Bayer/Redaktion (Übungsaufgabe 2), Christian Berg (Übungsaufgaben 6, 7), Petra Wurm (Übungsaufgabe 8), Dr. Eva-Maria Knittel (Übungsaufgabe 3), Ellen Schindler-Horst (Übungsaufgabe 4, 5)

Lösungen 2020: Ellen Schindler-Horst (Aufgabe 2)
Lösungen 2021: Rabia Schadel/Redaktion (Aufgabe 2)
Lösungen 2022: Dr. Thomas Schwerdt (Aufgabe 1), Redaktion (Aufgabe 2), Lara Pasternak (Aufgabe 3)

Vorwort

Liebe Abiturientinnen und Abiturienten,

der vorliegende Band hilft Ihnen bei der gezielten und optimalen Vorbereitung auf die **schriftliche Abiturprüfung 2024** im Fach **Deutsch**.

Das einführende Kapitel „**Hinweise und Tipps**" …

- informiert Sie über die offiziellen Vorgaben und macht Sie mit den im Deutschabitur möglichen Aufgabenarten vertraut.
- liefert praktische Tipps, wie Sie bei der Bearbeitung der Aufgaben am besten vorgehen, und enthält eine Liste mit gängigen Operatoren.

Der anschließende **Trainingsteil** …

- bietet Ihnen **Übungsaufgaben** im Stil der Prüfung – passend zu den **thematischen Vorgaben für 2024**.
- enthält **Original-Prüfungsaufgaben** aus den **Jahren 2020 bis 2022**, die Ihnen zeigen, was im Abitur auf Sie zukommt.
- gibt Ihnen konkrete **Hinweise und Tipps**, wie Sie die verschiedenen Aufgaben bewältigen können.
- führt Ihnen anhand von **ausformulierten Lösungen** unserer Autorinnen und Autoren vor Augen, wie ein mustergültiger Aufsatz geschrieben sein könnte.

Lernen Sie gerne am PC, Tablet oder Smartphone? Auf der **Plattform MyStark** haben Sie Zugriff auf:

- aktuelle **Original-Prüfungsaufgaben 2023** mit Lösungsvorschlägen
- ein **interaktives Grundlagentraining** zur Analyse von literarischen und pragmatischen Texten
- **Erklärvideos** zur Veranschaulichung der Textanalyse

Sollten nach Erscheinen dieses Bandes noch wichtige Änderungen in der Abiturprüfung 2024 vom Kultusministerium bekannt gegeben werden, finden Sie aktuelle Informationen dazu im Internet unter: *www.stark-verlag.de/mystark*.

Wir wünschen Ihnen eine effektive Abiturvorbereitung und eine erfolgreiche Prüfung!

Der Herausgeber, die Autor*innen sowie der Verlag

Hinweise zu den digitalen Zusätzen

Auf alle digitalen Zusätze können Sie online über die Plattform **MyStark** zugreifen. Ihren persönlichen Zugangscode finden Sie auf der Umschlaginnenseite.

PDF der Original-Prüfungsaufgaben 2023

Sobald die Original-Prüfungsaufgaben 2023 freigegeben sind, können Sie sie als PDF auf der Plattform MyStark herunterladen. Die entsprechende Datei finden Sie auf MyStark im Bereich „Originalprüfung 2023“.

Erklärvideos

Mehr Sicherheit im Umgang mit Texten: **Erklärvideos** veranschaulichen, auf welche Aspekte bei der Erschließung litererarischer und pragmatischer Texte zu achten ist und wie man diese herausarbeitet.

Zu folgenden Themen sind Erklärvideos enthalten:

- Epische Texte analysieren
- Lyrische Texte analysieren
- Sachtexte analysieren

Interaktives Grundlagentraining

Das Online-Training **stärkt Ihre Kompetenzen** im Umgang mit verschiedenartigen Texten. Alle Aufgaben können direkt am PC oder Tablet bearbeitet werden. Sie erhalten dann sofort eine Rückmeldung zu Ihren Antworten.

Unter anderem werden diese Fertigkeiten durch kleinschrittige und abwechslungsreiche Aufgaben trainiert:

- Inhalt und Struktur von Texten herausarbeiten (Sachtexte, literarische Texte)
- sprachlich-stilistische Gestaltungsmittel bzw. die Leserlenkung untersuchen
- Figuren charakterisieren
- Motive und Themen analysieren
- Deutungsansätze entwickeln

Hinweise und Tipps

1 Grundlagen

1.1 Allgemeines

Die Aufgaben für die schriftliche Abiturprüfung werden in Nordrhein-Westfalen zentral vom Ministerium für Schule und Weiterbildung gestellt. Wesentliche Grundlage hierbei sind der Kernlehrplan Deutsch für die Sekundarstufe II Gymnasium/Gesamtschule sowie die jährlich vom Ministerium neu festgelegten thematischen Fokussierungen. Die Aufgaben für die mündliche Abiturprüfung hingegen werden weiterhin dezentral von der jeweiligen Schule entwickelt.

Alle für Sie wichtigen Informationen zur Prüfung finden Sie in den anschließenden Hinweisen. Im Internet können Sie sich auf den Seiten des Schulministeriums Düsseldorf ergänzend informieren:

www.standardsicherung.schulministerium.nrw.de/cms/zentralabitur-gost/faecher/fach.php?fach=1

1.2 Termine

Hinweise zu den Abiturterminen finden Sie hier: *https://www.standardsicherung.schulministerium.nrw.de/cms/zentralabitur-gost/termine/termine-2024*

1.3 Zeitrahmen

Bei den zentralen Abiturprüfungen im Fach Deutsch werden Ihnen vier verschiedene Aufgaben vorgelegt, von denen Sie eine zur Bearbeitung auswählen müssen. Für die Auswahl der Aufgabe und für die Anfertigung der Arbeit stehen Ihnen im Grundkurs 255 Minuten zur Verfügung.

1.4 Ausrichtung der Abituraufgaben

Die Abituraufgaben entsprechen folgenden ministeriellen Vorgaben:

1. Die **inhaltlichen Schwerpunkte** beziehen sich auf die vier Halbjahre der Qualifikationsphase (Q 1 und Q 2) und werden ebenso wie die **Fokussierungen für das Abitur 2024** vorausgesetzt (siehe unten).

2. Die vier zur Auswahl gestellten Aufgaben greifen unterschiedliche Themen hieraus auf. Zur erfolgreichen Bearbeitung sind Kompetenzen aus unterschiedlichen Bereichen notwendig, da jede Abiturprüfungsaufgabe über einen einzelnen Schwerpunkt hinausreichende Kompetenzbezüge aufweist.
3. Die Abituraufgaben sind hinsichtlich der konkreten Aufgabenstellung so gestaltet, dass sie von Ihnen Leistungen auf drei aufeinander aufbauenden Niveaus, den sogenannten „Anforderungsbereichen“ (siehe ab S. XIX), verlangen und einer der im Kernlehrplan zugelassenen Aufgabenarten I bis IV (siehe S. IV ff.) entsprechen.

2 Unterrichtsbereiche und Aufgabenarten

2.1 „Inhaltliche Schwerpunkte“ des Kernlehrplans und „Fokussierungen“ im Fach Deutsch für die Abiturprüfung 2024 (im Grundkurs)

Fokussierungen sind nur für das Inhaltsfeld **Texte** und das Inhaltsfeld **Kommunikation** festgelegt worden. Die folgende Tabelle verzeichnet diese zusammen mit den dazugehörigen Übungsaufgaben, die Sie im vorliegenden Band finden.

Inhaltlicher Schwerpunkt	Fokussierung 2024	Übungs-aufg.
Inhaltsfeld Texte		
• strukturell unterschiedliche Dramen aus unterschiedlichen historischen Kontexten	Georg Büchner: *Woyzeck*	2, 7
• strukturell unterschiedliche Erzähltexte aus unterschiedlichen historischen Kontexten	Robert Seethaler, *Der Trafikant*	1, 5
• lyrische Texte zu einem Themenbereich aus unterschiedlichen historischen Kontexten	„unterwegs sein“ – Lyrik von der Romantik bis zur Gegenwart	3, 4
• komplexe Sachtexte		
Inhaltsfeld Kommunikation		
• sprachliches Handeln im kommunikativen Kontext		
• rhetorisch ausgestaltete Kommunikation in funktionalen Zusammenhägen	Sprache in politisch-gesellschaftlichen Verwendungszusammenhängen: • politisch-gesellschaftliche Kommunikation zwischen Verständigung und Strategie • sprachliche Merkmale politisch-gesellschaftlicher Kommunikation • schriftlicher und mündlicher Sprachgebrauch politisch-gesellschaftlicher Kommunikation in unterschiedlichen Medien	6, 8

(Quelle: Ministerium für Schule und Weiterbildung Düsseldorf 2021)

Bei den literarischen Themen ist es hilfreich, sich als Ergänzung zum Unterricht eine **Interpretationshilfe** anzuschaffen, die vertieftes Wissen zu Inhalt und Deutung vermittelt. Im Programm des Stark Verlags finden sich folgende Interpretationen:

- Georg Büchner: **Woyzeck** (Titelnr.: 24042; ISBN: 978-3-8490-5665-0)
- Robert Seethaler: **Der Trafikant** (Titelnr.: 24941D; ISBN: 978-3-8490-4352-0)

Für die Abiturprüfung sind darüber hinaus die folgenden Inhaltsfelder mit ihren Schwerpunkten verbindlich, für die allerdings keine Fokussierungen vorgegeben sind:

Inhaltsfeld Sprache

- Spracherwerbsmodelle
- Sprachgeschichtlicher Wandel
- Sprachvarietäten und ihre gesellschaftliche Bedeutung

Inhaltsfeld Medien

- Information und Informationsdarbietung in verschiedenen Medien
- filmische Umsetzung einer Textvorlage (in Ausschnitten)
- Bühneninszenierung eines dramatischen Textes

(Quelle: Ministerium für Schule und Weiterbildung Düsseldorf 2021; vgl. auch Kernlehrplan Deutsch für die Sek. II – Gymnasium/Gesamtschule in NRW)

Grundlage einer Prüfungsaufgabe des schriftlichen Abiturs können alle verbindlichen inhaltlichen Schwerpunkte dieser vier Inhaltsfelder und die Fokussierungen sein.

Eine Abiturprüfungsaufgabe zur Lyrik wird von Ihnen in der Regel nicht nur eine Interpretation eines romantischen Gedichts verlangen, sondern Sie z. B. auffordern, dieses aspektbezogen mit einem thematisch entsprechenden Gedicht einer anderen Epoche zu vergleichen.
Sie werden Aufgaben bekommen, die auf Kompetenzen basieren, die Sie im Unterricht im Zusammenhang mit diesen Texten erworben haben.

Vorstellbar sind daher z. B.:

- eine Aufgabe mit einem Analyseauftrag zu einem dramentheoretischen Text und einem weiterführenden Schreibauftrag, der sich auf Büchners *Woyzeck* bezieht;
- die Aufgabe, zwei Rezensionen zu einem der Werke vergleichend zu analysieren;
- eine Aufgabe mit einem Analyseauftrag zu einem Text, in dem sich Georg Büchner zu seinem Werk oder zu seinem Verständnis als Schriftsteller äußert, verbunden mit einem weiterführenden Schreibauftrag, der umfassende Kenntnisse zum Werk, zum Autor oder zur jeweiligen Epoche voraussetzt;
- eine Aufgabe mit einem Interpretationsauftrag zu einem Auszug aus einem im Unterricht nicht behandelten Drama oder Roman mit anschließendem weiterführenden Schreibauftrag, der sich auf ein im Unterricht behandeltes Werk, z. B. R. Seethalers *Der Trafikant*, bezieht (Voraussetzung: Beherrschen der Methode der Dramen- und Erzähltext-Interpretation, umfassende Kenntnisse der behandelten Werke sowie der jeweiligen Autoren und Epochen).

2.2 Aufgabenarten und Bearbeitungshinweise

In der Abiturprüfung 2024 werden Ihnen Aufgaben gestellt, die zu den folgenden vier Aufgabenarten gehören:

- **Analyse von literarischen Texten** (siehe unten auf dieser Seite)
- **Analyse von Sachtexten** (siehe ab S. IX)
- **Erörterung von Sachtexten** (siehe ab S. XIII)
- **Materialgestütztes Verfassen eines Textes mit fachspezifischem Bezug** (siehe ab S. XVII).

Die folgende Tabelle gibt Ihnen einen kurzen Überblick über die möglichen Varianten der **Aufgabenarten:**

I a	Analyse eines literarischen Textes (ggf. mit weiterführendem Schreibauftrag)
I b	Vergleichende Analyse literarischer Texte
II a	Analyse eines Sachtextes (ggf. mit weiterführendem Schreibauftrag)
II b	Vergleichende Analyse von Sachtexten
III a	Erörterung von Sachtexten
III b	Erörterung von Sachtexten mit Bezug auf einen literarischen Text
IV	Materialgestütztes Verfassen eines Textes mit fachspezifischem Bezug

2.2.1 Aufgabenart I: Analyse von literarischen Texten

Aufgabenart I bezieht sich auf die Analyse von literarischen Texten. Diese setzt fundierte Kenntnisse der im Unterricht behandelten Themen und der jeweiligen Epochen- und Textsortenmerkmale voraus.

Denkbar ist u. a. die Analyse folgender Texte:

- Auszüge aus einem Drama
- Auszüge aus einem Roman oder einem anderen epischen Text, der vor dem Hintergrund Ihrer Beschäftigung mit Geigers Roman von Ihnen analysiert werden soll,
- kurze literarische Texte,
- Gedichte, die Sie im Hinblick auf Ihre im Unterricht erworbenen Kenntnisse (z. B. zur Reiselyrik in der Romantik) analysieren können.

Hilfreiche Fragen für die Erschließung literarischer Texte

1. Aus welcher Epoche stammt der Text? Um welche Textsorte handelt es sich?
2. Wer ist der Autor? Um welches Thema handelt es sich?
3. Inhaltliche Aspekte

Epische Texte	Dramatische Texte	Lyrische Texte
Um welche handelnde(n) Figur(en) geht es? Wie werden sie charakterisiert? Wie stehen sie zueinander?	Um welche handelnde(n) Figur(en) geht es? Wie werden sie charakterisiert? Wie stehen sie zueinander?	Kommen im Gedicht Menschen vor? Tritt ein lyrisches Ich in Erscheinung? Wird jemand angesprochen?

Epische Texte	**Dramatische Texte**	**Lyrische Texte**
Wie setzt der Text/Auszug ein? Gibt es eine Einleitung oder beginnt er unvermittelt?	Wie lässt sich die Kommunikationssituation beschreiben?	Gibt es ein bestimmendes Motiv im Gedicht? Welche Stimmung wird vermittelt?
Was wird erzählt – ein Geschehen, ein innerer Vorgang, ein Gespräch etc.?	Wie lässt sich der Gesprächsverlauf genauer bestimmen? Welche Intentionen der Figuren liegen dem Gespräch zugrunde?	Was ist das Thema des Gedichts – handelt es sich beispielsweise um ein Naturgedicht oder ein Stadtgedicht, um Erlebnislyrik oder Reflexionslyrik?
In welche Sinnabschnitte lässt sich der Text untergliedern? Gibt es beispielsweise einen Spannungsbogen?	In welche Sinnabschnitte lässt sich der Text untergliedern? Gibt es beispielsweise einen Spannungsbogen?	In welche Sinnabschnitte lässt sich das Gedicht untergliedern? Wie ist seine „Architektur“ (z. B. Rahmung durch Wiederholungen in erster und letzter Strophe)?
Was vermittelt der Erzähler über innere Vorgänge in den Figuren?	Wie sind die Redeanteile? Was sagen die Requisiten, die Körperhaltung und die Gestik über die Figuren bzw. die Situation aus?	Welchen Zusammenhang gibt es zwischen Gedichttitel und -text?
In welchen größeren inhaltlichen Kontext kann der Text gestellt werden (sofern es sich um einen Textauszug handelt)?	In welchen größeren inhaltlichen Kontext kann der Text gestellt werden (sofern es sich um einen Textauszug handelt)?	In welchen Publikations- bzw. Entstehungskontext kann das Gedicht gestellt werden? Ist es beispielsweise Teil eines Zyklus oder handelt es sich um ein Widmungsgedicht?

4. Gestalterische Aspekte

Epische Texte	**Dramatische Texte**	**Lyrische Texte**
Um was für einen Erzähler handelt es sich (Ich-Erzähler, personaler Erzähler, auktorialer Erzähler)?	Auf welcher Sprachebene bewegen sich die einzelnen Figuren (Umgangssprache, Fachsprache, Jargon, Vulgärsprache o. Ä.)?	Wie ist das Gedicht formal gestaltet (Strophen, Reimschema, Kadenzen, Metrum etc.)?
Weist der Text besondere erzählerische Mittel wie Perspektivenwechsel, innere Monologe, erlebte Rede oder szenisches Erzählen auf?	Weist der Text besondere dramatische Mittel wie Beiseitesprechen, Mauerschau oder Botenbericht auf?	Weist der Text besondere lyrische Mittel wie Refrains oder Verswiederholungen auf?

Epische Texte	Dramatische Texte	Lyrische Texte
Ist das Dargestellte chronologisch gereiht oder folgt es anderen Prinzipien (Rückblenden, Vorausdeutungen)? Wird zeitdehnend, -raffend oder -deckend erzählt?	Ist der Dramentext in Prosa oder in Versen verfasst? Ist er gereimt?	Welche Konnotationen haben die verwendeten Worte? Welche Assoziationen werden durch die Wortwahl geweckt?
Welche syntaktischen Kennzeichen hat der Text (z. B. hypotaktischer vs. parataktischer Stil)?	Welche syntaktischen Kennzeichen haben jeweils die Redebeiträge der Figuren (z. B. hypotaktischer vs. parataktischer Stil)?	Welche syntaktischen Kennzeichen hat das Gedicht? In welchem Verhältnis stehen Syntax und Versgestaltung (Zeilenstil vs. Enjambements)?
Welche Stilmittel verwendet der Verfasser (z. B. Bilder, Vergleiche, Metaphern, Antithesen, Klimax, Negationen, rhetorische Fragen)? Welche davon dominieren?	Welche Stilmittel verwendet der Verfasser (z. B. Bilder, Vergleiche, Metaphern, Antithesen, Klimax, Negationen, rhetorische Fragen)? Welche davon dominieren?	Welche Stilmittel verwendet der Verfasser (z. B. Bilder, Vergleiche, Metaphern, Antithesen, Klimax, Negationen, rhetorische Fragen)? Welche davon dominieren?
Welche Wirkung erzielt die erzählerische und sprachlich-rhetorische Gestaltung?	Welche Wirkung erzielt die sprachlich-rhetorische Gestaltung?	Welche Wirkung erzielt die formale und sprachlich-rhetorische Gestaltung?

5. Rezeption des Textes
   - Gibt es, z. B. in den Anmerkungen, Aussagen zur Textrezeption durch Dritte?
   - Wie reagieren Sie selbst auf den Text?

Hinweise zur Gliederung der Analyse

In Ihrer **Einleitung** zur Analyse sollten Sie kurz auf Titel, Autor, Entstehungszeit und Textsorte eingehen. Geben Sie am besten auch Ihr Text-/Themenverständnis wieder, indem Sie z. B. das Thema des zu analysierenden Gedichtes benennen. So haben Sie für die Analyse eine Arbeitshypothese.

Greifen Sie im Verlauf des **Hauptteils** wiederholt auf Ihre Arbeitshypothese zurück; Sie gelangen so im Fortgang Ihrer Ausführung zu einem zunehmend vollständigen Ergebnis. Achten Sie im Hauptteil darauf,

- dass Sie dem Text **kein starres Analyseschema** überstülpen, sondern von einer Arbeitshypothese oder von besonderen Textmerkmalen ausgehen und davon Ihre weiteren Analyseschritte ableiten;
- dass Sie die **Untersuchungsgesichtspunkte miteinander in Verbindung bringen**. So sollten Sie z. B. klären, welche rhetorischen Mittel der Autor einsetzt, um die Eigenschaften des Protagonisten besonders zu betonen;
- dass Sie den jeweiligen Aufgabenteil mit einer reflektierten Schlussfolgerung im Sinne einer vernetzten Zusammenschau der von Ihnen angeführten relevanten Aspekte abschließen.

Hinweise zur Bearbeitung

Im Verlauf Ihrer Textanalyse ist entscheidend, dass Sie keine bloße Auflistung von Textmerkmalen erstellen, sondern dass Sie die einzelnen Elemente stets hinsichtlich Ihrer **Funktion und Wirkung** hinterfragen und entsprechend erläutern.

> **Beispiel:**
> Das achtfache Vorliegen von Negationen im zweiten Abschnitt verdeutlicht im besonderen Maße die Ablehnung des Schriftstellers; die in diesem Abschnitt ebenfalls vorkommenden drei Antithesen verstärken das gemeinte positive Gegenbild, worin X die Lösung sieht.

Aufgabenart I a: Analyse eines literarischen Textes (ggf. mit weiterführendem Schreibauftrag)

Die Aufgabenarten I a und II a (siehe ab S. XI) sehen mehrheitlich einen weiterführenden Schreibauftrag vor, durch den die notwendige breite inhaltliche Anforderung auf allen drei Anforderungsebenen gegeben ist. Bei solchen Aufgaben wird in der Regel die Textanalyse einen etwas höheren Punktwert aufweisen als der weiterführende Schreibauftrag. Für die ab und zu geforderte bloße Analyse einer Textgrundlage gilt das im Folgenden zur Textinterpretation Gesagte entsprechend.

Hinweise zur Aufgabenstellung

Die Aufgabenstellung fordert die **Interpretation eines literarischen Textes**. Sie kann als allgemeiner Interpretationsauftrag an Sie gerichtet sein *(„Interpretieren Sie den vorliegenden Text.“)*, sie kann jedoch auch einen zusätzlichen Aspekt umfassen *(„Interpretieren Sie den vorliegenden Text unter besonderer Berücksichtigung der Metaphorik.“)*. In diesem Fall müssen Sie im Rahmen Ihrer Interpretation in besonderem Maße auf den genannten Untersuchungsaspekt eingehen.

Der **weiterführende Schreibauftrag** erfordert in der Regel, dass Sie sich erörternd, darlegend, erklärend und/oder deutend äußern, z. B. durch

- einen Vergleich von Rolle oder/und Verhalten einer Figur des vorgelegten Textes mit einer anderen aus dem Unterricht bekannten Figur,
- eine Verbindung zu einer im Unterricht behandelten Epoche oder zu einem im Unterricht behandelten Werk,
- eine ausführliche Stellungnahme.

> **Beispiele:**
> Erläutern Sie, welche Kritik ein Vertreter der Romantik an vorliegendem Text geübt haben könnte.
>
> Vergleichen Sie das im vorliegenden Text zum Ausdruck gebrachte Frauenbild mit dem Bild, das in dem Ihnen bekannten Roman X von Figur Y entworfen wird.

Hinweise zur Gliederung des weiterführenden Schreibauftrages

Welche Gliederung sich beim **weiterführenden Schreibauftrag** anbietet, ist sehr aufgabenabhängig. Es sollte aber auf jeden Fall eine **aufgabenbezogene Überlei-**

tung formuliert werden. In einer reflektierten Schlussfolgerung am Ende Ihres Aufsatzes können Sie Ihre Ergebnisse bündeln.

Aufgabenart I b: Vergleichende Analyse literarischer Texte

Die vergleichende Analyse unterscheidet sich von der Analyse eines einzelnen literarischen Textes darin, dass Sie zwei Texte aspektbezogen hinsichtlich Ihrer Analyseergebnisse miteinander in Beziehung setzen und vergleichen sollen.

Hinweise zur Aufgabenstellung

Bei der vergleichenden Analyse literarischer Texte werden Ihnen zwei Texte (meistens Gedichte) vorgelegt. In der ersten Teilaufgabe interpretieren Sie den ersten Text und in der zweiten Teilaufgabe vergleichen Sie ihn mit dem zweiten Text. In der Regel werden die zu vergleichenden Aspekte vorgegeben.

Beispiel:

1. Interpretieren Sie das erste der beiden vorliegenden Gedichte. Beachten Sie dabei besonders die Metaphorik.
2. Vergleichen Sie die Konzepte menschlicher Lebensführung, die in beiden Gedichten zur Sprache kommen. Berücksichtigen Sie hierbei die unterschiedlichen Entstehungszeiten.

Bei dieser Aufgabenart wird nicht verlangt, dass Sie eine Interpretation des zweiten Textes verfassen. Um den Vergleich auf feste Füße zu stellen, bedarf es gleichwohl einer vorbereitenden Erarbeitung dieses Textes, bei der Sie ein vertieftes Gesamtverständnis entwickeln. Beim zu verfassenden Vergleich kann es dann nötig sein, an der einen oder anderen Stelle Ihre Überlegungen zum zweiten Text auf dieser Grundlage textanalytisch zu untermauern, u. a. indem Sie diese mit Zitaten oder Verweisen belegen.

In den offiziellen Abituraufgaben bis zum Jahr 2022 wurde noch verlangt, dass Sie auch eine schriftliche Analyse des zweiten Gedichts verfassen. Beachten Sie beim Üben mit diesen Aufgaben, dass das nun nicht mehr der Fall ist.

Hinweise zur Bearbeitung

Einige Formulierungshilfen für die Vergleiche:

- „Während im Gedicht aus der Gegenwart …, betont das lyrische Ich im Gedicht der Romantik …“
- „Anders als bei Hölderlin …“ / „Im Gegensatz zu Eichendorff …“ / „Bachmann hingegen …“
- „Beide Hauptfiguren weisen einerseits eine Reihe ähnlicher Charaktermerkmale auf wie z. B. …; andererseits …“
- „Der Anfang der beiden Gedichte unterscheidet sich: Während beim ersten …, fängt das zweite unvermittelt an, indem …“
- „Anders als die Nachkriegsprosa, die durch … gekennzeichnet ist, weist die Erzählung des Expressionismus …“

Hinweise zur Gliederung

Folgende Gliederung empfiehlt sich bei dieser Aufgabenart:

1 Einleitung
2 Hauptteil
 2.1 Interpretation von Text 1
 2.2 Reflektierte Schlussfolgerung im Sinne einer vernetzten Zusammenschau
 2.3 Aufgabenbezogene Überleitung
 2.4 Aspektbezogener Vergleich von Text 2 mit Text 1
3 Schluss: Reflektierte Schlussfolgerungen im Sinne einer vernetzten Zusammenschau

2.2.2 Aufgabenart II: Analyse von Sachtexten

Aufgabenart II fordert die Analyse von Sachtexten mit überwiegend informierender, argumentierender oder appellativer Funktion. Sie lassen in der Regel weniger Deutungsspielräume zu, müssen jedoch trotzdem hinsichtlich ihrer Intention, der enthaltenen Argumentationsstruktur und des situativen Kontextbezuges interpretiert werden. Es werden Ihnen z. B. Texte vorgelegt, die sich mit Fragen der Literatur, der Sprache, der Medien oder der Kommunikation beschäftigen. Vorwiegend handelt es sich hierbei um Briefe, Rezensionen, (politische) Reden, um Zeitungsartikel oder auch um literaturwissenschaftliche Texte.

Denkbar sind z. B.:

- Rezensionen zu einer Inszenierung von G. Büchners *Woyzeck,*
- literaturwissenschaftliche Texte zu R. Seethalers *Der Trafikant,*
- Zeitungsartikel zum Thema *Politisch-gesellschaftliche Kommunikation*,
- dramentheoretische Texte, z. B. ein Brief, in dem sich ein Autor mit seiner Aufgabe als Dramatiker auseinandersetzt.

Hilfreiche Fragen für die Erschließung von Sachtexten

1. Welches sind Anlass, Thema, Inhalt und Intention des Textes?
2. Wer ist der Verfasser? Wer sind die Adressaten?
   Hinweise darauf sind z. B. den Anreden innerhalb des Textes und – im Falle einer Rede – den ausgewiesenen Reaktionen des Publikums zu entnehmen.
3. Inhalt und Argumentation des Textes
   - Wie geht der Verfasser vor, um wirksam zu sein?
     Besonders zu beachten sind die folgenden Elemente in ihrer Funktion/Wirkung:
     - Wovon handelt der Text? In welche Sinnabschnitte lässt sich der Inhalt untergliedern?
     - Wie ist der Text aufgebaut? Welche Argumentationsstruktur stellen Sie fest (Thesen, Argumente, Belege)?
     - Was ist die vorherrschende Funktion des Textes: Darstellung, Selbstoffenbarung/Ausdruck, Appell?

- Welche These(n) vertritt der Verfasser? Spricht er Vermutungen, Annahmen oder Überzeugungen aus?
- Enthalten die Thesen Forderungen? Falls ja: Welche Forderungen werden gestellt?
- Mit welchen Argumenten werden Thesen gestützt (z. B. Tatsachen, Gesetzmäßigkeiten, Forschungsergebnisse, Meinungen von Autoritäten oder Experten, allgemeine/persönliche Erfahrungen)?
- Mit welchen Belegen bzw. Beispielen verdeutlicht der Verfasser seine Argumente?
- Zieht der Verfasser Schlussfolgerungen?
- Wie setzt sich der Verfasser mit möglichen Einwänden auseinander?

4. Sprachlich-rhetorische Gestaltung
   - Auf welcher Sprachebene bewegt sich der Verfasser? Benutzt er Fachsprache(n), Umgangssprache, Vulgärsprache?
   - Wie lässt sich die verwendete Sprache charakterisieren? Handelt es sich um einen sachlichen Sprachstil oder ist die benutzte Sprache emotional geprägt?
   - Welche Stilmittel verwendet der Verfasser (z. B. Bilder, Vergleiche, Metaphern, Antithesen, Klimaxe, Negationen, rhetorische Fragen)?
   - Welche Wirkung soll durch die Verwendung dieser Stilmittel erzielt werden?
   - Wie lässt sich der Satzbau charakterisieren (hypotaktisch vs. parataktisch)?
   - Besitzt der Text einen appellativen Charakter?
   - Soll der Leser gegebenenfalls manipuliert werden?
5. Rezeption des Textes
   - Wie wurde der Text aufgenommen?
   - Welche Reaktionen sind zu erwarten?

Hinweise zur Gliederung der Analyse
Die oben zu 1 genannten Aspekte (Anlass, Thema und Intention des Textes) sowie zu 2 (Verfasser, Adressaten) sollten in Kurzform auch Bestandteil der **Einleitung** sein, sie werden ausführlich im Hauptteil bearbeitet.

> **Beispiel für eine Einleitung:**
> Zu seinem Brief vom … wurde der Dramatiker … durch die Vorwürfe seiner Familie veranlasst. Er will sich vor seinen Eltern rechtfertigen, wendet sich an seine Familie und erklärt, worin er seine Aufgabe als Dichter sieht. Besonderen Wert legt er darauf, sich von anerkannten Dichtern wie … abzugrenzen. Sein Brief lässt die Annahme zu, dass er an das Verständnis seiner Familie appelliert.

Bei der **Analyse** (siehe die oben genannten Aspekte 3 und 4) müssen Sie darauf achten, dass Sie die Untersuchungsgesichtspunkte miteinander in Verbindung setzen und nicht nur additiv aneinanderreihen. Das bloße Aufzählen verdeutlicht z. B. nicht, aus welcher Wirkungsabsicht heraus die eine oder andere Textentscheidung vom Autor getroffen wurde.

Am **Schluss** des Analyseteils sollten Sie ein bündelndes Zwischenresümee in Form einer reflektierten Schlussfolgerung formulieren.

Hinweise zur Bearbeitung
Wichtig ist vor allem, dass Sie darauf achten, Merkmale des Textes nicht einfach nur aufzulisten. Sie müssen vielmehr stets die **Funktion bzw. Wirkung der verwendeten Elemente** hinterfragen – z. B.:

- Woran wird deutlich, dass der Verfasser weniger argumentiert als manipuliert?
- Welche Wirkung soll durch den Einsatz der rhetorischen Fragen an Stelle X des Textes hervorgerufen werden?

Da der Text in einem bestimmten **Kommunikationszusammenhang** steht, ist es erforderlich, auch diesen angemessen darzustellen. Nur auf diese Weise lassen sich Aussagen zur Funktion von Besonderheiten des Textes treffen. So ist es z. B. bei **Reden** wichtig, sowohl den zeitlichen Bezug herzustellen als auch den Zuhörerkreis zu betrachten, vor dem die Rede gehalten wurde. Machen Sie sich bewusst, dass jeder Text andere Eigenarten hat. So kann es bezogen auf den einen Text besonders wichtig sein, auf Anlass und Adressaten einzugehen. Bezogen auf einen anderen Text, z. B. den Werkstattbericht eines Autors, kann dies eher unbedeutend sein.

Aufgabenart II a: Analyse eines Sachtextes (ggf. mit weiterführendem Schreibauftrag)

Wie Aufgabenart I a (vgl. ab S. VII) sieht auch Aufgabenart II a die Möglichkeit eines **weiterführenden Schreibauftrages** vor. Bei solchen Aufgaben wird in der Regel die Textanalyse etwas höher bepunktet sein als der weiterführende Schreibauftrag: Sollte ausnahmsweise eine bloße Analyse einer Textgrundlage gefordert sein, gilt das im Folgenden zur Textuntersuchung Gesagte entsprechend.

Hinweise zur Aufgabenstellung
Die Aufgabenstellung fordert die **Analyse des Sachtextes**. Der Arbeitsauftrag beschränkt sich selten nur auf die Aufforderung *„Analysieren Sie den vorliegenden Text"*, er weist vielmehr überwiegend eine Schwerpunktsetzung auf, z. B. *„Analysieren Sie den vorliegenden Text unter besonderer Berücksichtigung der Frage, welcher Mittel der Leserlenkung sich der Verfasser bedient"*. In diesem Fall müssen Sie im Rahmen Ihrer Analyse besonders ausführlich auf diesen zusätzlichen Aspekt eingehen. Das kann z. B. dadurch geschehen, dass Sie rhetorische Mittel hinsichtlich der Wirkung, die durch sie erzielt werden soll, untersuchen und zudem erläutern, wie dadurch die Intention des Verfassers deutlich wird.

Beim **weiterführenden Schreibauftrag** sollen Sie mit Bezug zu dem in Teilaufgabe 1 analysierten Text(auszug) im Unterricht erworbene Kenntnisse einbringen und anwenden. Der weiterführende Schreibauftrag verlangt z. B.:

- ein In-Bezug-Setzen zu einem im Unterricht behandelten Werk, z. B. wenn ein literaturtheoretischer Text zur Analyse vorliegt;

  Beispiel:
  Verdeutlichen Sie, inwiefern sich die hier vertretene Position in literarischen Werken des 19. Jahrhunderts nachweisen lässt. Beziehen Sie sich dabei vor allem auf Robert Seethalers „Der Trafikant".

- eine Prüfung der Aussagen des in Teilaufgabe 1 analysierten Textes auf der Grundlage der Kenntnisse zu einem im Unterricht behandelten Sachthema (z. B. „sprachliche Besonderheiten politischer Reden“);
- bei einem produktionsorientierten Auftrag: eine eigene kurze Rede zu einem bestimmten Anlass, z. B. der geplanten Namensgebung Ihres Gymnasiums im Anschluss an einen Zeitungsartikel, der sich mit der für die Neubenennung infrage kommenden Person kritisch auseinandersetzt.

Hinweise zur Bearbeitung
Die Untersuchung der Argumentation steht in der Regel im Vordergrund der Analyse. Eine Berücksichtigung der sprachlich-rhetorischen Mittel wird ebenfalls oft gefordert. Es gilt vor allem, Inhalt, Gestaltungsweise und Wirkung des Textes herauszuarbeiten und dabei alle relevanten textimmanenten Aspekte zu berücksichtigen.

Hinweise zur Gliederung des weiterführenden Schreibauftrages
Welche Gliederung sich beim **weiterführenden Schreibauftrag** anbietet, ist sehr aufgabenabhängig. Es sollte aber auf jeden Fall eine **aufgabenbezogene Überleitung** formuliert werden. In einer reflektierten Schlussfolgerung am Ende Ihres Aufsatzes können Sie Ihre Ergebnisse bündeln.

Aufgabenart II b: Vergleichende Analyse von Sachtexten

Die vergleichende Analyse unterscheidet sich von der Analyse eines einzelnen Sachtextes nur darin, dass Sie zwei Texte hinsichtlich Ihrer Analyseergebnisse miteinander in Beziehung setzen und vergleichen sollen.

Hinweise zur Aufgabenstellung
Sie haben zwei Sachtexte zu bearbeiten, die Sie zunächst analysieren und anschließend miteinander vergleichen sollen.

> **Beispiel:**
> 1. Untersuchen Sie den vorliegenden Textauszug 1 im Hinblick auf die Position des Verfassers und stellen Sie die Kerngedanken dar, mit denen er seine Position vertritt.
> 2. Stellen Sie dar, wie in Text 2 das Verhältnis von Welterfahrung und gegenseitigem Verstehen bestimmt wird. Vergleichen Sie die beiden Texte dahingehend, in welchen Punkten Autor A und B übereinstimmen und in welchen sie sich unterscheiden. Nehmen Sie abschließend begründet Stellung, indem Sie für eine der beiden Positionen Partei ergreifen.

Hinweise zur Bearbeitung
Einige Formulierungshilfen für den Vergleich:

- „Während Text 1 auf … abzielt, verfolgt Text 2 die Intention …“;
- „Anders als in Text 1 …“ / „Im Gegensatz zu Text 1 …“;
- „Dieser Aspekt wird im Vergleich dazu in Text 1 … thematisiert“;

- „Während in Text 1 davon ausgegangen wird, dass …, wird in Text 2 die Behauptung aufgestellt, … sei …“;
- „Anders als in Text 1 wird in Text 2 … positiv bewertet“.

Hinweise zur Gliederung
Folgende Gliederung empfiehlt sich bei dieser Aufgabenart:

1 Einleitung
2 Hauptteil
 2.1 Analyse von Text 1
 2.2 Reflektierte Schlussfolgerung im Sinne einer vernetzten Zusammenschau
 2.3 Aufgabenbezogene Überleitung
 2.4 Analyse von Text 2
 2.5 Aspektbezogener Vergleich der beiden Texte
3 Schluss: Reflektierte Schlussfolgerungen im Sinne einer vernetzten Zusammenschau

Sie sollten in der **Einleitung** den ersten Sachtext kurz im Hinblick auf Anlass, Thema, Verfasser, Intention und Adressaten vorstellen sowie das Thema benennen.

Sie müssen im **Hauptteil**

- zunächst den ersten Text im Hinblick auf die vorgegebenen Aspekte (im obigen Beispiel: *„Position des Verfassers“* und *„Kerngedanken“*) analysieren,
- danach in einer geeigneten Überleitung den zweiten Text kurz vorstellen und dann ebenfalls unter Berücksichtigung des vorgegebenen Aspektes/der vorgegebenen Aspekte analysieren (im obigen Beispiel: *„Verhältnis von Welterfahrung und gegenseitigem Verstehen“*),
- anschließend die Übereinstimmungen bzw. Unterschiede herausstellen.

Beenden Sie Ihre Ausführungen mit einem geeigneten **Schluss**.

2.2.3 Aufgabenart III: Erörterung von Sachtexten mit und ohne Bezug auf einen literarischen Text

Zentraler Bezugspunkt der Erörterung ist die differenzierte Erfassung der inhaltlichen Teilaussagen und der Argumentationsstruktur eines Sachtextes, gegebenenfalls verschiedener kurzer Sachtexte (Verstehensleistung). Daran anschließend soll die Erörterung der gestellten Problemfrage im Rahmen einer eigenständigen Argumentation erfolgen (Argumentationsleistung). Für die Erörterung gibt es meist mehr Punkte als für die Textuntersuchung. Daher sollten Sie sich bei der eingeschränkten Analyse auf das Wesentliche konzentrieren.

Hinweise zur Aufgabenstellung
Diese Aufgabenart fordert von Ihnen in der ersten Teilaufgabe meist eine **eingeschränkte Analyse** des Sachtextes. Dies bedeutet, dass sich die Textuntersuchung vor allem auf die Argumentationsstruktur sowie den Argumentationsansatz des jeweiligen Textes konzentriert.

> **Beispiel:**
> Erschließen Sie die Hauptaussagen des Textes und analysieren Sie ihn im Hinblick auf den Argumentationsansatz und die Argumentationsstruktur.

Die geforderte **Erörterung** in der zweiten Teilaufgabe wird sich in der Regel beziehen auf

- die im vorgelegten Sachtext vertretene Position oder
- eine im Text ausführlich entfaltete These sowie entsprechende Argumente.

Als Grundlage für die eigentliche Erörterung wird manchmal zunächst eine **Darstellung** von Zusammenhängen oder Sachverhalten gefordert, die von Ihnen aufgrund Ihres im Unterricht erworbenen (Text-)Wissens geleistet werden kann.

Hilfreiche Fragen für die Erschließung von Sachtexten bei der Aufgabenart III
Je nach Aufgabenstellung gelten die allgemeinen Hinweise zur Sachtextanalyse ab S. IX. Da in der Regel die Argumentationsstruktur des Textes im Mittelpunkt steht, sind die folgenden Fragen besonders wichtig:

- Welche These(n) vertritt der Verfasser?
- Spricht er Vermutungen, Annahmen oder Überzeugungen aus?
- Enthalten die Thesen Forderungen? Falls ja: Welche Forderungen werden gestellt?
- Mit welchen Argumenten werden Thesen gestützt (z. B. Tatsachen, Gesetzmäßigkeiten, Forschungsergebnisse, Meinungen von Autoritäten bzw. Experten, allgemeine/persönliche Erfahrungen)?
- Mit welchen Belegen bzw. Beispielen verdeutlicht der Verfasser seine Argumente?
- Zieht der Verfasser Schlussfolgerungen?
- Wie setzt sich der Verfasser mit möglichen Einwänden auseinander?

Hinweise zur Bearbeitung
Beachten Sie hierzu die „Hinweise zur Bearbeitung“ eines Sachtextes auf S. XI. Um die Aussagen eines Sachtextes in einen größeren Kontext einordnen zu können, bedarf es des Hinzuziehens von Unterrichtswissen.

Im Rahmen Ihrer **Erörterung** ist vor allem wichtig, dass Sie die Hauptthesen der Textvorlage und die vorgebrachten Argumente kritisch hinterfragen:

- Was spricht für die Stimmigkeit der Thesen?
- Welche Gegenargumente lassen sich anführen?
- Bietet sich gegebenenfalls ein Kompromiss an?

Hinweise zur Gliederung

Folgende Gliederung empfiehlt sich bei dieser Aufgabenstellung:

1 Einleitung
2 Hauptteil
  2.1 Sachtextanalyse
  2.2 Reflektierte Schlussfolgerung im Sinne einer vernetzten Zusammenschau
  2.3 Aufgabenbezogene Überleitung
  2.4 Erörterung
3 Schluss: Reflektierte Schlussfolgerung/begründete Stellungnahme

In der **Einleitung** sollten Sie kurz auf Titel, Textsorte, Autor und Entstehungszeit Bezug nehmen und das Thema benennen.
Im **Hauptteil** gehen Sie auf die in der Aufgabenstellung genannten Analyseaspekte ein. In der Regel wird dabei die Argumentationsstruktur eine zentrale Rolle spielen.

Wie sich die **Erörterung** aufbauen lässt, hängt stark von der Textvorlage und der Aufgabenstellung ab. Nicht immer wird sich eine blockbildende Pro-und-Kontra-Erörterung, bei der zunächst alle Pro-Argumente und dann alle Kontra-Argumente (oder umgekehrt) angeführt werden, oder eine fortlaufend antithetische Pro-und-Kontra-Erörterung, die nacheinander jeweils ein Pro-Argument und ein Kontra-Argument einander gegenüberstellt, durchführen lassen – insbesondere, wenn keine Problemfrage oder These vorgegeben ist, die es zu erörtern gilt. Oft verlangt die Aufgabenart beispielsweise lediglich die Erörterung der Argumentation einer Textvorlage. In solchen Fällen bietet es sich an, sich im Erörterungsaufbau nach den Einzelaussagen bzw. -argumenten zu richten: Prüfen Sie diese in sinnvoller Weise nacheinander. Nach Möglichkeit sollten Sie Ihre stärksten Argumente an den Schluss setzen.

Sie haben grundsätzlich drei Möglichkeiten für Ihre eigene Positionierung:

A Stimmen Sie begründet der Position/der These/dem Argument zu:
„Den Standpunkt des Verfassers halte ich insofern für richtig (teile ich), als …"
„Wenn der Verfasser kritisiert, dass …, so kann ich das bekräftigen, denn …"

B Lehnen Sie begründet die Position/die These/das Argument ab:
„Im Gegensatz zum Verfasser bin ich überhaupt nicht der Ansicht, dass …"
„Schon allein aus Grund X ist die These … nicht haltbar".

C Differenzieren Sie, d. h. stimmen Sie in Teilen zu und lehnen Sie in Teilen ab:
„Zwar hat der Verfasser recht, wenn er … fordert, aber …"
„Sicher kann man dem Verfasser darin zustimmen, dass …, aber er beachtet dabei nicht …"

Achten Sie darauf, Ihre Position immer sachlich und differenziert zu begründen, und wenden Sie hierfür die Kompetenzen an, die Sie im Unterricht erworben haben.

Zum **Schluss** Ihrer Ausführung fassen Sie die Ergebnisse Ihrer Erörterung im Sinne reflektierter Schlussfolgerungen zusammen.

Aufgabenart III a: Erörterung von Sachtexten

Aufgaben der Aufgabenart III a können sich auf alle im Unterricht obligatorisch behandelten Themen beziehen, die keinen Bezug zu einem literarischen Text aufweisen.

Mögliche Themen:

- theoretische Abhandlungen, z. B. über den Sprachgebrauch in den Sozialen Medien,
- die Funktion und Aufgabe von Literatur, geäußert z. B. in Briefen, die ein Dichter verfasst hat.

Beispiel:

1. Analysieren Sie den Text ... des Verfassers ... im Hinblick auf seine Thesen zur Sprache auf Instagramm und auf seine Argumentationsstruktur.
2. Erläutern Sie die Bedeutung von Instagramm für die politische Kommunikation. Überprüfen Sie auf dieser Grundlage, inwieweit die vom Verfasser geäußerten Thesen und Argumente plausibel sind.

Aufgabenart III b: Erörterung von Sachtexten mit Bezug auf einen literarischen Text

Diese Aufgabenart verknüpft die differenzierte Erfassung von Inhalt und Argumentation eines Sachtextes mit dem Deutungswissen zu einem literarischen Werk.

Mögliche Themen:

- (kritische) Stellungnahme zu einer im vorgelegten Sachtext geäußerten Meinung (z. B. zur Bedeutung einer bestimmten literarischen Person) vor dem Hintergrund der im Unterricht behandelten Ganzschrift(en),
- (kritische) Stellungnahme zu Rezensionen von Filmen oder Theaterstücken.

In der ersten Teilaufgabe wird in der Regel verlangt, dass Sie den Sachtext im Hinblick auf die vertretene Position und auf den Gedanken- bzw. Argumentationsgang untersuchen. In der zweiten Teilaufgabe schließt sich dann eine **Auseinandersetzung mit dem Sachtext** an, wobei Sie meist anhand des **literarischen Bezugstextes überprüfen** sollen, inwiefern der Verfasser des Sachtextes mit seinen Überlegungen richtig liegt. Häufig ist dabei die zu erörternde Position, These oder Frage nicht in der Aufgabenstellung vorgegeben, sondern muss aus dem Sachtext erschlossen werden.

Beispiel:

1. Untersuchen Sie den Text ... des Verfassers ... im Hinblick auf seine Deutung der Figur Woyzeck und auf seine Argumentationsstruktur.
2. Stellen Sie dar, wie Woyzeck dem Doktor und dem Hauptmann gegenüber auftritt. Erörtern Sie auf dieser Grundlage, ob die Deutung des Verfassers stimmig ist.

2.2.4 Aufgabenart IV: Materialgestütztes Verfassen eines Textes mit fachspezifischem Bezug

Im Unterschied zu der Auseinandersetzung mit literarischen Texten, die eine tiefgründige Analyse in inhaltlicher, sprachlicher und formaler Hinsicht verlangt, geht es bei dieser Aufgabenart darum, die Inhalte eines vorgelegten Materialpools **schnell zu erfassen**, mit eigenem **(Allgemein- und Unterrichts-)Wissen zu verknüpfen** und in einen überzeugenden Schreibplan zu integrieren.

Materialgestützte Aufgaben haben entweder einen **überwiegend erklärenden** oder **überwiegend argumentierenden Schwerpunkt**. Je nach Schwerpunkt sollten Sie bei der Sichtung der Materialien das Hauptaugenmerk entweder mehr auf die Sachinformationen und Erläuterungen oder auf die Argumentation und Wertung legen.

Hinweise zur Aufgabenstellung
Die Aufgabe besteht erstens aus der Beschreibung einer fiktiven Schreibsituation und zweitens aus dem Schreibauftrag. Sie enthält Hinweise auf das Thema, auf die zu verfassende Textsorte sowie auf den Adressatenkreis. Darüber hinaus fordert Sie zur Formulierung einer passenden Überschrift auf, gibt eine ungefähre Wörterzahl für Ihren Text vor und signalisiert Ihnen, ob die Aufgabe einen argumentierenden oder einen informierenden Schwerpunkt aufweist.

Beispiel:
Situation
Im Unterricht haben Sie sich zwei Monate lang mit dem Thema „Gendern" beschäftigt. In Ihrer Schule sollen an einem Aktionstag der Oberstufe zum Thema „Gleichberechtigung" Diskussionsbeiträge aus verschiedenen Fächern in Form eines umfangreichen Handouts vorgestellt werden. Neben Mitschüler*innen und Lehrer*innen werden auch Eltern eingeladen.

Schreibauftrag
Verfassen Sie für das Fach Deutsch einen Kommentar zu der Frage, ob „sprachliches Gendern" ein sinnvoller Beitrag zur Stärkung der Gleichberechtigung in der Schule ist.
Formulieren Sie eine prägnante Überschrift und stützen Sie sich bei Ihrer Argumentation auf die Texte des Materialpools sowie auf Ihr eigenes Wissen zum Thema.
Ihr Beitrag sollte etwa 1000 Wörter umfassen.

Tipp: Zählen Sie bei der Vorbereitung des Deutschabiturs einmal, wie viele Wörter Sie mit Ihrer Handschrift für eine Spalte eines Klausurbogens benötigen. Dann können Sie in der Abiturprüfung besser abschätzen, wie viele Spalten Sie in etwa für Ihren Aufsatz nutzen können – ohne ständig die Wörter zu zählen.

Hilfreiche Fragen für die Erschließung der Aufgabenstellung
Lesen Sie zunächst genau die Aufgabenstellung, da Sie Ihnen wichtige Hinweise für den zu verfassenden Text gibt – und zwar zu …

- … dem **Thema** (Was ist das Hauptthema, zu dem ich mich äußern soll? Aus welchem Fachbereich stammt das Thema?)
- … dem **Schreibziel** (In welchem kommunikativen Zusammenhang steht mein Schreibauftrag? Was sind Anlass und Ziel?)
- … dem **Adressatenbezug** (Wer sind meine Leser? Gibt es bestimmte Merkmale und Eigenschaften, die diese von anderen unterscheiden, z. B. Alter, Geschlecht, Schulabschluss, Beruf etc.?)
- … der **Textsorte** (Welche Textsorte soll ich schreiben? Welche fachlichen Anforderungen werden an diese Textsorte gestellt?)

Hilfreiche Fragen für die Erschließung der Materialien

Da die Arbeitszeit für eine tiefgründige Auswertung des Materialpools nicht ausreicht, sollen Sie diese lediglich als „Informationsquelle" nutzen. Filtern Sie bei einem „**überfliegenden Lesen**" aus ihnen heraus, was für die Aufgabenstellung und das Thema wesentlich und für Ihre Ausführungen brauchbar ist.

Folgende Fragen helfen dabei:
- Was ist das Hauptthema?
- Welche Informationen und Meinungen sind im Materialpool enthalten? Welche davon sind für meinen eigenen Text relevant?
- Lassen sich unterschiedliche Positionen feststellen? Wenn ja: Welche sind das?
- Hat das jeweilige Material eher informierenden oder argumentierenden Charakter?
- Welches sind die Kernbegriffe?
- An wen richtet sich der jeweilige Text?
- Wer ist der Autor bzw. die Autorin und um was für eine Quelle handelt es sich? Lassen sich Rückschlüsse auf ihre Glaubwürdigkeit ziehen?
- Liegt ein appellativer Text vor, z. B. eine Rede oder ein Plakattext?
- Welche Informationen/Argumente kann ich für meinen eigenen Text verwenden?

*Grundsätzliche Fragen bei **diskontinuierlichen Texten:***
- Gibt die Überschrift bereits erste Hinweise auf das dargestellte Thema?
- Wird ein Zeitpunkt / Zeitraum abgebildet? Wenn ja, welcher?
- Wer ist der Herausgeber / Verfasser – aus welcher Quelle stammt die Information?
- Wie glaubwürdig und richtig ist die Aussage?

Hinweise zur Vorbereitung des Schreibprozesses

Bereiten Sie dann Ihren eigenen Schreibprozess vor, indem Sie …
- … die bisher gewonnenen Informationen durch **eigenes Vorwissen** zum Thema aus dem Unterricht und aus Ihrem Privatleben **anreichern**,
- … **zusammengehörige Aspekte und Teilthemen** auf Ihrem Konzeptpapier in einer Übersicht (z. B. Tabelle, Cluster, Mindmap) entsprechend **anordnen** und dabei auch veranschaulichende Beispiele und geeignete Zitate notieren,
- … sich die **Merkmale der geforderten Textsorte** noch einmal bewusst machen (häufigste Textsorten: Plakat-Text/Flyer-Text, Leserbrief, Kommentar sowie Beitrag für die Abitur-/Schülerzeitung oder den Jahresbericht der Schule),
- … Ihr **Schreibziel** festlegen – und zwar unter Berücksichtigung der Erwartungen der Leserinnen und Leser.

Hinweise zur Gliederung Ihres Textes
In der **Einleitung** gilt es in der Regel, beim Leser **Interesse** zu wecken und dafür einen geeigneten Einstieg zu finden. Den **Hauptteil** können Sie gegebenenfalls nach **Unterthemen** untergliedern. Am Ende müssen Sie einen geeigneten **Schluss** formulieren. Hierfür bieten sich z. B. ein Fazit, eine Schlussfolgerung, eine Einschätzung, ein Appell, eine Forderung oder auch ein Ausblick an.

Hinweise zum Verfassen des Textes
Nachdem Sie sich bei der Erstellung des Schreibplans Gedanken über Inhalt und Aufbau Ihres Textes gemacht haben, steht dessen Abfassung nun nichts mehr im Wege. Achten Sie dabei v.a. auf folgende Punkte:

- Geben Sie Ihrem Text eine prägnante Überschrift, die wie die Einleitung das Interesse Ihrer Leserinnen und Leser weckt.
- Veranschaulichen Sie allgemeine Aussagen, indem Sie Beispiele hinzufügen.
- Schreiben Sie abwechslungsreich – sowohl im Hinblick auf die Wortwahl (z. B. bei Kausalzusammenhängen nicht immer „weil“, sondern auch „da“, „wegen“, „infolge“) als auch hinsichtlich der Satzkonstruktionen (z. B. durch Variation der Satzglied-Reihenfolge).
- Gestalten Sie Ihre Ausführung so, wie es für die **geforderte Textsorte typisch** ist: So zeichnet sich z. B. ein Kommentar meist durch eine lebendigere rhetorische Gestaltung aus, mit der die eigene Meinung gestützt wird, als ein Lexikonartikel, der eher sachlich verfasst ist.
- Fügen Sie an geeigneten Stellen prägnante, nicht zu lange Zitate ein.
- Gestalten Sie die Übergänge zwischen einzelnen Abschnitten abwechslungsreich.
- Nutzen Sie die **textsortenspezifischen Möglichkeiten des Layouts** (z. B. Zwischenüberschriften bei einem Zeitungsartikel).

3 Anforderungsbereiche und Operatoren

3.1 Anforderungsbereiche (AFB)

In der Abiturprüfung erwarten Sie Aufgabenstellungen, die klar definierte Anforderungen an Ihre Verstehens- und an Ihre Darstellungsleistung stellen. Diese Anforderungen und die zugehörigen Arbeitsanweisungen lassen sich den drei verschiedenen **Anforderungsbereichen I bis III** zuordnen, die aufeinander aufbauen und von Ihnen einen zunehmenden Grad an Komplexität und an Abstraktionsfähigkeit verlangen.

Jede Abiturprüfungsaufgabe setzt sich aus Elementen dieser drei Anforderungsbereiche zusammen. Dies bedeutet, es werden von Ihnen bei der Bearbeitung der Aufgaben grundsätzlich Leistungen dreier verschiedener Leistungsniveaus verlangt: die **Wiedergabe von Kenntnissen** (Anforderungsbereich I), die **Anwendung dieser Kenntnisse** (Anforderungsbereich II) sowie das **Problemlösen und Werten** (Anforderungsbereich III). Der Schwerpunkt der Anforderungen liegt bei allen Aufgabenarten im Anforderungsbereich II, für den die meisten Punkte bei der Bewertung vergeben werden.

3.2 Operatoren

Operatoren definieren, welche Anforderungen mit einer Arbeitsanweisung verbunden sind. Sie zeigen zudem, welches Anforderungsniveau mit ihrer Hilfe angesteuert werden soll. Sie dienen durch ihre eindeutige Definition sowohl dazu, Arbeitsaufträge unmissverständlich zu formulieren und voneinander abzugrenzen als auch einheitliche Bewertungs- und Korrekturmaßstäbe zu ermöglichen und vorzugeben. Daher ist es äußerst wichtig, dass Sie sich mit den Anforderungen, die durch die einzelnen Operatoren an Sie gestellt werden, eingehend auseinandersetzen und sich bewusst machen, was jeweils konkret von Ihnen gefordert wird.

In der folgenden Tabelle werden die AFB im Zusammenhang mit den einzelnen Operatoren skizziert, die einzelnen Operatoren definiert und mit einem Beispiel erläutert.

Übersicht über die Operatoren

Operator	Definition	AFB	Beispiel
analysieren	einen Text als Ganzes oder aspektorientiert unter Wahrung des funktionalen Zusammenhangs von Inhalt, Form und Sprache erschließen und das Ergebnis der Erschließung darlegen	I, II, III	*Analysieren* Sie die Rede unter Berücksichtigung der Anmerkungen. *Analysieren* Sie den vorliegenden Text im Hinblick auf die Argumentationsstruktur.
begründen	ein Analyseergebnis, Urteil, eine Einschätzung, eine Wertung fachlich und sachlich absichern (durch einen entsprechenden Beleg, Beispiele, eine Argumentation)	III	*Begründen* Sie Ihre Einschätzung mithilfe Ihrer Kenntnisse zur Sprache in politischen Kontexten.
(be)nennen	aus einem Text entnommene Informationen, Aspekte eines Sachverhalts, Fakten zusammentragen	I	*Nennen* Sie wesentliche Merkmale eines Sonetts.
beschreiben	Sachverhalte, Situationen, Vorgänge, Merkmale von Personen bzw. Figuren sachlich darlegen	I, II	*Beschreiben* Sie die äußere Form des Gedichtes.
beurteilen	einen Sachverhalt, eine Aussage, eine Figur auf Basis von Kriterien bzw. begründeten Wertmaßstäben einschätzen	II, III	*Beurteilen* Sie den Versuch des Autors, die Ereignisse und Folgen des 11. Septembers 2001 in lyrischer Form darzustellen.
charakterisieren	die jeweilige Eigenart von Figuren/Sachverhalten herausarbeiten	II, III	*Charakterisieren* Sie die Titelfigur der Kurzgeschichte.
darstellen	Inhalte, Probleme, Sachverhalte und deren Zusammenhänge aufzeigen	I, II	*Stellen* Sie die Bedeutung des Briefs für den Handlungsverlauf *dar*.

deuten	unter Berücksichtigung des Wechselbezuges von Textstrukturen, Funktionen und Intentionen, der erfassten zentralen strukturbildenden genretypischen, syntaktischen, semantischen und stilistisch-rhetorischen Elemente und ihrer Funktion für das Textganze Ergebnisse der Textbeschreibung in einen Erklärungszusammenhang bringen	III	*Deuten* Sie Wortfeldschwerpunkte und Metaphern vor dem Hintergrund Ihrer bis dahin erfolgten Texterläuterungen, u. a. im Zusammenhang mit dem Epochenbezug.
einordnen	eine Aussage, einen Text, einen Sachverhalt unter Verwendung von Kontextwissen begründet in einen vorgegebenen Zusammenhang stellen	I, II	*Ordnen* Sie dieses Gedicht epochal *ein*.
entwerfen	in Verbindung mit einer Textvorlage auf der Grundlage einer konkreten Arbeitsanweisung einen eigenen Text unter Benennung der notwendigen Entscheidungen und Arbeitsschritte planen	III	*Entwerfen* Sie einen Schluss für diesen Text.
erklären	Textaussagen, Sachverhalte auf der Basis von Kenntnissen und Einsichten differenziert darstellen und durch zusätzliche Informationen und Beispiele veranschaulichen	II	*Erklären* Sie den Einfluss des Dialekterwerbs auf das Sprachvermögen.
erläutern	Materialien, Sachverhalte, Zusammenhänge, Thesen in einen Begründungszusammenhang stellen und mit zusätzlichen Informationen und Beispielen veranschaulichen	II, III	*Erläutern* Sie Büchners Theaterverständnis durch Miteinbeziehen seines Dramas X.
erörtern	auf der Grundlage einer Materialanalyse oder -auswertung eine These oder Problemstellung unter Abwägung von Argumenten hinterfragen und zu einem Urteil gelangen	I, II, III	*Erörtern* Sie die Notwendigkeit von Sprachförderkonzepten im Zusammenhang mit den Aussagen der beiden vorliegenden Texte.
erschließen	an Texten, Textaussagen, Problemstellungen, Sachverhalten kriterienorientiert bzw. aspektgeleitet arbeiten	II	*Erschließen* Sie anhand der Bildsprache die Grundstimmung des Textes.
formulieren	einen Sachverhalt, Zusammenhang, eine methodische Entscheidung, eine Problemstellung strukturiert, fachsprachlich zutreffend darlegen	–	*Formulieren* Sie eine Gegenthese aus der Sicht eines Expressionisten.
gestalten	in Verbindung mit einer Textvorlage, auf der Grundlage einer konkreten Arbeitsanweisung einen eigenen Text nach ausgewiesenen Kriterien erarbeiten	III	*Gestalten* Sie ein Flugblatt textlich und grafisch, das die Intention der analysierten Rede widerspiegelt.
in Beziehung setzen	Zusammenhänge unter vorgegebenen oder selbst gewählten Gesichtspunkten begründet herstellen	II, III	*Setzen* Sie Ihre Ergebnisse *in Beziehung* zur aktuellen Kritik an Sozialen Medien.

interpretieren	auf der Grundlage einer Analyse im Ganzen oder aspektorientiert Sinnzusammenhänge erschließen und unter Einbeziehung der Wechselwirkung zwischen Inhalt, Form und Sprache zu einer schlüssigen (Gesamt-)Deutung gelangen	I, II, III	*Interpretieren* Sie das vorliegende Gedicht. *Interpretieren* Sie den vorliegenden Text im Zusammenhang mit den Ihnen bekannten Dramentheorien.
prüfen	eine Textaussage, These, Argumentation, ein Analyseergebnis, einen Sachverhalt auf der Grundlage eigener Kenntnisse, Einsichten oder Textkenntnis auf ihre/seine Angemessenheit hin untersuchen und zu Ergebnissen kommen	III	*Prüfen* Sie, ob die Figurendeutung des Verfassers stimmig ist.
sich auseinandersetzen mit	eine Aussage, eine Problemstellung argumentativ und urteilend abwägen	II, III	*Setzen* Sie *sich* mit der Position des Schriftstellers vor dem Hintergrund Ihrer Kenntnisse zum Expressionismus *auseinander.*
(kritisch) Stellung nehmen	die Einschätzung einer Problemstellung, Problemlösung, eines Sachverhaltes, einer Wertung auf der Grundlage fachlicher Kenntnis und Einsicht nach kritischer Prüfung und sorgfältiger Abwägung formulieren	III	*Nehmen* Sie zu den Aussagen des Autors *kritisch Stellung,* indem Sie Erkenntnisse der Sprachsoziologie berücksichtigen.
überprüfen	Aussagen / Behauptungen kritisch hinterfragen und ihre Gültigkeit kriterienorientiert und begründet einschätzen	II, III	*Überprüfen* Sie die Stimmigkeit der Aussage anhand der Gliederung und der rhetorischen Mittel.
untersuchen	an Texten, Textaussagen, Problemstellungen, Sachverhalten kriterienorientiert bzw. aspektgeleitet arbeiten	II	*Untersuchen* Sie, inwiefern die rhetorischen Mittel die Aussageabsicht verstärken.
verfassen	auf der Grundlage einer Auswertung von Materialien wesentliche Aspekte eines Sachverhaltes in informierender oder argumentierender Form adressatenbezogen und zielorientiert darlegen	I, II, III	*Verfassen* Sie einen Leserbrief zu dem Artikel des Autors.
vergleichen	nach vorgegebenen oder selbst gewählten Gesichtspunkten Gemeinsamkeiten, Ähnlichkeiten und Unterschiede herausarbeiten und gegeneinander abwägen	II, III	*Vergleichen* Sie die Figurenkonstellation mit derjenigen im Drama X. *Vergleichen* Sie Art und Wirkung der Metaphorik in den Texten.
wiedergeben	Inhalte, Zusammenhänge in eigenen Worten sachlich und fachsprachlich richtig formulieren	I	*Geben* Sie die Hauptgedanken der Rede *wieder*.
zusammenfassen	Inhalte oder Aussagen komprimiert wiedergeben	I, II	*Fassen* Sie die Überlegungen des Verfassers X *zusammen*.

Quelle (Spalten 1–3): https://www.standardsicherung.schulministerium.nrw.de/cms/zentralabitur-gost/faecher/getfile.php?file=5330

4 Bewertung der Abiturklausur

Bei der Bewertung Ihrer Prüfungsleistung werden beide Teilaufgaben einzeln mit Notenpunkten versehen; es ist deshalb unbedingt notwendig, dass Sie **beide Teilaufgaben** bearbeiten. Auf Leistungen zum AFB II entfällt hierbei der größte Punkteanteil. Aus der vorgegebenen Bepunktung setzt sich durch Addition die Gesamtpunktzahl zusammen. Insgesamt werden im Fach Deutsch genau 100 Punkte vergeben, davon 72 für die inhaltliche und 28 Punkte für die Darstellungsleistung.
Für die Note „gut" müssen annähernd vier Fünftel (mindestens 75 %) der Höchstpunktzahl erreicht werden. Die Note „ausreichend" soll erteilt werden, wenn annähernd die Hälfte (45 %) der vorgesehenen Höchstpunktzahl erreicht wird.

4.1 Anforderungen an die inhaltliche Leistung

Bei der Bewertung des inhaltlich-sachlichen Gehaltes Ihrer Ausführungen werden folgende Aspekte berücksichtigt:

Aufgabenarten I–III:
- sachlich richtige Wiedergabe/Darstellung auf der Grundlage richtigen und vollständigen Textverständnisses
- Aufzeigen erschließbarer situativer Bezüge eines Textes sowie seiner Bedeutung im historischen und/oder aktuellen Kontext
- richtige Bestimmung von Textart und zentralen Strukturelementen, wie z. B. Zeit-/Handlungsgerüst, Erzählperspektive, Figurenkonstellation, Argumentationsaufbau
- Erläuterungen von Wortschatz, Satzbau und poetischen oder rhetorischen Mitteln eines Textes im Zusammenhang mit ihrer Funktion und Wirkung
- sachangemessenes Erörtern fachspezifischer Sachverhalte, z. B. Überprüfung von Text- oder Wissenszusammenhängen im Hinblick auf eine These, die im ersten Arbeitsschritt aus einer Textvorlage zu entwickeln ist

Aufgabenart IV:
- Formulierung einer Überschrift, die die Intention Ihres eigenen Textes enthält
- Berücksichtigung der geforderten Textsorte und der für diese typischen Textmerkmale
- klare Darstellung der eigenen Position (bei argumentierenden Texten); klare Vermittlung der Sachinformationen, die für das Thema relevant sind (bei informierenden Texten)
- erkennbare Argumentation mit dem Ziel, die in der Aufgabenstellung benannten Adressaten von der eigenen Sehweise zu überzeugen (bei argumentierenden Texten); sinnvolle Gewichtung der Sachinformationen mit dem Ziel einer ausgewogenen Darstellung, die den Adressaten angemessen über das Thema informiert (bei informierenden Texten)
- Herstellung hinreichender Bezüge zu den relevanten Inhalten der Texte des Materialpools

- Einbezug von (Unterrichts-)Wissen in die eigene Darstellung und überzeugende Verknüpfung mit Inhalten des Materialpools
- Formulierung eines geeigneten Schlusses (insbesondere bei argumentierenden Texten: ein Fazit)

4.2 Anforderungen an die Darstellungsleistung

Neben dem inhaltlich-sachlich richtigen Ertrag kommt der Darstellungsleistung eine große Bedeutung zu – hierbei sind vor allem folgende Kriterien relevant:

- *Sachgerechte Strukturierung*
  Untergliedern Sie Ihre Darstellung in sinnvolle Absätze und Abschnitte, kennzeichnen Sie diese durch Einrückungen bzw. Leerzeilen.
- *Wissenschaftspropädeutische Richtigkeit*
  Stellen Sie Ihre Zitier- und Belegkompetenz unter Beweis.
- *Verwendung von Fachbegriffen*
  Auch im Fach Deutsch hat jedes „Kind" einen Namen: Belegen Sie also jedes Phänomen mit einem Fachbegriff, benennen Sie z. B. Stilmittel der Textanalyse ebenso wie literarische Epochen.
- *Stilistisch richtiges Schreiben*
  Unterlassen Sie umgangssprachliche Formulierungen, verwenden Sie ausschließlich Hoch- und Fachsprache, variieren Sie Satzanfänge.
- *Hypothesen/Vermutungen*
  Kennzeichnen Sie ungesicherte Aussagen, Vermutungen und Hypothesen als solche, grenzen Sie diese gegen gesicherte Aussagen ab:

  Beispiele:
  Es ist zu vermuten …
  Es könnte sein, dass …
  Für eine gesicherte Aussage fehlen folgende Informationen …
- *Syntaktisch richtige Schreibweise*
  Schreiben Sie in vollständigen Sätzen, achten Sie auf die richtige Wortstellung.
- *Verwendung einer präzisen und differenzierten Sprache*
  „Missbrauchen" Sie Hilfsverben nicht als Vollverben; benutzen Sie Synonyme statt Wiederholungen; variieren Sie beim Satzbau, wählen Sie Nebensatzkonstruktionen statt Hauptsatzketten. Denken Sie bei materialgestützten Aufgaben daran, Ihre Schreibweise auf den Adressatenkreis und auf das Ziel Ihres Textes auszurichten.
- *Rechtschreibung:* Im Klausurraum liegen Rechtschreibwörterbücher aus – Sie sollten sich nicht zu schade sein nachzusehen, wenn Sie unsicher sind.

Berücksichtigen Sie bei Ihrer Ausführung diese Anforderungen an **die korrekte Verwendung der deutschen Sprache**. Denn: gehäufte Verstöße gegen die sprachliche Richtigkeit führen im Rahmen der Bewertung der Darstellungsleistung zu Nichtgewährung von Punkten.

4.3 Formale Anforderungen

Berücksichtigen Sie bei Ihrer Ausführung auch die Anforderungen an **die äußere Form** einer Klausur.

- *Deckblatt-Vorgabe:* Berücksichtigen Sie die an Ihrer Schule getroffene Regelung.
- *Layout-Vorgabe:* Beachten Sie diese – an manchen Schulen darf z. B. nur eine halbe Seite je Bogen beschrieben werden, der Rest dient dann als halbseitiger Rand.
- *Seitenzahlen:* Fügen Sie ab Seite 2 diese am Fuß jeder Seite bei – nummerieren Sie erst am Schluss, wenn keine Einschübe mehr erfolgen!
- *Nachträge:* Setzen Sie diese als Fußnoten durchnummeriert an den Schluss jeder Teilaufgabe oder einheitlich ganz an den Schluss, quetschen Sie solche Zusätze nicht nachträglich in den Text oder an den Rand.
- *Sauberkeit:* Streichen Sie nicht unsauber durch. Setzen Sie zu Streichendes ggf. in eckige Klammern oder fügen Sie eine entsprechende Fußnote zur Erklärung bei.
- *Zeilenende:* Respektieren Sie den Rand, trennen Sie Wörter, schreiben Sie nicht über den Rand hinaus.
- *Kopf- und Fußzeile:* Diese gehören zum Seitenaufbau und sind kein geeigneter Platz für Zusätze oder Nachträge.

4.4 Punktgestützter Erwartungshorizont (dargestellt an Übungsaufgabe 4)

Aufgabenstellung:	**Punkte**
1. Interpretieren Sie Albert Ostermaiers Gedicht *the motel chronicles.*	42
2. Vergleichen Sie Ostermaiers Gedicht mit Joseph von Eichendorffs Gedicht *Allgemeines Wandern* im Hinblick darauf, wie das Motiv des Unterwegsseins inhaltlich ausgestaltet ist und welche Bedeutung das Unterwegssein für die Menschen hat. Setzen Sie die Gedichte abschließend zu ihrem literaturgeschichtlichen Hintergrund in Beziehung.	30

a) Inhaltliche Leistung

Teilaufgabe 1

	Anforderungen **Die Schülerin/der Schüler**	**maximal erreichbare Punktzahl**
1	formuliert eine aufgabenbezogene Einleitung unter Berücksichtigung von Autor, Titel, Textsorte, Entstehungszeit.	3
2	nennt das Thema des Gedichtes, etwa: ziellose Reise eines Paares auf der Suche nach einem anderen Leben und ihre Begegnung mit dem trostlosen Leben in Motels.	3

3	beschreibt den formalen Aufbau des Gedichts: – Verzicht auf Strophen, Reim und Satzzeichen, – durchgehende Kleinschreibung, Zeichen „&“ statt Wort „und“, – scheinbar willkürlich gesetzte Zeilenumbrüche.	4
4	stellt den Inhalt des Gedichtes dar, etwa: – Aufforderung des lyrischen Ichs an sein Gegenüber zum Aufbruch, um mit ihm von Motel zu Motel zu ziehen (V. 1–3), – Lage und Umgebung der Motels (V. 3–11), – Begegnung mit Motel-Besitzern (V. 11–32), – nach den Ereignissen des Tages: Betrachtung des Mondes vom Bett im Motel aus (V. 32–40).	6
5	untersucht das Gedicht im Hinblick auf die „Hauptakteure“, z. B.: **Motels:** – Motels als Ort der Einsamkeit (V. 3 f.) und Ferne (V. 5 f.), – Trostlosigkeit („perlen an einer billigen kette“, V. 7 f.); **Motel-Besitzer:** – erlebnisarmes Leben („langeweile“, V. 12), öde Umgebung, – „regungslose“ Reaktion auf Erzählungen ihrer Gäste („stoischen blicken“, V. 19 f.), – Kommunikationslosigkeit (V. 25–32); **Paar:** – Erzählungen von der „welt da draußen“ (V. 21 f.), – Offenhalten der Tür nach draußen (V. 34 f.), – Betrachtung des Mondes, der – ganz unromantisch – doppelt in Spiegel und Kühlerhaube gebrochen wird (V. 35–40).	9
6	erläutert die sprachlich-stilistischen Gestaltungsmittel des Gedichtes mit Blick auf deren Funktion, z. B.: – fehlende Satzzeichen und Hypotaxe ohne syntaktische Einschnitte zur Vermittlung des Eindrucks des dauerhaften Unterwegs-Seins, – negative Wortwahl (V. 8, 12, 19, 30), Vergleiche (V. 7, 25 f., 29 f., 36 ff.), Metaphern (V. 13, 17 f.), Personifizierung (V. 31 f.) zur Verdeutlichung der Trostlosigkeit der Motels, – im Kontrast hierzu: Aktivität und Erfahrungsoffenheit andeutende Wortwahl (V. 1, 21, 23, 32–35) bezogen auf das Paar, – Brechung des typisch romantischen Mond-Motivs, u. a. durch Wortwahl („sonnt“, V. 38), doppelte Spiegelung („Spiegel“, V. 35; „auf der Kühlerhaube“, V. 37) und Vorstellung, der Mond warte selbst darauf, mitgenommen zu werden (V. 38 ff.) – Andeutung eines offenen Ausgangs durch fehlenden Punkt am Ende (V. 40). *Diese Ergebnisse werden vor dem Hintergrund des Zeitrahmens von 3 Stunden nur teilweise erwartet.*	8

7	deutet das Gedicht, etwa: – Passivität / Trostlosigkeit der Motel-Besitzer im Kontrast zur Offenheit des Paares für die unmittelbare Erfahrung der Welt, – Unterwegs-Sein, getrieben von der Sehnsucht nach der Ferne, als Schutz vor einem ähnlich trostlosen Leben, – Aufscheinen des Potenzials des Reisens, das auch die Möglichkeit des Erlebens der Natur und der Ich-Findung bietet – aber Fehlen einer Realisierung dieses Potenzials. *Diese Ergebnisse werden vor dem Hintergrund des Zeitrahmens von 3 Stunden nur teilweise erwartet.*	9
8	erfüllt ein weiteres aufgabenbezogenes Kriterium (max. 6 P.).	
	Summe erste Teilaufgabe	**42**

Teilaufgabe 2

	Anforderungen **Die Schülerin/der Schüler**	**maximal erreichbare Punktzahl**
1	formuliert eine aufgabenbezogene Überleitung unter Nennung von Autor, Titel, Textsorte und Entstehungszeit.	3
2	vergleicht die beiden Gedichte im Hinblick auf inhaltliche Übereinstimmungen, etwa: – gleiche Thematik: das Unterwegs-Sein des Menschen im eigentlichen und im übertragenen Sinn, – Reisen ohne festes Ziel, – das Unterwegs-Sein als Ziel an sich, – Kontrast zwischen Reisenden und Daheimgebliebenen (bei Eichendorf über antithetische Wortwahl: z. B. „trüber Sorgen Haft“ [V. 10] vs. „wirrt und jauchzt ohn Ende“ [V. 23]).	4
3	vergleicht die beiden Gedichte im Hinblick auf inhaltliche Unterschiede, etwa: – Fußwanderung (Eichendorff) vs. Reise per Pkw (Ostermaier): unterschiedlich „nahe“ Eindrücke der jeweiligen Umgebung. – beglückendes Wandern (Eichendorff) vs. freudloses Von-Motel-zu-Motel-Fahren (Ostermaier), – euphorische Begegnung mit der Natur (z. B. V. 21–24) bei Eichendorff vs. Naturferne bei Ostermaier – gelingende Kommunikation („möchte sie alle werben“, V. 11; „wird die Welt so munter“, V. 17) und positives Miteinander bei Eichendorff vs. weitgehende Kommunikationslosigkeit und fehlende menschliche Beziehungen bei Ostermaier – außer Zweisamkeit des Paares, – Appellfunktion bei Eichendorff vs. Deskription bei Ostermaier. *Diese Ergebnisse werden vor dem Hintergrund des Zeitrahmens von 3 Stunden nur teilweise erwartet.*	7

4	zeigt bei Ostermaiers Gedicht typische Merkmale der Gegenwartslyrik auf, etwa: – deskriptives Gegenwartsgedicht von Ostermaier – bewusst gesetzte formal unterschiedliche Anlage des Gedichtes im Vergleich zu traditioneller Lyrik, – Entfremdung des Menschen von der Natur, – entromantisierender Umgang mit dem Mond-Motiv, – Armut menschlicher Beziehungen, – moderne Skepsis gegenüber romantischer Glücksverheißung, – der moderne Mensch – auf der Suche, ziel- und glücklos. *Diese Ergebnisse werden vor dem Hintergrund des Zeitrahmens von 3 Stunden nur teilweise erwartet.*	5
5	zeigt bei Eichendorffs Gedicht typische Merkmale der Romantik auf, etwa: – einfache Volksliedform, harmonische Klanggestaltung (Reim; Alliterationen, V. 1, 5, 7) – Reisefreude und fröhliche Leichtigkeit, – euphorische Begegnung mit der positiv dargestellten Natur, – Aufzeigen der idealisierten und idealen Welt, – Dichter als Motivator, der zur Wanderschaft aufruft (appellativ), – Thema „Wanderschaft“ im eigentlichen und übertragenen Sinn. *Diese Ergebnisse werden vor dem Hintergrund des Zeitrahmens von 3 Stunden nur teilweise erwartet.*	5
6	deutet das zweite Gedicht im Vergleich mit dem ersten, etwa: – Aufbruch in die Natur als Erlösung aus dem alltäglichen Sein (Eichendorff) vs. fehlende unmittelbare Naturerfahrung (Ostermaier), – Sehnsucht des Menschen nach einem erfüllteren Leben (Eichendorff) vs. Skepsis des desillusionierten modernen Menschen (Ostermaier), – Erwachen des Bewusstseins für die Schönheiten der Natur und des Lebens (Eichendorff) vs. fehlende belebende Wirkung des Unterwegsseins (Ostermaier).	6
7	erfüllt ein weiteres aufgabenbezogenes Kriterium (max. 4 P.).	
	Summe zweite Teilaufgabe	**30**
	Summe inhaltliche Leistung (Teilaufgaben 1 und 2)	**72**

b) Darstellungsleistung

	Anforderungen Die Schülerin/der Schüler	maximal erreichbare Punktzahl
1	strukturiert seinen Text kohärent, schlüssig, stringent und gedanklich klar: – angemessene Gewichtung der Teilaufgaben in der Durchführung, – gegliederte und angemessen gewichtete Anlage der Arbeit, – schlüssige Verbindung der einzelnen Arbeitsschritte, – schlüssige gedankliche Verbindung von Sätzen.	6
2	formuliert unter Beachtung der fachsprachlichen und fachmethodischen Anforderungen: – Trennung von Handlungs- und Metaebene, – begründeter Bezug von beschreibenden, deutenden und wertenden Aussagen, – Verwendung von Fachtermini in sinnvollem Zusammenhang, – Beachtung der Tempora, – korrekte Redewiedergabe (Modalität).	6
3	belegt Aussagen durch angemessenes und korrektes Zitieren: – sinnvoller Gebrauch von vollständigen oder gekürzten Zitaten in begründeter Funktion.	3
4	drückt sich allgemeinsprachlich präzise, stilistisch sicher und begrifflich differenziert aus: – sachlich-distanzierte Schreibweise, – Schriftsprachlichkeit, – begrifflich abstrakte Ausdrucksfähigkeit.	5
5	formuliert lexikalisch und syntaktisch sicher, variabel und komplex (und zugleich klar).	5
6	schreibt sprachlich richtig.	3
	Summe der Darstellungsleistung	**28**
	Gesamtsumme Teile (a) und (b)	**100**

5 Allgemeine Tipps für die Anfertigung der Abiturklausur

5.1 Auswahl der Aufgabe

Am Tag der schriftlichen Prüfung können Sie eine aus vier zur Wahl gestellten Aufgaben auswählen. Um nicht zu viel Zeit zu verlieren, sollten Sie in der Lage sein, nach einem relativ kurzen Blick auf Arbeitsanweisungen und Texte diese Entscheidung zu treffen.
Anhand der **Überschrift** wird bereits klar, um welche Aufgabenart und um welchen Themenschwerpunkt es sich handelt. Auch wenn Sie sofort zu einer Aufgabe tendieren: Entscheiden Sie sich nicht vorschnell, überprüfen Sie in jedem Fall, ob Ihnen die jeweilige **Textgrundlage** „liegt". Entscheiden Sie erst danach. Hierbei kann unter Umständen auch die Tatsache behilflich sein, ob ein solches Thema (bezogen auf ein anderes Textbeispiel) bereits einmal Gegenstand einer **Klausur** war oder Sie sich sonst im Rahmen Ihrer **Vorbereitung** damit beschäftigt haben.

5.2 Zeiteinteilung

Beginnen Sie nicht zu früh mit der Reinschrift – zuerst müssen Sie sich Klarheit darüber verschaffen, welche Anforderungen die Aufgabe umfasst und welche Teilaufgaben erfüllt werden müssen. Zunächst sollten Sie eine **Grobgliederung** anfertigen, um Ihre Gedanken zu dem Thema zu strukturieren und in eine sinnvolle Reihenfolge zu bringen. In Abhängigkeit von der Aufgabenstellung sollten Sie bereits zu diesem Zeitpunkt Ihre **Arbeitshypothese** formulieren, sich die methodische Vorgehensweise überlegen und eine vorläufige Beantwortung gestellter Fragen im Stillen vornehmen.
Für einen **letzten Korrekturgang** sollten Sie am Ende ca. 15 Minuten einplanen. Da gilt es, formale Fehler (Rechtschreibung, Zeichensetzung, Layout-Anforderungen wie Deckblattgestaltung, Seitenzahlen-Hinweise u. a.) zu überprüfen.
Im Vorfeld der Prüfungen können Sie Ihre Zeiteinteilung kontrollieren und verbessern, indem Sie bei Klassenarbeiten oder beim Üben zu Hause die **Zeit**, die Sie **für die Ausfertigung** benötigen, festhalten. Erstellen Sie ein Zeitraster für den gesamten Arbeitsprozess: Maximalzeiten für das Lesen des Textes, für das Markieren im Text und am Rand, für die Gliederung der geplanten Ausführungen auf Konzeptpapier, für die eigentliche Niederschrift und zuletzt für die Überarbeitung am Schluss.

5.3 Notizen beim Erarbeiten der Textinformationen

Markieren Sie die **Operatoren** in der Aufgabenstellung, rufen Sie sich ins Gedächtnis, welche Anforderungen hiermit verbunden sind, und halten Sie sich unbedingt daran! So vermeiden Sie Themaverfehlungen.
Kennzeichnen Sie die Textstellen, die Sie z. B. zur Darlegung der Argumentationsstruktur verwenden oder die Sie als Zitat in Ihre Ausfertigung einfügen wollen. Anmerkungen und Notizen am Rand des Textes können Ihnen helfen, eine Gliederung zu erarbeiten und Ihr methodisches Vorgehen zu strukturieren.

5.4 Strukturierung

Die Aufgabenstellung legt meist durch die exakten Arbeitsanweisungen und die Formulierung in den Teilaufgaben eine Strukturierung nahe, an die Sie sich bei Ihrer Ausfertigung halten sollten. Dennoch wird von Ihnen verlangt, eine darüber hinausgehende Gliederung Ihrer Arbeit vorzunehmen, die logisch stringent und klar verständlich sein soll.
Fügen Sie Absätze ein, wenn Sie einen Gedankengang von einem anderen abheben und betonen wollen oder wenn Sie sich einem neuen Gliederungspunkt zuwenden. So machen Sie deutlich, dass Ihrer Ausfertigung eine klare gedankliche Ordnung zugrunde liegt. Überlegen Sie sich passende Überleitungen zwischen den Teilaufgaben und machen Sie sich frühzeitig Gedanken darüber, wie Sie den Schlussteil sinnvoll gestalten wollen. Damit erleichtern Sie nicht nur die Korrekturarbeit der Lehrkraft, sondern zeigen auch, dass Sie in der Lage sind, strukturiert und folgerichtig zu arbeiten.

5.5 Der Schluss

Der Schlussteil soll Ihre Ausfertigung vervollständigen, das Thema, das der Aufgabenstellung zugrunde liegt, nochmals aufgreifen und unter Bezugnahme auf die einzelnen Teilaufgaben zu einem stimmigen Abschluss führen. Lassen Sie, um im Bild eines Maurers beim Hausbau zu sprechen, mit dem letzten Satz zur letzten Teilaufgabe nicht die Kelle fallen: Zwar ist das gedankliche Gebäude vom Grundsatz her fertig und die Argumentation „dicht" – aber zu einer Ausführung gehört nun einmal ein Abschluss wie zu einem Haus der äußere Verputz. Jede der Teilaufgaben hatte einen eigenen Arbeitsschwerpunkt – und alle hatten etwas mit dem Thema in der Aufgabenstellung zu tun. Dieses Thema ist quasi das Dach, das alle Gebäudeteile überdeckt.
Deshalb: Formulieren Sie Ihren Schlussteil möglichst unter Rückbezug auf die Themenstellung, und fassen Sie die wesentlichen Teilergebnisse in einer vernetzten Zusammenschau zu einem **Fazit** zusammen, ohne hierbei bereits Gesagtes mit derselben Formulierung zu wiederholen („wie gesagt" gehört übrigens grundsätzlich nicht in eine Ausführung, da Sie ansonsten eine überflüssige Wiederholung auch noch selbst ankündigen würden!).

5.6 Materialien und Hilfsmittel

Für die schriftliche Abiturprüfung im Fach Deutsch sind ein deutsches Wörterbuch sowie unkommentierte Textausgaben der unter den „Fokussierungen" aufgeführten Texte (G. Büchner: *Woyzeck;* R. Seethaler: *Der Trafikant*) im Klausurraum vorhanden.

5.7 Wiederholung und Übung

Wie können Sie am effektivsten wiederholen und üben, wie können Sie Ihre Vorbereitung auf die schriftliche Abiturprüfung Deutsch möglichst optimal gestalten?

Einige Tipps:

- Vergegenwärtigen Sie sich, wozu die einzelnen **Operatoren** aufrufen.
- Gewinnen Sie durch **schriftliches Üben** Sicherheit in der Bearbeitung der vier Aufgabenarten.
- Lesen Sie die **behandelten Pflichtlektüren** (G. Büchner: *Woyzeck;* R. Seethaler: *Der Trafikant*) noch einmal gründlich.
- Frischen Sie Ihre **allgemeinen Kenntnisse** zu den genannten Schriftstellern anhand Ihrer Unterrichtsmitschriften auf.
- Vergegenwärtigen Sie sich die **Methode der Analyse** eines Dramenauszugs und eines epischen Textes sowie eines Gedichtes.
- Wiederholen Sie **Epochenmerkmale** vor allem durch die Lektüre der Texte aus dem Unterricht und anhand Ihrer Hefteinträge zu diesen Themen. Schwerpunkte:
  - u. a. Romantik ausgehend von Gedichten,
  - Soziales Drama/Vorläufer des Realismus ausgehend von Büchners *Woyzeck*,
  - dazu literaturgeschichtliches Wissen aus den anderen Epochen, die Sie bei der Analyse lyrischer, epischer und dramatischer Texte behandelt haben.
- Wiederholen Sie **Dramentheorien**, soweit im Unterricht behandelt (z. B. von Aristoteles, Goethe, Schiller, Büchner).
- Arbeiten Sie die im Unterricht vermittelten Kenntnisse zu den **vier inhaltlichen Schwerpunkten** auf:
  - Inhaltsfeld Sprache: z. B. sprachgeschichtlicher Wandel
  - Inhaltsfeld Texte: z. B. Dramentheorien, Textgattungen
  - Inhaltsfeld Kommunikation: z. B. rhetorisch ausgestaltete Kommunikation in funktionalen Zusammenhängen
  - Inhaltsfeld Medien: z. B. Informationsdarbietung in verschiedenen Medien
- Verbessern Sie Ihre **Darstellungsleistung**, indem Sie Übungen zu folgenden Teilaspekten durchführen:
  - einen Argumentationsgang schlüssig und gedanklich klar aufbauen,
  - beschreibende, deutende, wertende Aussagen begründet aufeinander beziehen,
  - klar und stilistisch angemessen formulieren: keine Umgangssprache verwenden, Wiederholungen vermeiden, Formulierungen variieren, treffende Begriffe benutzen,
  - Fachsprache an den richtigen Stellen anwenden,
  - Aussagen durch angemessenes und korrektes Zitieren belegen,
  - die Regeln der Rechtschreibung, Zeichensetzung und Grammatik üben.
- Trainieren Sie die Sachtextanalyse:
  - Analysieren Sie Sachtexte vor allem im Hinblick auf ihre Argumentationsstruktur und erörtern Sie die dabei vertretenen Positionen,
  - Untersuchen Sie Sachtexte auch im Hinblick auf die sprachlich-rhetorische Gestaltung.
- Trainieren Sie die Auswertung **diskontinuierlicher Texte** wie Karikaturen, Grafiken, Bilder.

6 Die mündliche Abiturprüfung im Fach Deutsch

Eine mündliche Abiturprüfung gibt es in jedem Fall im vierten Abiturfach. Daneben werden weitere mündliche Prüfungen im ersten bis dritten Abiturfach angesetzt, wenn ansonsten das Bestehen der Abiturprüfung gefährdet ist, weil die Mindestbedingungen gemäß § 29 Abs. 4 APO-GOSt nicht erfüllt sind. Außerdem kann sich jeder zu freiwilligen mündlichen Abiturprüfungen melden, u. a. um seine Abiturdurchschnittsnote zu verbessern. Für mündliche Prüfungen im ersten bis dritten Abiturfach gilt, dass sie inhaltlich nicht dem Stoffgebiet der Abiturklausur oder Leistungsprüfungen der Qualifikationsphase entsprechen dürfen.
Die mündliche Prüfung enthält in der Regel zwei gleichwertige Elemente, durch die einerseits die Fähigkeit zum **Vortrag**, andererseits die Fähigkeit zur Beteiligung an einem **Prüfungsgespräch** überprüft wird. Es gelten ansonsten grundsätzlich dieselben Kriterien für die Bewertung wie bei den schriftlichen Anforderungen, wobei der sprachlichen Darstellung aufgrund der Kommunikationssituation eine besondere Bedeutung zukommt.
Zunächst erhalten Sie eine Aufgabenstellung, die aus einer oder mehreren Teilaufgaben bestehen kann. Für die Bearbeitung dieser Aufgabe stehen Ihnen im Vorbereitungsraum 30 Minuten zur Verfügung. Innerhalb dieser Zeit sollen Sie einen 10- bis 15-minütigen Vortrag vorbereiten, der in sich geschlossen und logisch untergliedert ist. Während des Vortrages können Sie sich auf die Texte sowie auf Ihre stichwortartigen Aufzeichnungen stützen.
Die Kürze der Vorbereitungszeit schließt aus, dass Sie Ihren Vortrag schriftlich ausformulieren; vielmehr ist es notwendig, ähnlich wie bei der Sichtungsphase in der Klausur durch sinnvolles Markieren und knappe Anmerkungen den Vortrag vorzubereiten.

Folgende **Aufgabenarten** sind für den ersten Prüfungsteil vorgesehen:

Aufgabenart I	Analyse eines literarischen Textes (unter Nennung von Bearbeitungsschwerpunkten)
Aufgabenart II	Analyse eines Sachtextes (unter Nennung von Bearbeitungsschwerpunkten)
Aufgabenart III a	Erörterung eines Sachtextes
Aufgabenart III b	Erörterung eines Sachtextes mit Bezug auf einen literarischen Text

Der zweite Prüfungsteil besteht aus einem Prüfungsgespräch, in dem Ihr Hintergrundwissen und Ihre Fähigkeit, größere fachliche und sachliche Zusammenhänge zu erschließen, überprüft werden.

6.1 Prüfungsteil I: eigenständiger Vortrag

Die größten Schwierigkeiten bei der mündlichen Abiturprüfung liegen erfahrungsgemäß im ersten Teil: Hier wird ein mindestens 10-minütiger zusammenhängender, gegliederter Vortrag gefordert. Da es für solch lange Vorträge kaum echte Übungsmöglichkeiten im Unterricht gibt, zumindest nicht für jeden Einzelnen, fehlt es weitgehend an konkreten Vorerfahrungen – daher einige Tipps, mit denen Sie sich auf diese Prüfungssituation vorbereiten und Ihren Vortrag ansprechend gestalten können.

Tipps für die 30-minütige Vorbereitung

- Beginnen Sie sofort konzentriert mit der Bearbeitung.
- Beachten Sie die Themenstellung: Was ist die Zielrichtung der geforderten Bearbeitung?
- Achten Sie auf die Operatoren: Welche konkreten Anforderungen werden gestellt? Bei Mehrteiligkeit: Welche Gliederungshilfe bieten die Teilaufgaben?
- Bedenken Sie den Einstieg: Was führt schnell und zielführend zum Kern der Aufgabenstellung?
- Arbeiten Sie im Text: Fachbegriffe an den Rand schreiben, Quellen-Anmerkungen ergänzen, Stichworte für den Vortrag festlegen; wichtige Zitatstellen markieren.
- Gliedern Sie den geplanten Vortrag: Nummerieren Sie Ihre Markierungen, damit Sie anhand dieser Reihenfolge Ihren Vortrag gestalten können.
- Formulieren Sie ein Fazit: Themenformulierungen beinhalten häufig regelrechte Fragestellungen; bei anderen deutet die letzte Aufgabenstellung auf eine Lösung/Bewertung/Beantwortung hin. Gestalten Sie deshalb den Schluss Ihrer Ausführung mit einem klaren Fazit, in dem Sie eine klar formulierte Antwort geben.

Tipps für den Vortrag

- *Zeitmanagement:* Legen Sie eine Armbanduhr neben Ihr Konzept, schreiben Sie, bevor Sie zu sprechen anfangen, den konkreten Zeitraum für Ihren Vortrag auf Ihr Konzept – so haben Sie klare zeitliche Anhaltspunkte.
- *Grobstruktur:* Nennung der Aufgabenstellung – Einleitung – Bearbeitung der Teilaufgaben – Schlussteil.
- *Leitfaden Ihres Vortrages:* Nutzen Sie Ihre Anmerkungen, die Sie während der Vorbereitungszeit angefertigt haben.
- *Vortragsweise:* Sprechen Sie möglichst frei, klammern Sie sich nicht an Ihr Konzept. Sprechen Sie klar, deutlich und hinreichend laut.
- *Sprechtempo:* Versuchen Sie, nicht zu schnell zu sprechen.
- *Stil:* Vermeiden Sie sowohl „Endlossätze" als auch Aneinanderreihungen und monotone Satzanfänge („Und … und … und …").
- *Sprachniveau:* Verwenden Sie die Fachsprache, die Sie gelernt haben, um zu verdeutlichen, dass Sie Ihr Metier beherrschen.
- *Zitate/Textbelege:* Verdeutlichen Sie während des Vortrages, woher Sie Ihre Aussagen beziehen, indem Sie Kernstellen mit Zeilenhinweis anführen.
- *Nonverbale Kommunikation:* Ein gelegentlicher Blickkontakt zu Ihrem Prüfer/Ihrer Prüferin oder den übrigen Beisitzern zeugt von einem souveränen Umgang mit der Situation und den Kommunikationsregeln.

- *Adressatenbezug:* Bewegen Sie sich bei Ihrem Vortrag auf einer einheitlichen Sprachebene und vergegenwärtigen Sie sich, dass die Adressaten Ihres Vortrags allesamt Deutschlehrerinnen und Deutschlehrer, also Fachleute, sind.

Sie können diesen ersten Teil der mündlichen Prüfung üben und simulieren, indem Sie eine Teilaufgabe der Arbeitsaufträge in diesem Band nehmen, die Vorbereitungszeit exakt einhalten und zwei Kursmitglieder als fiktive Prüfungskommission hinzuziehen. Lassen Sie sich anschließend von Ihrer „Prüfungskommission" begründet darlegen, ob Ihr Vortrag sprachlich und inhaltlich „verstanden" wurde.
Ebenso können Sie in der Familie oder im Freundeskreis das Referieren üben oder zu diesem Zweck Ihren Vortrag selbst aufnehmen und überprüfen.

6.2 Prüfungsteil II: das Prüfungsgespräch

Die zeitliche Dauer des zweiten Prüfungsteils entspricht derjenigen des ersten Teils: 10 bis 15 Minuten, je nach Verlauf. Auch das Thema des Prüfungsgesprächs muss in Bezug auf das Thema des Vortrags einem anderen Kurshalbjahr entnommen sein. Meistens erfolgt durch den Prüfer/die Prüferin eine Überleitung von Ihrem Vortrag zu diesem zweiten Teil – hier können Sie unmittelbare Bezüge zum Ausgangsthema herstellen.
Im weiteren Verlauf sollen Sie Ihre Kommunikationskompetenzen im Rahmen eines Fachgespräches unter Beweis stellen: Zeigen Sie sich also als gewandter Gesprächspartner bzw. gewandte Gesprächspartnerin, der/die adressatengerecht und sachkundig die Fragen und Impulse aufgreift und möglichst selbstständig und tiefgründig damit umgeht.

Tipps für das Prüfungsgespräch

- *Sprechanteil:* Je eigenständiger und umfassender Sie als Prüfling mit den Fragen und Impulsen umgehen, desto besser! Begnügen Sie sich nicht mit Kurzantworten, führen Sie länger aus.
- *Erfassen der Frageintention:* Achten Sie auf die Operatoren und auf fachliche Kernbegriffe! Führen Sie sinnvolle Beispiele oder Vergleiche aus dem Unterricht an, zeigen Sie Ihr Hintergrund- und Allgemeinwissen. Aber schweifen Sie nicht ab, bleiben Sie beim Thema.
- *Gesprächsaufbau durch den Prüfer/die Prüferin:* In der Regel gestaltet der Prüfer/die Prüferin ein solches Gespräch nach dem Prinzip „Vom Einfachen zum Schwierigen, vom Einzelfallbeispiel zum Allgemeinen/Modellhaften".
  Wenn Sie einen Bezug zu einer Ihnen passend erscheinenden Theorie oder zu einem aus dem Unterricht bekannten Beispiel selbst herstellen können: Tun Sie dies!
- *Unterrichtsbezüge:* Hintergrund aller Fragen und Impulse ist das gemeinsam aus dem Unterricht Bekannte. Stellen Sie also dort, wo möglich, über das gerade angesprochene Einzelbeispiel Vergleiche zu dem im Unterricht Behandelten an, weisen Sie auf Gemeinsamkeiten oder auch auf Unterschiede hin. Machen Sie somit

deutlich, dass Sie den Gesprächsgegenstand aus dem Prüfungsgespräch in größere Zusammenhänge einordnen können.

- *Verständnisproblem:* Sollten Sie mit einer einzelnen Frage einmal nichts anfangen können: Verlieren Sie keine Zeit, bitten Sie an einer solchen Stelle um eine kurze ergänzende Erläuterung.
- *Unterbrechungen:* Lassen Sie sich nicht irritieren. Der Prüfer/die Prüferin möchte Ihnen entweder zurück auf den Haupt(frage)weg helfen oder den Themenschwerpunkt wechseln, was vielleicht nur daran liegt, dass die Prüfungszeit allmählich knapp wird: Werten Sie solche Unterbrechungen in jedem Fall als für Sie günstig und hilfreich.
- *Mimik und Gestik:* Lassen Sie sich nicht durch Äußerlichkeiten irritieren: Jeder ist bemüht, einen möglichst neutralen Eindruck zu machen.

Training/Vorbereitungen
Vereinbaren Sie mit Ihrem Kurslehrer/Ihrer Kurslehrerin möglichst einmal im Verlauf der Qualifikationsphase die Simulation eines solchen Prüfungsgespräches unter Abiturbedingungen. Gegebenenfalls können Sie weitere Trainings mit anderen Mitgliedern Ihres Kurses wechselseitig durchführen, indem Sie die jeweiligen Kurshalbjahresthemen und die Vorgaben zu den unterrichtlichen Voraussetzungen (inhaltliche Schwerpunkte) berücksichtigen.

Viel Erfolg!

Grundkurs Deutsch (Nordrhein-Westfalen) – Übungsaufgabe 1
I a: Analyse eines literarischen Textes mit weiterführendem Schreibauftrag

Materialgrundlage:
Arthur Schnitzler: *Die Frage an das Schicksal*

Aufgaben:	Punkte
1. Interpretieren Sie den vorliegenden Textauszug aus dem Einakter *Die Frage an das Schicksal* von Arthur Schnitzler unter besonderer Berücksichtigung von Anatols Einstellung zum Verhältnis von Mann und Frau.	42
2. Stellen Sie knapp dar, welche Bedeutung Anezka für Franz in Robert Seethalers Roman *Der Trafikant* hat. Gehen Sie dabei darauf ein, welche Rolle sie für seine Entwicklung spielt. Vergleichen Sie anschließend die Beziehungen von Franz und Anatol zu den geliebten Frauen. Berücksichtigen Sie dabei, wie die Protagonisten mit der damit verbundenen Gefühlslage umgehen.	30

Arthur Schnitzler
Die Frage an das Schicksal (Erstdruck 1890, Auszug)

Vorbemerkung: Die Freunde Max und Anatol sprechen in Anatols Zimmer zunächst über die Möglichkeiten, die das Hypnotisieren bietet. Beim Hypnotisieren wird ein Mensch in einen tranceartigen Zustand versetzt, in dem dessen Verhalten in gewissem Umfang vom Hypnotiseur gesteuert werden kann. Anatol beherrscht die Kunst der Hypnose. Das Gespräch der Freunde wendet sich dann Anatols Beziehung zu Cora zu. Bald nach den letzten Worten des Auszugs kommt diese nach Hause.

MAX. Jenes Weib … jenes Weib? … Also noch immer!

ANATOL. Ja, mein Freund! … Noch immer! Ich bin unglücklich, bin toll.

MAX. Noch immer also … im Zweifel?

ANATOL. Nein … nicht im Zweifel. Ich weiß, daß sie mich betrügt! Während sie an meinen Lippen hängt, während sie mir die Haare streichelt … während wir selig sind … weiß ich, daß sie mich betrügt.

MAX. Wahn!

ANATOL. Nein!

MAX. Und deine Beweise?

ANATOL. Ich ahne es … ich fühle es … darum weiß ich es!

MAX. Sonderbare Logik!

ANATOL. Immer sind diese Frauenzimmer uns untreu. Es ist ihnen ganz natürlich ... sie wissen es gar nicht … So wie ich zwei oder drei Bücher zugleich lesen muß, müssen diese Weiber zwei oder drei Liebschaften haben.

MAX. Sie liebt dich doch?

ANATOL. Unendlich … Aber das ist gleichgültig. Sie ist mir untreu.

MAX. Und mit wem?

ANATOL. Weiß ich's? Vielleicht mit einem Fürsten, der ihr auf der Straße nachgegangen, vielleicht mit einem Poeten aus einem Vorstadthause, der ihr vom Fenster aus zugelächelt hat, als sie in der Früh' vorbeiging!

MAX. Du bist ein Narr!

ANATOL. Und was für einen Grund hätte sie, mir nicht untreu zu sein? Sie ist wie jede, liebt das Leben, und denkt nicht nach. Wenn ich sie frage: Liebst du mich? – so sagt sie ja – und spricht die Wahrheit; und wenn ich sie frage, bist du mir treu? – so sagt sie wieder ja – und wieder spricht sie die Wahrheit, weil sie sich gar nicht an die andern erinnert – in dem Augenblick wenigstens. Und dann, hat dir je eine geantwortet: Mein lieber Freund, ich bin dir untreu? Woher soll man also die Gewißheit nehmen? Und wenn sie mir treu ist –

MAX. Also doch! –

ANATOL. So ist es der reine Zufall … Keineswegs denkt sie: O, ich muß ihm die Treue halten, meinem lieben Anatol … keineswegs …

MAX. Aber wenn sie dich liebt?

ANATOL. O, mein naiver Freund! Wenn das ein Grund wäre!

MAX. Nun?

ANATOL. Warum bin ich ihr nicht treu? … Ich liebe sie doch gewiß!

MAX. Nun ja! Ein Mann!

ANATOL. Die alte dumme Phrase! Immer wollen wir uns einreden, die Weiber seien darin anders als wir! Ja, manche … die, welche die Mutter einsperrt, oder die, welche kein Temperament haben … Ganz gleich sind wir. Wenn ich einer sage: Ich liebe dich, nur dich – so fühle ich nicht, daß ich sie belüge, auch wenn ich in der Nacht vorher am Busen einer andern geruht.

MAX. Ja … du!

ANATOL. Ich … ja! Und du vielleicht nicht? Und sie, meine angebetete Cora vielleicht nicht? Oh! Und es bringt mich zur Raserei. Wenn ich auf den Knien vor ihr läge und ihr sagte: Mein Schatz, mein Kind – alles ist dir im Vorhin verziehen – aber sag' mir die Wahrheit – was hülfe es mir? Sie würde lügen wie vorher – und ich wäre soweit als vorher. Hat mich noch keine angefleht: „Um Himmels willen! Sag' mir … bist du mir wirklich treu? Kein Wort des Vorwurfs, wenn du's nicht bist; aber die Wahrheit! Ich muß sie wissen" … Was hab' ich drauf getan? Gelogen … ruhig, mit einem seligen Lächeln … mit dem reinsten Gewissen. Warum soll ich dich betrüben, hab' ich mir gedacht? Und ich sagte: Ja, mein Engel! Treu bis in den Tod. Und sie glaubte mir und war glücklich!

MAX. Nun also!

ANATOL. Aber ich glaube nicht und bin nicht glücklich! Ich wär' es, wenn es irgendein untrügliches Mittel gäbe, diese dummen, süßen, hassenswerten Geschöpfe zum Sprechen zu bringen oder auf irgendeine andere Weise die Wahrheit zu erfahren … Aber es gibt keines außer dem Zufall.

MAX. Und die Hypnose?

ANATOL. Wie?

MAX. Nun … die Hypnose … Ich meine das so: Du schläferst sie ein und sprichst: Du mußt mir die Wahrheit sagen.

ANATOL. Hm …

MAX. Du mußt … Hörst du …

ANATOL. Sonderbar! …

MAX. Es müßte doch gehen … Und nun fragst du sie weiter … Liebst du mich? … Einen anderen? … Woher kommst du? … Wohin gehst du? … Wie heißt jener andere? … Und so weiter.

ANATOL. Max! Max!

MAX. Nun …

ANATOL. Du hast recht! … Man könnte ein Zauberer sein! Man könnte sich ein wahres Wort aus einem Weibermund hervorhexen …

MAX. Nun, also? Ich sehe dich gerettet! Cora ist ja gewiß ein geeignetes Medium … heute abend noch kannst du wissen, ob du ein Betrogener bist … oder ein …

ANATOL. Oder ein Gott! … Max! … Ich umarme dich! … Ich fühle mich wie befreit … ich bin ein ganz anderer. Ich habe sie in meiner Macht …

[…]

Aus: Arthur Schnitzler: Die Frage an das Schicksal. In: Arthur Schnitzler, Anatol, Dramen 1889–1891. Frankfurt a. M.: 1962, S. 36–41.

Anmerkung:
1 *toll:* hier im Sinne von *verrückt*

Hinweis zum Text: Das einaktige Schauspiel „Die Frage an das Schicksal" des Wiener Schriftstellers Arthur Schnitzler (entstanden 1889) ist Teil seines Dramenzyklus' „Anatol", der eine Reihe von Einaktern umfasst, in denen es um den Protagonisten Anatol und seine Beziehungen zu verschiedenen Frauen geht.

Teilaufgabe 1

Hinweise und Tipps

Welche Aufgabenart liegt vor und wie sind die Teilaufgaben gewichtet?
Diese Übungsaufgabe gehört zur ***Aufgabenart I a: Analyse eines literarischen Textes mit weiterführendem Schreibauftrag****. Die erste Teilaufgabe ist mit 42 Punkten etwas stärker gewichtet als die zweite Teilaufgabe mit 30 Punkten.*

Was verlangt die Aufgabenstellung von mir?
Ihnen liegt ein ***Dramenauszug*** *vor, den Sie* ***interpretieren****, d. h. in inhaltlicher, formaler und sprachlicher Hinsicht* ***untersuchen und deuten*** *sollen. Zudem wird ein Aspekt vorgegeben, den Sie in besonderem Maße beachten sollen:* ***Anatols Einstellung zum Verhältnis von Mann und Frau****. Diese Fokussierung bedeutet nicht, dass Sie sich hierauf beschränken sollen. Sie legt aber nahe, Anatols Äußerungen in den Mittelpunkt der Betrachtungen zu stellen – was angesichts der Redeanteile und der zweiten Teilaufgabe ohnehin schon anzuraten ist.*

Wie gehe ich bei der Bearbeitung der Aufgabe sinnvollerweise vor?
Lesen Sie den Dialog genau und markieren Sie im Text Auffälligkeiten. Um die Struktur der Szene herauszuarbeiten, ist es hilfreich, nach ***Wendepunkten und Zäsuren*** *zu suchen. Zeichnen Sie im Text Anfang und Ende der von Ihnen ermittelten* ***Abschnitte*** *ein und geben Sie diesen treffende Überschriften. Arbeiten Sie dann mithilfe von Markierungen und Randnotizen insbesondere* ***Anatols Sicht*** *auf seine* ***eigene Beziehung*** *und auf das* ***Verhältnis zwischen Männern und Frauen*** *allgemein heraus. Untersuchen Sie dabei auch, inwiefern Anatols Überlegungen möglicherweise Widersprüche aufweisen, die seine Argumentation vielleicht problematisch erscheinen lassen.*
Da eine Dramenanalyse immer auch ***Kommunikationsanalyse*** *ist, müssen Sie das Verhältnis der beiden Figuren in den Blick nehmen. Stellen Sie Fragen wie: Welche Figur hat mehr Redeanteile? Gibt es eine Zäsur? Welche Intentionen verfolgen die Gesprächspartner? In welcher Stimmung befinden sich die beiden? In diesem Zusammenhang ist es unerlässlich, auch die* ***sprachliche Gestaltung*** *zu berücksichtigen. Deuten die Äußerungen auf Gefasstheit und Überlegenheit hin oder verrät die Sprache Unsicherheit oder Gereiztheit?*

Wie kann ich meinen Aufsatz strukturieren?
Beginnen Sie Ihre Ausarbeitung mit einer ***Einleitung****, in der Sie alle* ***Kerninformationen*** *zum dem Auszug unterbringen und Autor, Gattung, Titel, Entstehungsjahr sowie das zentrale Thema nennen. Im* ***Hauptteil*** *stellen Sie den Fortgang des Gesprächs am besten* ***chronologisch*** *dar, um die Entwicklung bzw. mögliche Wendungen aufzeigen zu können. Es empfiehlt sich, schon hier ausgewählte* ***rhetorische Mittel*** *einzubeziehen und in ihrer Funktion zu deuten. Wenn Sie die Sprache erst nach dem Inhalt in einem eigenen Block analysieren, besteht die Gefahr, dass Sie sich oft wiederholen müssen und zu viel Zeit verlieren. Abstrahieren Sie Ihre Beobachtungen und ziehen Sie Rückschlüsse auf* ***Anatols Selbst- und Menschenbild****. Sie werden rasch erkennen, dass er heuchlerisch argumentiert.* ***Fassen*** *Sie solche Erkenntnisse am besten im* ***Schlussteil*** *prägnant* ***zusammen****.*

Lösungsvorschlag

Wie hältst du es mit der Treue? An dieser Frage scheitern viele Beziehungen. Dabei ist nicht nur der **bewiesene Betrug** oft ein Grund für die Trennung, auch der **bloße Verdacht** kann das Vertrauen in einer Partnerschaft unterhöhlen. Im vorliegenden Auszug aus dem Einakter „Die Frage an das Schicksal" von 1889, der zu Arthur Schnitzlers „Anatol"-Zyklus gehört, verzweifelt **Anatol** im Gespräch mit seinem Freund Max über der **Untreue**, die er seiner **Geliebten Cora unterstellt**. Erst als Max ihm rät, Cora unter Hypnose zu befragen, beruhigt sich Anatol.

Einleitung
Grundinformationen zum Auszug

Der Auszug lässt sich in drei Abschnitte einteilen: Im ersten Abschnitt steigert sich Anatol in die **Vermutung** hinein, **seine Geliebte** könne ihm **untreu** sein (Z. 1–33). In einem anderen Licht erscheint Anatols Eifersucht, als er sein **eigenes Fremdgehen** eingesteht (Z. 34–57). Im letzten Abschnitt scheint als **möglicher Ausweg** aus Anatols Krise die **Hypnose** auf (Z. 58–75). Jener ist in einem **erregten Zustand**, was sich auf sprachlicher Ebene in Ausrufen, Fragen und elliptischen Sätzen widerspiegelt. Die zahlreichen Auslassungspunkte zeigen, wie er nach Worten sucht, Pausen macht und überlegt: „Ja, mein Freund! ... Noch immer!" (Z. 2, vgl. Z. 37 ff.) Diese zerfahrenen Äußerungen sind der **gesprochenen Sprache** nachempfunden und lassen die ganze Szene sehr lebensecht wirken.

Hauptteil
Aufbau und Kurzüberblick über den Inhalt

... und Anatols Verfassung (unter Berücksichtigung sprachlicher Merkmale)

Mit der steigernden Reihung „Ich bin unglücklich, bin toll" (Z. 2) bringt Anatol seine Gemütsverfassung auf den Punkt. Sein Freund ist in seine Sorgen eingeweiht – offenbar haben beide schon häufiger über das Thema diskutiert. Doch während Max weiterhin nur von Zweifeln Anatols an Coras Treue ausgeht, ist dieser sich nun **sicher**, **hintergangen zu werden** (vgl. Z. 4). Indem er mehrere Beschreibungen inniger Zweisamkeit aneinanderreiht („Während", Z. 4 ff.), wird der Gegensatz zu seiner entschiedenen Behauptung „weiß ich, daß sie mich betrügt" (Z. 6) umso größer. Dabei verfügt er über keinerlei Beweise, sondern beruft sich allein auf sein Gefühl und seine **Ahnung** (vgl. Z. 10). Als Max ihm vorwirft, irrationale Schlüsse zu ziehen, versteigt sich Anatol zu **verallgemeinernden Betrachtungen** über Frauen: **Untreue** sei ein fixes Merkmal der **weiblichen Natur** (vgl. Z. 12 ff.). Mithilfe eines wenig erhellenden Vergleichs mit den eigenen Lesevorlieben (vgl. Z. 13 f.) versucht er, diese Einschätzung zu untermauern. Paradox ist Anatols Behauptung, dass Cora ihn „[u]nendlich" (Z. 16) liebe und ihm dennoch untreu sei. Der **Mangel an Beweisen** für ihre Untreue wird durch seine Vermutungen, wer der Liebhaber sein könnte, unterstrichen: Es könne sowohl ein (reicher) Fürst als auch ein (armer) Poet (vgl. Z. 18 ff.) sein – also im Grunde jeder. Nach seinem Frauenverständ-

Anatols Eifersucht

nis kann sie gar nicht anders: Sie muss fremdgehen. „Sie ist wie jede" (Z. 22 f.), lebenslustig, unreflektiert und oberflächlich (vgl. Z. 22 f.). In einem erfundenen Dialog mit Cora verdeutlicht Anatol, dass es **keine Lösung** für das ihn umtreibende Problem gebe. Auch wenn Cora seine Fragen, ob sie ihn liebe bzw. ihm treu sei, bejahe, könne er ihr doch nicht glauben: „Woher soll man also die Gewißheit nehmen?" (Z. 27 f.) Ohne greifbare Indizien für ein Fehlverhalten der Geliebten steigert Anatol sich in seine **Eifersucht** hinein. Rhetorische Fragen (vgl. Z. 18, 22, 27 f.), Ausrufe (vgl. Z. 33, 37) und Satzabbrüche (vgl. Z. 28, 31) spiegeln auf sprachlicher Ebene seine wachsende Aufregung wider. Da Frauen in seinen Augen **nur für den Augenblick treu** sein können (vgl. Z. 26), muss seiner Logik zufolge auch Cora ihn betrügen. Entgegen konventionellen romantischen Vorstellungen sei **Liebe kein Grund für Treue** (vgl. Z. 32 f.). Sei sie ihm treu, stecke dahinter eher der „reine Zufall" (Z. 30) als ein moralisches Prinzip.

Anatols Eingeständnis seiner eigenen Untreue

Der Beweis, den Anatol für seine Argumentation liefert, bildet eine deutliche **Zäsur** der Szene und verändert den Blickwinkel des Zuschauers komplett. Anatol gibt preis, dass **er selbst Cora betrügt**, obwohl er sie **liebt** (vgl. Z. 35). Max' Einwand, Männer seien in sexueller Hinsicht anders, wischt Anatol weg und vertritt nun ein ganz **modernes Geschlechterbild:** „Ganz gleich sind wir." (Z. 39) Anstatt weiter die Untreue zum spezifisch weiblichen Charakterzug zu stilisieren, stellt Anatol sie nun als **allgemein menschlich** dar. Die Unzuverlässigkeit „echter" Liebesbekundungen will er dabei beispielhaft an sich selbst belegen: „Wenn ich einer sage: Ich liebe dich, nur dich – so fühle ich nicht, daß ich sie belüge, auch wenn ich in der Nacht vorher am Busen einer andern geruht." (Z. 39 ff.) Wieder wird das **Gefühl zur Autorität**, auf die sich Anatol beruft und die mehr Bedeutung hat als Tatsachen. So wie er anfangs sein Wissen um Coras Untreue auf eine Ahnung zurückgeführt hat, betrachtet er eine Lüge nicht als solche, weil sie sich nicht nach Betrug anfühlt. Indem er alles so dreht, dass es in seine Argumentation passt, entpuppt sich **Anatol** als **egozentrisch und scheinheilig**.

Während Max den **laxen Umgang mit der Wahrheit** und die **sexuelle Prinzipienlosigkeit** vor allem bei Anatol selbst sieht, schreibt dieser sie auch Max und Cora zu (vgl. Z. 42 ff.). Die beiden Gespräche, die Anatol nun skizziert, sind allerdings **verräterisch:** Wie der **Konjunktiv** anzeigt, ist das Gespräch, in dem er von Cora die Wahrheit erbettelt und angelogen wird (vgl. Z. 44 ff.), nur **imaginiert**. Das Gespräch, in dem eine Frau ihn um dasselbe ersucht und dann ebenfalls angelogen wird (vgl. Z. 47–52), hat dagegen – darauf lässt der **Indikativ** schließen – so **stattgefunden**. Der Moduswechsel unterstreicht, dass Anatol von sich auf andere schließt. Zudem **entlarvt Anatol sich selbst:** Erst spricht er vom „reinsten Gewis-

sen“ (Z. 50) und deutet so erneut an, sich in dem Augenblick der Lüge nicht bewusst zu sein – dann aber verrät der erinnerte Gedanke „Warum soll ich dich betrüben“ (Z. 51 f.) das Gegenteil.
In Anatols desillusioniertem Welt- und Menschenbild sind offenbar **alle Beziehungen auf wechselseitigem Lügen und Betrügen aufgebaut**. Gleichzeitig spitzt sich Anatols Dilemma zu: Er wünscht sich eifersüchtig von der Frau etwas, das er selbst nicht zu leisten bereit ist, und ist zudem nicht in der Lage, den Beteuerungen ihrer Treue zu glauben. Die Treue erscheint nicht beweisbar, da alle **Worte potenziell unzuverlässig** sind. Anatol sieht kein „untrügliches Mittel“ (Z. 55), um von Frauen, die er mit antithetischen Adjektiven als „dumme[], süße[], hassenswerte[] Geschöpfe“ (Z. 55 f.) umschreibt, die Wahrheit zu erzwingen.

Hypnose als Ausweg?

Max’ Vorschlag, die **Hypnose als Instrument der Wahrheitsfindung** einzusetzen, bewirkt einen Umschwung im Dialog sowie in Anatols Stimmung. Diese in der Wiener Moderne durch Sigmund Freuds **Psychoanalyse** populär gewordene Methode, Unterbewusstes an den Tag zu bringen, soll auch hier Abhilfe schaffen. Max überzeugt den noch zögernden Freund mit einer ganzen Litanei von möglichen Fragen, die man Cora wie in einem Verhör stellen könnte (vgl. Z. 65 ff.). Schließlich ist auch Anatol begeistert von der Aussicht, „ein wahres Wort aus einem Weibermund hervor[zu]hexen“ (Z. 70 f.), wobei seine metaphorische Formulierung deutlich macht, dass Frauen und Wahrheit für ihn unvereinbare Gegensätze bilden. Die Vorstellung, durch die Hypnose die Frau „in [s]einer Macht“ (Z. 75) zu haben und endlich Klarheit gewinnen zu können, berauscht ihn geradezu und lässt sich als **patriarchales Streben nach Kontrolle** über die Frau deuten.
Dramaturgisch geschickt wird durch das lebhafte Gespräch die **Neugier** des Lesers bzw. Zuschauers auf den Fortgang der Handlung geweckt: Wie wird Cora agieren? Welche Wahrheiten wird die Hypnose ans Tageslicht befördern?

Kommunikatives Verhalten von Max und Anatol

Der vorliegende **Dialogausschnitt** wird **von Anatol dominiert**, wohingegen Max lediglich als Stichwortgeber fungiert, der Fragen stellt oder knappe Einwände vorbringt – erst mit dem Hinweis auf die Hypnose gibt er einen Impuls, der die Handlung beeinflusst. Anatol belehrt Max, er **monologisiert**, erläutert sein Frauen- bzw. Menschenbild und vergegenwärtigt Dialoge, die er tatsächlich so geführt hat oder so geführt haben könnte. Die zahlreichen **Konditionalgefüge** („Wenn …“, vgl. Z. 23 f., 39, 44) zeigen, dass er **Gedankenspiele** anstellt, und unterstreichen so, dass sich die Untreue Coras nur in seinem Kopf abspielt.

Schlussteil

Deutende Zusammenfassung

Anatol scheint besessen von seinem Verdacht; entlastende Zeichen, die für Coras Unschuld sprechen, lässt er nicht gelten. Scheinheilig wirkt, dass er das, was er Cora ohne konkreten Beweis vorwirft, selbst tut. Die **Liebe** als zentrale Form der zwischenmenschlichen Bindung wird **entwertet** – dauerhafte, auf einen einzigen Menschen konzentrierte Gefühle erscheinen hier unmöglich. Das Treue- und Liebesgeständnis hat nach Anatols Meinung nur in dem Moment, in dem es geäußert wird, Geltung. Somit erweist sich nicht nur die **Liebe als trügerisch**, auch die **Sprache wird zum Medium der Lüge**, das sich nicht eignet, um zur Wahrheit vorzudringen. Und Anatols Vorhaben, Cora zu hypnotisieren, lässt sich als Ausdruck eines **patriarchalen Machtstrebens** deuten.

Teilaufgabe 2

Hinweise und Tipps

Was verlangt die Aufgabenstellung von mir?
*Die zweite Teilaufgabe stellt den Bezug zu Robert Seethalers Roman „Der Trafikant" her. Sie ist zweigeteilt: Zunächst wird von Ihnen eine **Darstellung der Bedeutung** verlangt, die **Anezka für Franz** hat. Dann haben Sie die Aufgabe, die Beziehung von **Franz** mit der von **Anatol** aus dem Schnitzler-Auszug zu **vergleichen**. Dabei sollen Sie den Umgang der Protagonisten mit der emotionalen Situation beachten, die jeweils mit der Beziehung verbunden ist.*

Wie gehe ich bei der Bearbeitung der Aufgabe sinnvollerweise vor?
*Zunächst vergegenwärtigen Sie sich die **Handlung von „Der Trafikant"** und machen sich **Notizen** dazu, welche **Bedeutung Anezka für Franz** hat. Dabei sollten Sie über die Betrachtung seiner Gefühle zu ihr hinausgehen – denn der Arbeitsauftrag, ihre Rolle für Franz' Entwicklung zu berücksichtigen, zeigt, dass Sie die Beziehung sozusagen auch „von außen", abstrahierend-deutend betrachten sollen.*
Nutzen Sie für Ihre Notizen Techniken, die Sie im Unterricht kennengelernt haben, also zum Beispiel eine Mindmap, in der Sie wichtige diesbezügliche Punkte verzeichnen. Schreiben Sie zum Beispiel in die Mitte „Bedeutung Anezkas für Franz" und notieren Sie dann um diese Mitte herum, was Ihnen dazu einfällt – beispielsweise „Erste Liebe", „Erwachsenwerden", „Grund für Verzweiflung", „Anlass für widerständiges Verhalten" etc. Anschließend überlegen Sie sich, welche der notierten Punkte Sie in welcher Reihenfolge in Ihren Aufsatz integrieren möchten.
*Den geforderten **Vergleich** können Sie dann mithilfe einer **Tabelle** vorbereiten, in der Sie **Gemeinsamkeiten und Unterschiede** zu den Beziehungen der Figuren und zu ihrem Umgang mit ihren Gefühlen notieren. Das könnte so aussehen:*

Der Trafikant	***Die Frage an das Schicksal***
Erste Liebe, aber eher flüchtige Beziehung	*Eine Liebe unter mehreren, aber offenbar feste Beziehung*
Liebe als Grund für Verzweiflung	*Liebe als Grund für Verzweiflung*
Fraglich, ob Liebe auf Anezkas Seite	*Liebe auf beiden Seiten*

Treue auf Seite des Mannes	Untreue auf Seite des Mannes
Begründete Vermutung, die Frau habe einen anderen	*Unbelegte Vermutung, die Frau habe einen anderen*
…	…

Wie kann ich meinen Aufsatz strukturieren?

*Zu Beginn formulieren Sie eine **aufgabenbezogene Überleitung**, in der Sie den Vergleichstext mit seinen grundlegenden Daten nennen und am besten auch schon auf interessante Vergleichsaspekte hinweisen.*

*Bei der anschließenden **Darstellung** der Bedeutung, die Anezka für Franz hat, können Sie **chronologisch** durch den Text gehen. Das erleichtert auch die geforderte Berücksichtigung von Franz' Entwicklung. Allerdings birgt dieses Vorgehen die Gefahr, ins ausführlichere Nacherzählen zu geraten – und das wiederum kann Sie in Zeitnöte bringen. Achten Sie daher darauf, nicht zu viel Handlung wiederzugeben. Versuchen Sie eher, die Bedeutung Anezkas für Franz **abstrahierend** darzustellen – also z. B. Ihre Bedeutung als Franz' erste Liebe und ihre Rolle beim Prozess seines Erwachsenwerdens zu beschreiben.*

*Beim anschließenden **Vergleich** gelingt meist eine besonders differenzierte Gegenüberstellung, wenn Sie einen **verschränkten Aufbau** wählen, d. h. zwischen den beiden Texten hin und her wechseln und dabei die verschiedenen Facetten thematisieren. Beginnen sollten Sie möglichst mit grundlegenden Aspekten, beispielsweise mit den Voraussetzungen der Beziehungen. Gegen Ende ist es sinnvoll, noch stärker in die Deutung zu gehen, also zum Beispiel die Frage zu beantworten, mit welchen übergeordneten Themen die Beziehungen zu den Frauen zusammenhängen.*

*Mit einem **Schlussteil**, in dem Sie die Ergebnisse noch einmal zusammenfassen oder einen Ausblick geben, runden Sie Ihren Aufsatz ab.*

Lösungsvorschlag

Überleitung
Hinführung und grundlegende Daten zu Seethalers Roman

Auch in Robert Seethalers Roman „Der Trafikant" aus dem Jahr 2012, der in den Jahren 1937/38, also in der Zeit um den „Anschluss Österreichs", spielt, nimmt die Liebe des Protagonisten zu einer Frau eine ganz besondere Rolle ein. Wie Anatol **quält** sich auch **Franz**, der als naiver Junge vom Land in Wien eine Ausbildung bei dem Trafikanten Otto Trsnjek begonnen hat und sich im Prater in die Böhmin Anezka verliebt, mit **Gedanken an die Geliebte** und an ihr **mögliches Verhältnis** mit anderen Männern. Wie verschieden die Beziehungen zu den Frauen jedoch sind, soll nach einer Erläuterung der Bedeutung Anezkas für Franz dargelegt werden.

Hauptteil
Anezkas Bedeutung für Franz

Franz' **erste Liebe** ist ein entscheidender Wendepunkt in seinem Leben: Sie steht für den **Übergang von der Kindheit zum Erwachsenendasein**. Dabei ist sie Grund für **große Freude** und für **große Verzweiflung**. Ihr wiederholtes und für Franz unverständliches Verschwinden macht ihn rasend – dass sie ihm die **triebhafte Seite**

der Liebe erschließt, mit der er bisher **noch keine Erfahrung** hat, tut sein Übriges. Franz kann sein heftiges **sexuelles Begehren** nach Anezka nicht stillen (vgl. S. 94), bis sie ihn ein drittes Mal aufsucht. Dass die Böhmin – wie er dann feststellen muss – ihren Körper anderen zur Schau stellt und offenbar Beziehungen zu anderen Männern hat, macht ihn **eifersüchtig** (vgl. S. 112 f., 134). Franz ist zutiefst **verunsichert**, wie sein Eingeständnis verdeutlicht, nicht zu wissen, ob seine Bemühungen um Anezka zu irgendetwas geführt haben (vgl. S. 130) und ob er sie tatsächlich liebt (vgl. S. 136). Für Franz selbst zeigt gerade auch die Beziehung zu Anezka, dass er **kein Kind mehr**, aber auch **noch kein Mann** ist (vgl. S. 162). Angesichts der sich **verschärfenden politischen Situation** entschließt er sich, um Anezka zu kämpfen, und schlägt ihr die Flucht aus Wien vor. Wie er sich dem hereinkommenden SS-Mann entgegenstellt und sich ihm gegenüber zu seiner Liebe bekennt, zeugt von **gesteigertem Selbstbewusstsein** und **NS-kritischer Haltung**. Insofern trägt die Beziehung zu Anezka auch zu seiner **Persönlichkeitsentwicklung** bei. Anezka allerdings ist mit dem SS-Mann liiert. So sind die Nationalsozialisten auf die eine oder andere Weise dafür verantwortlich, dass Franz am Ende aller seiner positiven sozialen Beziehungen in Wien beraubt ist: Trsnjek ist von ihnen offenbar ermordet worden, der Jude Freud, Franz' Mentor, muss fliehen und **Anezka** hat sich mit den **veränderten politisch-gesellschaftlichen Verhältnissen arrangiert**. Die erlebten Liebesenttäuschungen sind insofern Teil eines Prozesses, in dem Franz vom Träumer zu einem **realitätserprobten Erwachsenen** reift, der schließlich seine **kritische Haltung** zu den **Nationalsozialisten** öffentlich kundtut: Er hisst die einbeinige Hose des toten Trsnjek wie eine mahnende Fahne an der Gestapo-Zentrale.

Vergleich Franz – Anatol

Wie diese Beschreibungen verdeutlichen, gibt es einige **Gemeinsamkeiten**, aber vor allem **Unterschiede in den Beziehungen** von **Franz und Anatol**.

Charakter der Beziehung und Gefühlslage des Protagonisten

Die Beziehungen haben dabei **unterschiedliche Voraussetzungen:** Während Anzeka für **Franz** die **erste Liebe** darstellt, ist **Anatol** in Liebesdingen offenbar **sehr erfahren**. Er hatte vorher schon Beziehungen und geht darüber hinaus fremd. So groß seine Erfahrung ist, so groß ist allerdings auch die **Verzweiflung**. Es wirkt geradezu so, als seien frühere Erfahrungen mit Frauen mit ein Grund dafür, dass er an Coras Treue zweifelt (vgl. Z. 12). Auch Franz **leidet** stark an seiner Liebe. Doch die Frage der Treue spielt dabei zunächst weniger eine Rolle als der Umstand, dass Anezka **nicht auffindbar** ist und Franz deshalb seine **Sehnsucht** (und sein sexuelles Begehren) **nicht stillen** kann. Im Unterschied zu Schnitzlers Text fällt es bei Seethalers Roman schwer, von einer Beziehung im engeren Sinne zu sprechen. Anezka und Franz begegnen sich nur wenige

Male, und eine **Liebesbekundung** von ihrer Seite **bleibt aus**. Cora dagegen hat Anatol gegenüber offenbar schon mehrfach ihre Liebe beteuert (vgl. Z. 23 ff.) und sie führen eine feste Beziehung. Franz ist vor allem wegen Anezkas tatsächlichem **Verhalten** – insbesondere ihrem wiederholten Verschwinden – **verunsichert**. Anatols Verunsicherung hingegen gründet nicht auf konkreten Anhaltspunkten in Coras Verhalten, sondern auf seinem allgemeinen Misstrauen und auf seiner Meinung, es läge in der **weiblichen Natur**, **untreu** zu sein. Die Unmöglichkeit, letztgültige Gewissheit von ihrer Treue zu gewinnen, scheint für ihn der unabweisliche Grund dafür zu sein, von ihrer Untreue auszugehen. Daher bekommt man den Eindruck, dass sein **Liebesschmerz „hausgemacht"** ist. Die Qualen, die Franz aufgrund seines Unwissens, wo Anezka ist und wie sie genauer zu ihm steht, erlebt, erscheinen dagegen – gerade auch vor dem Hintergrund seiner Unerfahrenheit – **nachvollziehbarer**. Die damit einhergehende **Identifikation mit der Hauptfigur** fehlt in Schnitzlers Auszug, der auf die **kritische Entlarvung des Protagonisten** angelegt ist.

Umgang mit dem Leiden an der Beziehung

Wie Anatol will Franz seine Verzweiflung überwinden. Er fragt seinen väterlichen Freund Sigmund Freud um Rat, der mit Franz dessen Lage und seine **Empfindungen** zu klären versucht. Auch Max versucht durch kritische Fragen Klärungen herbeizuführen, doch ist Anatol in seinen Überzeugungen so **festgefahren**, dass es **keinen Erkenntnisfortschritt** gibt. Erst der Vorschlag, Anatol könne mithilfe der Hypnose Klarheit bekommen, begeistert den Verzweifelten. Er will also zum **Mittel der Manipulation** greifen. Dabei geht es offenbar auch um „Macht" (Z. 75). Ganz anders ist Franz' Umgang mit seiner schwierigen Situation. Er beherzigt Freuds Rat, seine Träume aufzuschreiben, und greift damit ebenfalls auf eine in der **Psychoanalyse** gängige Praxis zurück – allerdings nicht zur Manipulation, sondern zur **klärenden Auseinandersetzung mit sich selbst**. Und Anezka gegenüber agiert er vollkommen offen, als er sie fragt, ob sie mit ihm fliehen möchte. Insofern scheint er auf das Mittel der **gleichberechtigten Kommunikation** zu vertrauen, während für Anatol Sprache ein **Medium der Lüge** ist.

Deutungsebene

Beide Texte verbinden die zwischenmenschliche Ebene mit allgemeineren Fragen: Bei Schnitzler wird die Frage nach den **Möglichkeiten von Sprache und Erkenntnis** aufgeworfen. Seethaler dagegen verknüpft in seinem Roman die Beziehungsthematik mit der politischen Ebene. Der Roman lehrt, dass Liebe nicht im „luftleeren" Raum, sondern in einem gesellschaftlich-politischen Kontext stattfindet, der über deren Gelingen mitentscheidet. Anezkas Rückkehr zur Trafik am Romanende deutet zumindest an, dass die Liebe des Protagonisten an einem anderen Ort oder zu einer anderen Zeit eine Chance gehabt hätte. Die Nationalsozialisten zerstören nicht nur Franz' Beziehungen zu Freud und Trsnjek, sondern mittelbar auch die zu Anezka. Seethalers **eindringliche Warnung vor dem Nationalsozialismus** bezieht insofern auch die Gefährdung des persönlichsten Bereichs des Menschen, der Liebe, mit ein. Eine solche klare politisch-gesellschaftliche Stoßrichtung hat Schnitzlers Auszug nicht – als **gesellschaftskritisch** darf man den Auszug allerdings dennoch insofern verstehen, als er **Anatols patriarchales Streben nach Kontrolle und Macht** sowie eine Kultur der Heuchelei offenlegt.

Schluss
Ausblick

Auch angesichts des Umstands, dass die Beziehung zu Anezka zu Franz' **persönlicher Entwicklung** beiträgt, wäre es interessant zu erfahren, wie Anatols Geschichte weitergeht. So festgefahren, wie seine Denkweise in dem Auszug wirkt, erscheint es jedoch **unwahrscheinlich**, dass Anatol sich **entwickeln** wird. Man darf vermuten, dass sein Versuch, sich mittels der Hypnose zufriedenstellende Klarheit zu verschaffen, **scheitern** wird.

Grundkurs Deutsch (Nordrhein-Westfalen): Übungsaufgabe 2
I a: Analyse eines literarischen Textes mit weiterführendem Schreibauftrag

Materialgrundlage
Erich Kästner: *Inferno im Hotel*

Aufgaben:

1. Interpretieren Sie Erich Kästners Erzählung *Inferno im Hotel* unter besonderer Berücksichtigung der Gestaltung des Protagonisten und seiner gesellschaftlichen Umgebung im Hotel. 44
2. Vergleichen Sie Kästners Erzählung mit Georg Büchners *Woyzeck* im Hinblick auf die Lebenssituation der jeweiligen Hauptfigur und ihr Verhältnis zum sozialen Umfeld. Gehen Sie dabei auch auf das Verhalten des Umfelds sowie auf dessen Auswirkungen auf die Hauptfigur ein. 28

Erich Kästner (1899–1974)
Inferno im Hotel (1927)

Drei Tiroler Luxushotels und eine illustrierte Zeitschrift veranstalteten – aus Gründen propagandistischer Konvention – ein gemeinsames Preisausschreiben. Die Zeitschrift stellte den Lesern eine allgemein gehaltene Frage und wünschte besondere Antworten, wählte die drei gelungensten Einsendungen und lieferte deren Urhebern die zur Nutznießung der Prämien notwendigen Schnellzugsfahrten (zweiter Klasse). Die drei Tiroler Hotels erklärten sich ihrerseits bereit, je einen der Gewinner vierzehn Tage kostenlos aufzunehmen. Den ersten Preis erhielt ein Dr. Gotthold Lehmann, den zweiten ein gewisser Herr Peter Sturz und den dritten die Gattin eines Bankdirektors. Dieser Dame kamen zwei luxuriöse Wochen in Tirol nicht ungelegen; es war ihre dritte Reise im laufenden Jahr, und außerdem fand sie das Hochgebirge himmlisch. Auch Dr. Gotthold Lehmann schätzte sich glücklich; er war Gymnasiallehrer; Gehalt und Familie hätten ihm Erholung höchstens innerhalb der ersten Eisenbahnzone erlaubt.

Aber für Herrn Peter Sturz (wie die Zeitschrift ihn höflicherweise nannte) sollte die Reise zu einer schmerzlichen Fahrt in würdelose Abenteuer werden. Sturz war Metallarbeiter; damit ist der zureichende Grund seiner Erniedrigung eindeutig bezeichnet, und auch ihre Chronik ist schnell notiert:

Peter Sturz, 28 Jahre alt und seit vierzehn Monaten verheiratet, hatte die Preisfrage beantwortet, ohne an irgendeine Chance auch nur zu denken. Als er dann unter den Namen der Prämierten den eigenen las, erschrak er sehr und schrieb, man möge ihm, einem armen Teufel, statt der Reise, bitte, eine Geldsumme zuwenden. Doch die Redaktion der Zeitschrift lehnte sein Gesuch ab … Frau Sturz, belustigt über ihres Mannes Unruhe, kaufte im Konsumverein[1] den kunstseidenen Schlips, den er erst zum Geburtstag hätte bekommen sollen; sie stärkte und plättete drei Vorhemdchen und etliche Paar Manschetten; sie bürstete den blauen Sonntagsanzug mit Benzin und packte einen Karton. Sturz nahm den ihm zustehenden Urlaub von zehn Tagen und erhielt einige, freilich unbezahlte, Tage mehr hinzubewilligt. Dreißig Mark holte er von der Sparkasse, für alle Fälle und obwohl sie als Anzahlung auf eine Nähmaschine gedacht gewesen waren. Die Zeitschrift schickte das für die Hin- und Rückreise gültige Billettheft – und Sturz fuhr nach Tirol.

Die Fahrt im Coupé zweiter Klasse gefiel ihm. Er rauchte Zehnpfennigzigarren, kaute Wurststullen, blinzelte vergnügt durchs Fenster, wippte auf den Polstern und pfiff. Später schlief er mehrere Stunden. In München stieg er um, schlief wieder ein, erwachte hinter Rosenheim und sah gerührt die ersten Berge. In Kufstein regnete es. Trotzdem ging er vor seinem Abteil des Zürich-Wien-Express', der ihn weiterbringen würde, stolz auf und ab, kletterte im letzten Augenblick in den Wagen und bedauerte, eine Stunde danach, dass er schon in K. angekommen war.

Den Karton unterm Arm und den Hut zwischen den Fingern betrat er das Hotel. Der Portier nahm sich nicht die Mühe, seinen Schreck zu verbergen, als er hörte, wer dieser lächerlich grobe und schüchterne Mensch sei. Eilig ließ er ihn nach einem Zimmer des obersten Stockwerkes abschleppen und machte dem Direktor erschüttert Mitteilung. – Sturz kniff die Augen zusammen, während ihn der Boy durch die Halle führte. Herumsitzende Gäste musterten ihn, als sei er die Dame ohne Unterleib … Im Lift fuhren sie hoch. Und nachdem sich der Junge zurückgezogen hatte, stand Sturz lange noch dicht an der Tür des Zimmers und wagte nicht, den Karton abzulegen.

Eine Viertelstunde nach dem dritten Gongschlage klopfte es, und der Boy rief: man esse längst! Etwas später stand Sturz in einem großen, herrlich erleuchteten Saal. Die Herren trugen schwarze Anzüge und weißbrüstige Hemden; die Damen glichen nacktarmigen Fürstinnen. Sturz erhielt einen kleinen einsamen Tisch angewiesen; und bevor er sich setzte, verbeugte er sich dreimal linkisch ins Leere. Seine Verwirrung stieg, als man ihm das Vorgericht servierte. Er wusste mit den merkwürdig bunten Speisen nichts anzufangen und schlang sie hinunter, als fräße er Gift. Messer und Gabel klirrten in den schweren Fäusten. Der Oberkellner studierte ihn süffisanten Blicks, und als Sturz das Messer aufs Parkett fiel, als er es aufhob und damit weiterspeiste, starrten ihn alle Gäste, unheimlich fremd und voll sachlicher Neugier, an. Mit gesenktem, rotem Kopfe saß er da und kaute. Ihm war todelend zumute, und verzweifelt schluckte er, was man ihm hinstellte. Als er schließlich aufzublicken wagte, war er allein. Das heißt, drüben am Büfett lehnten zwei Tischkellner und lachten.

In der Halle trank man Sekt und Wein. Wie ein Matrose schwankte Sturz an den Menschen vorüber. Die Treppen rannte er hinauf, riegelte die Tür ab und warf sich wie ein Paket aufs Bett. Dann stand er wieder auf, zog sich aus, hing den Anzug sorgfältig über einen Bügel, löschte das Licht und ging schlafen. Von weit her drang Tanzmusik. Und er hätte – wäre er's nur gewöhnt gewesen – gern geweint.

Die Angestellten waren grausamer als die Gäste. Es schien, sie hätten sich auch an ihm zu rächen, da sie gezwungen waren, einen Kerl zu bedienen, den sie verachteten. Sie quälten ihn voll böser Lust; sie ertrugen es nicht, sein Herz auch nur eine Stunde unverletzt zu lassen; sie verbreiteten alle seine Irrtümer, damit man ihn verlache. Vom Zimmermädchen erfuhren alle, die es wissen wollten (und andere auch), Sturz halte die Tür zu seinem Badezimmer für eine nachbarlich verschlossene Tür und habe noch nicht gebadet. Der Oberkellner erzählte den Herrschaften, Sturz wage es nicht, Pasteten, Krebse, Geflügel und andere Gerichte zu essen, weil er nicht wisse, wie er sie anständig verzehren solle. Der Portier teilte den Interessenten mit, „Herr" Sturz habe mehrfach versucht, mit den Hausdienern und Kutschern, wenn sie abends im Hofe saßen und Karten spielten, Gespräche anzuknüpfen. Sogar beim Holzhacken habe er helfen wollen. Na, man habe ihm gründlich heimgeleuchtet!

Seit seiner Ankunft hatte Sturz kaum ein Dutzend Worte gewechselt. Immer war er allein. Immer war er auf der Flucht vor dem Gelächter. Abzureisen freilich schämte er sich noch mehr … So hastete er verlassen und verfolgt durch den lärm- und musikerfüllten Palast; und nur unterwegs, auf stillen Bergwegen und Gletschern gegenüber, fand er ein wenig Frieden. – Am zehnten Tage empfing er einen Brief von seiner Frau und sah am Datum, dass der Portier ihn mehrere Tage absichtlich zurückgehalten haben musste. Doch schwieg er, ging auf sein Zimmer und las, was sie ihm schrieb. An diesem Abend – die Hauskapelle spielte Tafelmusik – weinte Sturz an seinem leeren, kleinen Tisch. Der Oberkellner kolportierte es schleunig und fügte anschaulich hinzu: die Tränen seien aufs Kalbsfrikassee getropft. Nervenkrisen eines Metallarbeiters wurden an etlichen Tischen für originell erklärt.

Am späten Abend, als Sturz sein Zimmer betrat, konnte er an der Tür zum Badezimmer lesen: „Einmal richtig baden, könnte dir nichts schaden". – Erst jetzt merkte er die Bedeutung des Nebenraums, betrat ihn und blickte auf die eingelassene Wanne, als sähe er in ein Grab … Seit er geweint hatte, vollzog sich eine Wandlung in ihm. Seine Schüchternheit wich und machte einem schlimmen Trotze Platz. Man hatte ihn in die Enge getrieben. Jetzt stellte er sich zur Verteidigung. Es verlangte ihn danach, zu beleidigen und zu bestrafen. Aber niemand verletzte ihn mehr. Es hatten wohl alle instinktiv begriffen, dass er sich geändert hatte. So fraß er den Zorn in sich hinein. Man sah ihn gar nicht. Er war nicht mehr interessant und außerdem gefährlich. Man tat, als sei er nicht vorhanden.

Sturz fand diesen Zustand nicht weniger unerträglich als den vorigen und teilte dem Portier mit, er reise ein paar Tage vor dem Ablauf des Termins. Auf der Bank des Ortes wechselte er fünfundzwanzig Mark in Schillinge um und bot – nachdem er seinen Karton gepackt hatte – dem Zimmermädchen ein Trinkgeld. Sie drehte ihm den Rücken … Er suchte den Hausdiener; dieser lachte ihm ins Gesicht und meinte, von so einem nehme er nichts … Sturz lief zum Oberkellner und drückte ihm einige Scheine in die Hand. Der Oberkellner ließ das Geld fallen und wandte sich zum Gehen. Da hielt der Arbeiter es nicht mehr aus und schlug den Menschen nieder. – Kellner und Gäste liefen herbei und knieten sich zu dem Blutenden.

Sturz drehte sich um. Man trat zurück und ließ ihn ungehindert passieren. An der Tür spieh er aus und warf den Rest des Geldes in den Saal. Dann ging er zum Bahnhof und fuhr heim.

Wenige Wochen später starben der Arbeiter Sturz und seine Frau an Leuchtgasvergiftung[2]. Es liegt nahe, zwischen jener Reise und diesem Selbstmord einen Zusammenhang zu konstatieren.

Aus: Erich Kästner: Inferno im Hotel. In: ders.: Drei Männer im Schnee. Roman./Inferno im Hotel. Erzählung. Zürich: Atrium Verlag 2010, S. 231–238.

Anmerkungen:

1 *Konsumverein:* genossenschaftliche Einrichtung mit günstigen Einkaufspreisen

2 *Leuchtgas:* Brennstoff, der früher zum Betrieb von Lampen und Gasöfen verwendet wurde

Teilaufgabe 1

Hinweise und Tipps

Welche Aufgabenart liegt vor und wie sind die Teilaufgaben gewichtet?
*Die Aufgabenart dieser Übungsaufgabe ist die „**Analyse eines literarischen Textes mit weiterführendem Schreibauftrag**“ (**Aufgabentyp I a**). Die erste Teilaufgabe ist mit 44 Punkten stärker gewichtet als die zweite Teilaufgabe mit 28 Punkten.*

Was verlangt die Aufgabenstellung von mir?
*Teilaufgabe 1 fordert eine **Interpretation** des vorliegenden Erzähltextes „Inferno im Hotel“ von Erich Kästner. Das bedeutet, dass Sie den Text in **inhaltlicher**, **erzählerischer** und **sprachlicher Hinsicht** untersuchen müssen, um zu einer fundierten Deutung zu gelangen. Die Aufgabenstellung gibt Ihnen dabei Gesichtspunkte vor, die Sie in besonderem Maße berücksichtigen sollten: zum einen die Gestaltung des Protagonisten und zum anderen seine gesellschaftliche Umgebung.*

Wie gehe ich bei der Bearbeitung der Aufgabe sinnvollerweise vor?
*Erarbeiten Sie sich Kästners Text zunächst mithilfe von **Markierungen** und **Randnotizen**. Insbesondere weil es sich um einen langen Text handelt, ist es sinnvoll, ihn zu Beginn in **Sinnabschnitte** einzuteilen. Dann lässt sich leichter der Überblick behalten. Markieren Sie in einem weiteren Lesedurchgang aussagekräftige Stellen – vor allem solche, die Aufschluss über die in der Aufgabenstellung genannten Aspekte geben. Mit einer anderen Farbe heben Sie dann am besten erzählerische und sprachliche Auffälligkeiten hervor, also beispielsweise die Einordnung und Bewertung des folgenden Geschehens durch den Erzähler in Z. 13 f. oder auch den aussagekräftigen Vergleich in Z. 42. Es ist hilfreich, sich zu der erzählerischen und zu der sprachlichen Grundanlage des Textes auf einem gesonderten Blatt Notizen zu machen, z. B. dazu, welche Erzählperspektive vorliegt (und woran sich diese festmachen lässt) bzw. welche Syntax den Text dominiert. Am besten halten Sie auch hier schon fest, welche Wirkung damit verbunden ist.*

Wie kann ich meinen Aufsatz strukturieren?
*Beginnen Sie mit einer **Einleitung**, in der Sie die grundlegenden Informationen zum Text nennen. Im **Hauptteil** können Sie zwischen einem **linearen** und einem **aspektorientierten Aufbau** wählen. Bei der ersten Variante gehen Sie den Text von vorne bis hinten durch und arbeiten dabei die verschiedenen Aspekte, die die Interpretation verlangt (inklusive erzählerischen und sprachlichen Aspekten), heraus. Aber Vorsicht: Bei diesem langen Text besteht die Gefahr, dass Sie sich verzetteln und zu viel Zeit verlieren. Bei der zweiten Variante strukturieren Sie Ihren Text nach Aspekten. Diesem Vorgehen folgt der vorliegende Lösungsvorschlag. Nach einer knappen **Inhaltswiedergabe** wird zunächst untersucht, wie der **Protagonist gestaltet** ist, um dann seine **gesellschaftliche Umgebung** im Hotel in den Blick zu nehmen. Danach wird auf erzählerische Aspekte eingegangen, an die sich wiederum allgemeine Hinweise zur Sprache anschließen. Am Ende Ihres Aufsatzes verfassen Sie dann einen **Schlussteil**, in dem Sie am besten Ihre **Deutungsergebnisse** noch einmal prägnant **zusammenfassen**.*

Lösungsvorschlag

Die 1927 entstandene Erzählung „Inferno im Hotel" von Erich Kästner spielt zur Zeit der Weimarer Republik und handelt von einem jungen **Metallarbeiter**, der einen zweiwöchigen **Luxusurlaub** in Tirol gewinnt, jedoch am Benehmen der Hotelangestellten und Gäste **zugrunde geht**.

Einleitung
Erscheinungsjahr, Textsorte, Titel, Autor, Kerninhalt

Der Text lässt sich in fünf Abschnitte gliedern. In einer Art Einleitung (Z. 1–12) wird der Leser über den Handlungskontext informiert: Bei einem Preisausschreiben hat Peter Sturz einen zweiwöchigen **Urlaub in einem Tiroler Luxushotel** gewonnen. In einer Überleitung (Z. 13–16) ordnet der Erzähler den Urlaub vorausgreifend als **erniedrigende Erfahrung** ein. Der dritte Abschnitt (Z. 17–36) schildert zum einen die Vorbereitungen auf den Urlaub und zum anderen die Zugfahrt zum Urlaubsort, die Sturz noch genießen kann. Der lange vierte Abschnitt (Z. 37–107), den man als Kern der Geschichte auffassen kann, beschreibt seinen Aufenthalt im Hotel: Schon beim Betreten der Lobby und beim Abendessen zeigt sich an den Reaktionen der Angestellten und der Gäste, dass sie ihn für **völlig deplatziert** halten. Die folgenden Tage treibt man ein böses Spiel mit Sturz: Das **Personal** hilft ihm nicht, sich zurechtzufinden, sondern **belustigt sich** und die Gäste mit hämischen Berichten über seine Unbeholfenheit. Ein Brief seiner Frau wird absichtlich zurückgehalten. Zur **Schadenfreude der Anwesenden** bricht er am Abend mitten im Speisesaal in **Tränen** aus. Dann findet er an seiner Badezimmertür eine **Botschaft** mit der Aufforderung, ein Bad zu nehmen. Sturz hat die Tür für einen Zugang zum Nachbarzimmer gehalten und deshalb bisher nicht gebadet. Seine Verzweiflung schlägt in **kalte Wut** und Bereitschaft zur Gegenwehr um, was vom Personal und von den Gästen sofort wahrgenommen wird. Man beginnt nun, Sturz vollkommen zu **ignorieren**. Das treibt ihn dazu, **vorzeitig abzureisen**. Auf seine Versuche, Trinkgeld zu geben, reagiert jedoch das Personal derart **verächtlich**, dass Sturz den Oberkellner niederschlägt. Den Schlussteil des Textes (Z. 108–110) bildet die knappe Notiz des Erzählers, dass Sturz und seine Frau wenige Wochen nach seiner Heimkehr an einer Vergiftung mit Leuchtgas sterben. Dass dieser erweiterte **Suizid** mit dem Hotelaufenthalt zusammenhängt, steht für den Erzähler fest.

Hauptteil
Inhaltswiedergabe mit Sinnabschnitten

Peter Sturz ist 28 Jahre alt, von Beruf Metallarbeiter und seit etwas mehr als einem Jahr verheiratet (vgl. Z. 14–17). Die Eheleute leben in **sehr bescheidenen Verhältnissen**, denn für die Nebenkosten der Reise muss die für eine Nähmaschine vorgesehene Anzahlung verwendet werden und als Koffer dient ein Pappkarton (vgl. Z. 25). Frau Sturz ist offenbar – der damaligen Rollenverteilung gemäß – für den Haushalt zuständig (vgl. Z. 21–25). Ihr Mann verfügt ledig-

Gestaltung des Protagonisten
Name, Alter, Beruf, Lebensverhältnisse

lich über zehn Tage bezahlten Urlaub (vgl. Z. 25), sodass die zweiwöchige kostenlose Reise für ihn eigentlich eine **finanzielle Belastung** darstellt.

Soziale Stellung

Sturz ist ein **einfacher Mensch**, den die Aussicht auf einen nicht „standesgemäßen" Urlaub **verunsichert** (vgl. Z. 19, 22). So bittet er die Veranstalter, ihm „armen Teufel" (Z. 20) den Wert der Reise bar auszuzahlen. Später versucht er gar, sich „Seinesgleichen", den Kutschern und einfachen Hotelangestellten, anzunähern – jedoch vergeblich (vgl. Z. 71–74).

Charakterliche Aspekte

Sturz' Reaktion auf den Gewinn zeugt von **Bescheidenheit**, aber von **schwach ausgeprägtem Selbstbewusstsein**. Die komfortable Zugfahrt mit Ausblick auf die Landschaft erfüllt ihn dann mit **kindlichem** Glück und **naivem** Stolz (vgl. Z. 30–36). Wie **unsicher** Sturz angesichts der ungewohnten Umgebung ist und wie wenig er mit den **Gepflogenheiten** der gehobenen Gesellschaft **vertraut** ist, unterstreichen unter anderem seine linkischen Verbeugungen und seine Schwierigkeiten bei Tisch (vgl. Z. 49–52). Dass Sturz sich die Behandlung im Hotel gefallen lässt, deutet auf **mangelnde Konfliktfähigkeit** hin, die wohl auch auf seine „Schüchternheit" (Z. 90) zurückzuführen ist.

Innere Entwicklung

Nachdem Sturz den zurückgehaltenen Brief seiner Frau gelesen und beim Abendessen geweint hat, beginnt sich die **Grundeinstellung** dieses eigentlich harmlosen, gutmütigen Mannes gegenüber seiner Umwelt zu **ändern**, wobei die Erniedrigung durch die Nachricht am Badezimmer offenbar ihr Übriges tut: „Jetzt stellte er sich zur Verteidigung. Es verlangte ihn danach, zu beleidigen und zu bestrafen." (Z. 91 f.) Sein „schlimme[r] **Trotz**[]" (Z. 90) läuft allerdings ins Leere, da ihn nun plötzlich alle – wohl im Wissen um seine Wandlung (vgl. Z. 92 f.) – ignorieren. Ihm bleibt nur, „den Zorn in sich" (Z. 93) hineinzufressen. An die Stelle der offensiven Demütigungen tritt nun eine andere Form des Mobbings – die defensive Demütigung der Nichtbeachtung, die Sturz „nicht weniger unerträglich" (Z. 96) findet als den Spott zuvor.
Das Vorhaben, seinen Peinigern noch Trinkgeld zu geben, macht dann aber deutlich, dass er immer noch von der Meinung anderer stark abhängig ist (vgl. Z. 96–103). Sein **Wutausbruch** angesichts der Ablehnung des Trinkgelds durch die Beschäftigten zeugt erneut von **Hilflosigkeit:** Dass er den Oberkellner niederschlägt, beim Verlassen des Hotels ausspeiht und „den Rest des Geldes in den Saal [wirft]" (Z. 106), geschieht **im Affekt** – eine Stabilisierung des Selbstwerts scheint diese Gegenwehr nicht mit sich zu bringen.
Der erweiterte Suizid unterstreicht dann am Ende, dass der Luxusurlaub den **Protagonisten gebrochen** hat. Auf dieses traurige Ende, den Tod, deuten im Text zuvor schon unterschwellig Vergleiche voraus, die seine schmerzlichen Empfindungen veranschauli-

chen: Er schlingt sein Essen hinunter, „als fräße er Gift“ (Z. 51), und blickt auf die Badewanne, „als sähe er in ein Grab“ (Z. 89).

Die Gestaltung der gesellschaftlichen Umgebung

Beschreibung der Formen von Ausgrenzung

Maßgeblich für Sturz’ Entwicklungsprozess ist das abweisende Verhalten der Gäste und der Hotelangestellten. Schon die Erschütterung des Portiers und die Blicke der Gäste bei der Ankunft des Protagonisten (vgl. Z. 37–42) zeigen unverhohlen, dass man jemanden wie Peter Sturz für einen **Menschen dritter Klasse** hält. Diese Sonderstellung wird mithilfe von Vergleichen („als sei er die Dame ohne Unterleib …“, Z. 42) und einer Wortwahl ausgedrückt, die ihn als **Objekt interessierter Betrachtung** erscheinen lassen („musterten ihn“, Z. 42; „studierte ihn“, Z. 52; „voll sachlicher Neugier“, Z. 54). Darüber hinaus wird er zum **Objekt der Belustigung** der Hotelgesellschaft und des Personals, wie die mehrfachen Hinweise auf deren Lachen bzw. seine Lächerlichkeit (vgl. Z. 39, 57, 66, 76, 100) verdeutlichen. Dazu trägt insbesondere die Verbreitung der Beobachtungen durch die Angestellten bei. Anstatt sich mit Sturz zu solidarisieren, der ihnen im Hinblick auf den sozialen Status eigentlich näher sein sollte, **verbünden** sie sich so **mit den Gästen** gegen diesen. Wie hämisch diese sind, wird daran deutlich, dass sie nicht einmal mit dem weinenden Sturz Mitleid haben, sondern stattdessen die „Nervenkrisen eines Metallarbeiters […] für originell erklär[en]“ (Z. 84 f.).

Milieuunterschiede als Ursache für Ausgrenzung

Die **Bosheit**, die hier zutage tritt, soll nicht nur die **Charakterlosigkeit des Geld- und Bildungsbürgertums** und dessen Standesdünkel hervorheben, sondern auch die **Hackordnung** innerhalb der unteren Schichten: „Die Angestellten [sind] grausamer als die Gäste.“ (Z. 63) Sie fühlen sich **degradiert**, weil sie ihn bedienen müssen, jemanden, „den sie verachte[n]“ (Z. 64). Sie scheinen sich an Sturz dafür zu „rächen“ (Z. 64). Außerdem ergibt sich die Gelegenheit, **Sadismus** und **Frustration** auszuleben. Selbst die niedrigen Angestellten zeigen **keine Solidarität** (vgl. Z. 71–74). Die Schönheit der Natur, die dem Opfer eine Möglichkeit bietet, der Hölle kurzzeitig zu entfliehen (vgl. Z. 78 f.), steht im **Kontrast** zur Hässlichkeit der Leute. Wie der Name schon anklingen lässt, wird Peter Sturz von der gnadenlosen Hotelgesellschaft, die zur eigenen Belustigung und um sich selbst von dem sozial niedriger gestellten Arbeiter abzugrenzen, systematisch erniedrigt und zu Fall gebracht, also „gestürzt“.

Erzählerische und sprachliche Gestaltung

Auch wenn der Erzähler zu den Gründen des Suizides nur eine Vermutung äußert („Es liegt nahe“, Z. 109), also den Grund für den Tod nicht sicher weiß, trägt er deutliche **auktoriale Züge**. Er konzentriert sich zwar auf den Erfahrungsraum seines Protagonisten und die Erzählung ist insgesamt von der Außensicht dominiert, aber er hat doch einen weitgehenden **Überblick über die erzählte Welt** und hat auch **Einblick in das Innenleben** verschiedener

Figuren: So kennt er nicht nur die Umstände des Preisausschreibens genauestens und kann berichten, wie das Gerede über Sturz die Runde macht (vgl. Z. 69–74), sondern er weiß auch über die Gefühle der anderen Teilnehmer des Preisausschreibens (vgl. Z. 11) sowie der Hotelangestellten („voll böser Lust“, Z. 65) Bescheid. An einigen Stellen beschreibt der Erzähler direkt die Gemütsverfassung des Protagonisten (z. B. Z. 55: „Ihm war todelend zumute“) und bringt dem Leser auf diese Weise die Auswirkungen nahe, die das Verhalten der anderen Gäste und der Hotelangestellten auf Sturz hat. Das gilt insbesondere für den Höhepunkt der Geschichte, an dem der Erzähler abstrahierend von einer **Wandlung** der Hauptfigur spricht, die dieser angesichts der letzten Demütigung vollzieht. Vom auktorialen Erzählen zeugen zudem an wenigen Stellen **wertende bzw. kommentierende Einlassungen** des Erzählers (Z. 1 f.: „aus Gründen propagandistischer Konvention“; Z. 15: „Erniedrigung“; Z. 63: „grausamer“). Insofern ist seine Erzählung mehr als eine „Chronik“ (Z. 16), in der das äußere Geschehen neutral wiedergegeben würde. Zugleich wahrt der Erzähler Distanz zum Geschehen, indem er als Form der Redewiedergabe die indirekte Rede wählt.

Das Geschehen der Erzählung ist sehr **nachvollziehbar** dargestellt. Zum einen baut die von **Parataxen** dominierte Syntax keine Verständnishürden auf, sondern lässt oftmals die Handlungsschritte klar aufeinander folgen (vgl. z. B. Z. 59 f.). Zum anderen wirken die Schilderungen u. a. durch die vielen Adjektive sehr **anschaulich** (z. B. Z. 47: „schwarze Anzüge und weißbrüstige Hemden“). Aussagekräftige **Adjektive**, die die emotionale Lage des Protagonisten zeigen (u. a. „verzweifelt“, Z. 55 f.; „unerträglich“, Z. 96), wecken beim Leser Mitleid und regen ihn dazu an, das Verhalten der Gäste und der Angestellten zu verurteilen.

Bedeutung des Titels der Erzählung

Nicht zuletzt durch den metaphorisch zu verstehenden Titel „Inferno im Hotel“ wird der Hotelaufenthalt als **persönliche Hölle** des bemitleidenswerten Protagonisten und das **demütigende Verhalten** der anderen als **teuflisch gebrandmarkt**.

Schlussteil

Die Stoßrichtung des Textes ist daher klar: Er **kritisiert** die **Arroganz** und den „**Standesdünkel**“ der **gehobenen Schicht** sowie das Bestreben der Angestellten, sich **nach unten abzugrenzen**. Die Gesellschaft ist von **Konkurrenzdenken** durchdrungen, **Solidarität mit den Schwachen** kennt sie **nicht**.

Teilaufgabe 2

Hinweise und Tipps

Was verlangt die Aufgabenstellung von mir?
Die Aufgabe verlangt einen Vergleich von Kästners Text mit dem Dramenfragment „Woyzeck" von Georg Büchner. Es wird Ihnen vorgegeben, worauf sich dieser Vergleich beziehen soll, und zwar auf …
- *die Lebenssituation der Protagonisten,*
- *deren Verhältnis zum sozialen Umfeld,*
- *das Verhalten der anderen Menschen,*
- *die Auswirkungen dieses Verhältnisses auf die Hauptfiguren.*

Wie gehe ich bei der Bearbeitung der Aufgabe sinnvollerweise vor?
*Überlegen Sie sich zunächst, was die in der Aufgabe genannten Vergleichsaspekte genauer umfassen könnten. Dann ist es sinnvoll, eine **Tabelle** anzulegen, in der Sie – geordnet nach den vier Aspekten – stichwortartig die **Unterschiede und Gemeinsamkeiten** der beiden Texte zusammentragen. Das könnte zum Beispiel so aussehen:*

	Inferno im Hotel	***Woyzeck***
Lebenssituation	– *niedrige soziale Stellung* – *einfache Verhältnisse* – …	– *niedrige soziale Stellung* – *prekäre Verhältnisse* – …
Verhältnis zum Umfeld	– *von Hierarchie geprägt, Erniedrigungserfahrungen* – *Demütigung auch durch eher Gleichrangige* – …	– *von Hierarchie geprägt, Erniedrigungserfahrungen* – *Demütigung vor allem durch Höhergestellte* – …
Verhalten der anderen	– …	– …
Auswirkungen auf Figur	– *tödliche Folgen* – …	– *tödliche Folgen* – …

Wie kann ich meinen Aufsatz strukturieren?
*Im vorliegenden Fall eignet sich die **Reihenfolge**, in der die Vergleichsaspekte in der Aufgabenstellung genannt werden, gut für Ihren Aufsatz. Der anschließende Musteraufsatz folgt dieser Struktur. Innerhalb der Aspekte wurde ein **verschränktes Vorgehen** gewählt, d. h., der Vergleich wechselt zwischen den beiden Texten hin und her. Es ist aber auch möglich, erst die Ausgestaltung des Aspekts in dem einen Text und dann in dem anderen Text – mit vergleichenden Bezügen zum ersten Text – darzustellen. Runden Sie Ihren Aufsatz am besten mit einer **vergleichenden Deutung** ab.*

Was gibt es bei der Aufgabe sonst noch zu beachten?
*Da Sie sich zuvor zu „Woyzeck" noch nicht geäußert haben, ist es vollkommen in Ordnung, wenn Ihre Erläuterungen hierzu beim Vergleich etwas **ausführlicher** ausfallen.*

Lösungsvorschlag

Aufgabenbezogene Überleitung

Bezugstext „Woyzeck“ und Ausgangsfrage

Etwa 90 Jahre vor der Veröffentlichung von „Inferno im Hotel“ schrieb Georg Büchner an dem Drama „Woyzeck“, das er allerdings nicht fertigstellen konnte. Inwiefern die beiden Texte sich in ihrer **sozialkritischen Grundanlage** ähneln, soll im Folgenden untersucht werden, indem im Vergleich das Verhältnis der beiden Protagonisten zu ihrem jeweiligen Umfeld beschrieben wird.

Hauptteil

Lebenssituation und soziale Stellung

Sowohl Peter Sturz als auch Franz Woyzeck haben im gesellschaftlichen Gefüge eine **niedrige soziale Stellung:** Ersterer ist ein einfacher Metallarbeiter und ist daher der Arbeiterschicht zuzuordnen, während Woyzeck ein einfacher Soldat ist. Er muss sich beim Hauptmann mit Rasierarbeiten und beim Doktor als Versuchskaninchen etwas dazuverdienen, um seine Partnerin Marie und das gemeinsame Kind durchzubringen. Insofern sind seine **Lebensverhältnisse prekärer** als die des jungverheirateten Peter Sturz. Dieser hat zwar ebenfalls wenig Geld, kommt aber mit seiner Arbeit offenbar über die Runden und scheint ansonsten in einem **stabilen Umfeld** zu leben.

Während im „Woyzeck“ die **grundsätzlich schwierige Lebenssituation** im Mittelpunkt steht, die sich durch Maries Affäre mit dem Tambourmajor noch verschärft, liegt der Fokus in Kästners Text auf der **Sondersituation**, in die der Protagonist durch den Gewinn beim Preisausschreiben gerät. Bei seinem Hotelaufenthalt ist er vollkommen allein, wohingegen Woyzeck mit Andres zumindest noch einen Freund hat.

Verhältnis zum gesellschaftlichen Umfeld

Sowohl Büchners Titelfigur als auch Kästners Protagonist befinden sich in der Handlung in einem von **Hierarchie** geprägten Lebensumfeld. Beide müssen dabei Erniedrigungserfahrungen machen, die von den Höhergestellten ausgehen, bei Woyzeck vom **Hauptmann** und vom **Doktor**, bei Peter Sturz von der **feinen Hotelgesellschaft**. Dieser allerdings wird stärker noch beschämt von Angestellten, die ihm im **sozialen Gefüge** eigentlich **nahestehen**. Zwar wird Woyzeck auch von dem Tambourmajor gedemütigt, der als Soldat an sich nicht sehr viel höher steht als Woyzeck, auch wenn er eine prestigeträchtigere Aufgabe hat. Allerdings hat dies hier eher **persönliche Gründe**, da der Tambourmajor sich gegen seinen Konkurrenten um die Zuneigung Maries durchsetzen will. In Kästners Text dagegen verdankt sich die Aggression der Angestellten offenbar ihrer verächtlichen Haltung gegenüber der Arbeiterschicht bzw. einem ihrer Vertreter (vgl. z. B. Z. 63 ff.). Mehrfach werden dabei die **niederen Beweggründe** offengelegt: Die Angestellten werden als „grausam[]“ beschrieben und sie agieren „voll böser Lust“ (Z. 63 ff.). Der Zweck ihres Tuns ist es offenbar, sich **nach unten abzugrenzen** und sich selbst dadurch zu **erhöhen**. Und auch für

Verhalten der anderen und ihre Beweggründe

die Hotelgäste ist Sturz ein dankbares **Objekt für ihren Spott** (vgl. Z. 66, 84 f.). In Büchners Drama verhält es sich anders: Zwar wird auch Woyzeck zum Objekt, insbesondere für den Doktor. Doch hat man dabei den Eindruck, dass die Höhergestellten nicht aus Bösartigkeit handeln, sondern vielmehr **weitgehend blind** sind für die von ihnen ausgehenden **Erniedrigungen**. Für den Doktor zählen nur seine Forschungsergebnisse, weshalb ihm die Schäden, die Woyzeck als sein Versuchskaninchen nimmt, vollkommen gleichgültig sind. Und der beschränkte Hauptmann wirft Woyzeck vor, durchs Leben zu hetzen und weder Moral noch Tugend zu haben, und vermag dabei keinerlei Verständnis für die schwierige Situation Woyzecks aufzubringen, der seine kleine Familie über die Runden bringen muss. Nicht nur der Doktor, sondern auch der Hauptmann ist dabei ein Teil eines gesellschaftlichen Gefüges, in dem die **Armen ausgenutzt** werden. **Sturz** dagegen ist durchgängiges **Opfer von Mobbing** – selbst dann noch, als er sich gewandelt hat und nur noch ignoriert wird. Ansätze zum Mobbing zeigen der Hauptmann und der Doktor erst in der Szene, in der sie Woyzeck gegenüber andeuten, dass seine Marie eine Affäre mit dem Tambourmajor hat.

Tödliche Folgen

Beide Werke **enden tödlich**. Die **Demütigungen**, die Sturz erfahren hat, führen am Ende – so darf man schließen – zum **erweiterten Suizid:** Er bringt sich und seine Frau um. In Büchners Drama **ermordet Woyzeck** die geliebte **Marie** wegen ihrer Affäre mit dem Tambourmajor. Die persönliche Demütigung, die in der Niederlage im Kampf um Marie liegt, ist hier allerdings nur der Auslöser für diese Tat. Es sind die **grundsätzlichen Lebensumstände**, die man dafür verantwortlich machen kann: Zum einen setzt Woyzeck die **Ausbeutung** durch die anderen so zu, dass er in den Wahnsinn abgleitet. Zum anderen ist Marie der einzige Halt Woyzecks, der ansonsten nichts anderes kennt, als zu arbeiten.

Schlussteil

Vergleichende Deutung

Zwar hat auch Kästners Text eine **sozialkritische Stoßrichtung**, indem er den Standesdünkel der gehobenen Schicht und die Hackordnung in den unteren Schichten anklagt. Allerdings schildert er eine Ausnahmesituation, in der sich diese Tendenzen wie in einem Brennglas zeigen. Ohne das Preisausschreiben – so darf man schließen – wäre das Leben des Peter Sturz in stabilen Bahnen weiterverlaufen. Büchner dagegen macht in seinem Drama, das exemplarisch die Lebensbedingungen der unteren Schichten zeigt, stärker die **Ungerechtigkeit der gesellschaftlichen Ordnung** zum Zielpunkt seiner Kritik.

Grundkurs Deutsch (Nordrhein-Westfalen): Übungsaufgabe 3
I b: Vergleichende Analyse literarischer Texte

Materialgrundlage
Joseph von Eichendorff: *Die zwei Gesellen*
Franz Grillparzer: *In der Fremde*

Aufgaben:

1. Interpretieren Sie Joseph von Eichendorffs Gedicht *Die zwei Gesellen.* 42
2. Vergleichen Sie Eichendorffs Gedicht mit Franz Grillparzers Gedicht *In der Fremde* im Hinblick darauf, welche Sicht auf das Reisen vermittelt wird und welche Bedeutung ihm zukommt. Gehen Sie auch darauf ein, inwiefern in den Gedichten ein bestimmtes Bild von der menschlichen Existenz deutlich wird. 30

Joseph von Eichendorff (1788–1857)
Die zwei Gesellen (1818)

Es zogen zwei rüst'ge Gesellen
Zum erstenmal von Haus,
So jubelnd recht in die hellen,
Klingenden, singenden Wellen
Des vollen Frühlings hinaus.

Die strebten nach hohen Dingen,
Die wollten, trotz Lust und Schmerz,
Was Recht's in der Welt vollbringen,
Und wem sie vorüber gingen,
Dem lachten Sinnen und Herz. –

Der erste, der fand ein Liebchen,
Die Schwieger kauft' Hof und Haus;
Der wiegte gar bald ein Bübchen
Und sah aus heimlichem Stübchen
Behaglich ins Feld hinaus.

Dem zweiten sangen und logen
Die tausend Stimmen im Grund,
Verlockend' Sirenen, und zogen
Ihn in der buhlenden Wogen
Farbig klingenden Schlund.

Und wie er auftaucht' vom Schlunde,
Da war er müde und alt,
Sein Schifflein das lag im Grunde,
So still war's rings in die Runde,
Und über die Wasser weht's kalt.

Es singen und klingen die Wellen
Des Frühlings wohl über mir;
Und seh ich so kecke Gesellen,
Die Tränen im Auge mir schwellen –
Ach Gott, führ uns liebreich zu dir!

Aus: Joseph von Eichendorff: Werke. Bd. 1. Düsseldorf und Zürich: Artemis und Winkler 1996.

Franz Grillparzer (1791–1872)
In der Fremde

Schon bin ich müd zu reisen,
Wär's doch damit am Rand,
Vor Hören und vor Sehen
Vergeht mir der Verstand.

So willst Du denn nach Hause?
O nein! Nur nicht nach Haus!
Dort stirbt des Lebens Leben
Im Einerlei mir aus.

Wo also willst Du weilen?
Wo findest Du die Statt?
O Mensch, der nur zwei Fremden
Und keine Heimat hat.

Aus: Franz Grillparzer: Sämtliche Werke. Hrsg. von August Sauer und Reinhold Backmann. Bd. 11. Wien: Kunstverlag Anton Schroll & Co., 1924, S. 49.

Teilaufgabe 1

Hinweise und Tipps

Welche Aufgabenart liegt vor und wie sind die Teilaufgaben gewichtet?
*Die Aufgabenart dieser Übungsaufgabe ist die „**Vergleichende Analyse literarischer Texte**" (Aufgabentyp I b). Teilaufgabe 1 ist mit 42 Punkten etwas stärker gewichtet als Teilaufgabe 2 mit 30 Punkten.*

Was verlangt die Aufgabenstellung von mir?
*Teilaufgabe 1 fordert eine **Interpretation** des Gedichts „Die zwei Gesellen" von Joseph von Eichendorff. Das bedeutet, dass Sie den Text in **inhaltlicher**, **formaler** und **sprachlicher Hinsicht** untersuchen müssen, um zu einer fundierten Deutung zu gelangen. Gesichtspunkte sind Ihnen von der Aufgabenstellung nicht vorgegeben – aber ein Blick in Teilaufgabe 2 zeigt Ihnen, dass es gut ist, die im Gedicht entwickelte **Sicht auf das Reisen**, die **Bedeutung des Reisens** und die Frage zu beachten, inwiefern ein bestimmtes **Bild des Menschen** deutlich wird.*

Wie gehe ich bei der Bearbeitung der Aufgabe sinnvollerweise vor?
*Erarbeiten Sie sich Eichendorffs „Die zwei Gesellen" zunächst mithilfe von **Markierungen** und **Randnotizen**. Bei diesem erzählerisch angelegten Gedicht ist es besonders sinnvoll, mit einer **Einteilung in Sinnabschnitte** zu beginnen – das erleichtert es Ihnen, den Überblick über diesen verhältnismäßig langen Text zu behalten. Die **formalen Kennzeichen**, die es bei Gedichten zu berücksichtigen gilt (Strophenzahl, Verszahl pro Strophe, Metrum, Reime), können Sie sich auf einem Notizzettel vermerken. Die **sprachlichen Mittel** markieren Sie am besten farbig im Text. Mithilfe von knappen Kommentaren am Rand können Sie sich dabei schon vor Augen führen, welche Funktion bzw. Wirkung sie haben (z. B. Diminutive in Strophe 3 → Betonung der Beschaulichkeit der Lebenssituation).*
*Für die **Deutung** des Gedichts ist die **letzte Strophe** besonders wichtig, da hier eine **Perspektive von außen** auf die zwei Gesellen eingenommen wird und ihre Reisen implizit **bewertet** werden. Machen Sie sich vor dem Schreiben des Aufsatzes bewusst, in welche Richtung diese Bewertung geht und welche Sicht auf den Menschen an sich darin aufscheint.*

Wie kann ich meinen Aufsatz strukturieren?
*Teilen Sie Ihren Aufsatz in eine **Einleitung** mit den grundlegenden Informationen zum Gedicht, einen **Hauptteil** mit der Textuntersuchung und -deutung und in eine **reflektierte Schlussfolgerung** ein.*
*Der Hauptteil sollte mit einem Absatz über die **formalen Kennzeichen** des Gedichts beginnen. Bei der nun folgenden Analyse ist es ratsam, **linear** vorzugehen, zumal das Gedicht – wie schon erwähnt – eine **erzählerische Grundanlage** hat. Handeln Sie also die einzelnen Strophen bzw. Sinnabschnitte nacheinander ab und verzahnen Sie die inhaltliche und sprachliche Untersuchung miteinander.*

Lösungsvorschlag

„Das Leben ist eine große Entdeckungsreise." So lautet ein schlichter Spruch fürs Poesiealbum, verharmlosend vielleicht, aber nie verkehrt, in jedem Fall eine brauchbare Ermutigung für junge Leute zu positiver Sicht und aktiver Gestaltung ihres Lebens. Das **Motiv der Entdeckungsreise** findet sich auch in Joseph von Eichendorffs Gedicht „Die zwei Gesellen" aus dem Jahr 1818.

Einleitung
Lebensreise

Vorstellung von „Die zwei Gesellen"

Es handelt sich dabei um sechs Strophen zu jeweils fünf Versen, die sich nach dem Schema abaab reimen. Die a-Zeilen weisen klingende, die b-Zeilen stumpfe Kadenzen auf. Die Verse haben durchgängig drei Hebungen, aber unterschiedlich viele Senkungen, was einen ebenso lebhaften wie volkstümlichen Klangeindruck erzeugt. Zum **Stil eines Volksliedes** gehören auch der eher einfache Satzbau und der meist gängige Wortschatz, der jedoch, wie zu zeigen ist, zu **ungewöhnlicher Metaphorik** kombiniert wird.

Hauptteil
Formale Kennzeichen

Das Gedicht beginnt nach dem klassischen **Muster einer Erzählung:** „Es zogen zwei rüst'ge Gesellen / Zum erstenmal von Haus" (V. 1 f.). Hierbei bleibt offen, ob es sich um die traditionelle Wanderschaft von Handwerksgesellen handelt, die einen Teil ihrer Berufserfahrung in der Fremde erwerben, oder ob zwei beliebige junge Männer die – in früheren Zeiten sonst eher seltene – Möglichkeit einer langen Reise haben. In jedem Fall sind sie kräftig und unternehmungslustig. Zu ihrer **Aufbruchsstimmung** und frohen **Erwartung von etwas Neuem** passt die Jahreszeit des „vollen Frühlings" (V. 5), welcher mit dem Bild von „hellen, / Klingenden, singenden Wellen" (V. 3 f.) beschrieben wird. Die Reisenden fühlen sich wie von einer angenehmen, klaren Flut umspielt und getragen. Deren Singen – nicht Rauschen – entspricht dem eigenen Jubel (vgl. V. 3). **Bewegung und Klang der Wellen** werden in der Synkope am Anfang des vierten Verses und in den zwei aufeinanderfolgenden Daktylen des Binnenreims versinnlicht.

Erste Strophe: Aufbruch

Zusammenspiel von Form und Inhalt

In der zweiten Strophe erfolgt eine kurze gemeinsame **Charakterisierung der beiden Gesellen**, betont durch die anaphorische Wiederholung von „Die" (V. 6 f.). Beide haben sich **hohe Ziele gesetzt**. Sie wollen in der Welt etwas bewirken und sich weder durch oberflächliche Vergnügungen noch durch Schwierigkeiten und Leiden davon abhalten lassen. Ihre **zuversichtliche Ausstrahlung** wirkt positiv auf die Menschen, denen sie begegnen (vgl. V. 9 f.).

Zweite Strophe: hohe Ziele

Die dritte Strophe befasst sich mit dem ersten der zwei Gesellen: „Der erste, der fand ein Liebchen" (V. 11). Die Wiederholung von „der", jetzt als Pronomen, klingt sehr volksliedhaft, ebenso wie das Diminutiv „Liebchen", dem noch „Bübchen" (V. 13) und „Stübchen" (V. 14) folgen. (Man kennt solche Diminutive etwa aus „Alle meine Entchen" und „Hänschen klein".) Alles in der Existenz

Dritte Strophe: der erste Geselle – häusliche Idylle

des ersten Gesellen wird verniedlicht, das **Glück fällt ihm in den Schoß** wie im harmlosesten Teil eines Märchens. Einer Heirat mit seiner Liebsten scheint nichts im Wege zu stehen. Seinen Besitz („Hof und Haus", V. 12 – einprägsam durch die Alliteration) muss er sich nicht selbst erwerben, er bekommt ihn von einer Verwandten seiner Frau geschenkt. Ein Stammhalter lässt nicht lang auf sich warten. Die Felder braucht er offenbar nicht zu beackern, sondern kann sie vom „heimliche[n]" (V. 14), das heißt wohl heimeligen Wohnzimmer aus „[b]ehaglich" (V. 15) betrachten, setzt also keinen Fuß vor die Tür. Seine einzige Tätigkeit scheint das Kinderwiegen zu sein. Dass der Säugling vielleicht stundenlang schreit oder dass auch geschenkter Besitz Probleme bereiten und Einsatz verlangen kann, zumindest Verwaltungsarbeit, bleibt in diesem **Idyll satter Zufriedenheit** ausgeblendet.

Kein selbst erarbeitetes Glück

Ausblendung möglicher Probleme

Der länger dauernden Reise des zweiten Gesellen ist nicht eine, sondern sind zwei Strophen gewidmet. Er **verhält sich ähnlich passiv** wie der erste, auch sein Leben scheint kampflos zu verlaufen, aber doch ganz **gegensätzlich**. Anstelle eines einzigen Liebchens begegnen ihm „tausend Stimmen" (V. 17), „[v]erlockend' Sirenen" (V. 18). Der Ausdruck, welcher der griechischen Mythologie entnommen ist, fällt aus dem Volksliedton heraus, doch auch in heimischen Sagen gibt es das **Motiv der Wassernixe**, die mit ihrem herrlichen Gesang den Menschen ins Verderben zieht. Das Wort „Grund" (V. 17) bedeutet so viel wie **Abgrund**. Aus den „[k]lingenden, singenden Wellen" von Vers 4 ist nun „der buhlenden Wogen / Farbig klingende[r] Schlund" geworden (V. 19 f.). Das **Wasser, Symbol des Lebens, aber auch der Gefahr**, ist tief und reißend; es wird in Vers 19 selbst personifiziert, indem es um den Menschen „buhlt", das heißt wirbt. In der fast expressionistisch anmutenden Synästhesie „farbig klingend" spricht es Sehsinn und Gehör zugleich an; eine Synkope hebt das Wort „farbig" zusätzlich hervor. Das allmähliche Versinken im Strudel wird durch zwei Enjambements – Vers 18 auf 19 und 19 auf 20 – klanglich unterstützt.

Vierte und fünfte Strophe: der zweite Geselle – gefährdende Abenteuer

Wasser als zentrales Symbol

Man weiß nicht genau, welche Art **Verlockungen** das Leben für den zweiten Gesellen bereithält. Zweifellos aber sind sie **trügerisch** (vgl. V. 16) und führen letztlich nicht zum Glück. Der Gedanke liegt nahe, dass er viele sexuelle Abenteuer erlebt, jedoch keine dauerhafte Liebe. Ebenso könnte er sich Alkohol und Drogen hingeben und seine Gesundheit ruinieren oder auch nur ständig etwas Neues ausprobieren, dessen er bald wieder überdrüssig wird. Es scheint sich hier um einen Menschen zu handeln, der sich angesichts der **Überfülle von Möglichkeiten** für keinen bestimmten Weg entscheiden kann, sei es Familie, Beruf oder sonst eine Aufgabe oder Passion.

Mögliche Versuchungen für den zweiten Gesellen

„Und wie er auftaucht' vom Schlunde" (V. 21): Erst im Alter kommt der zweite Geselle zur **Besinnung**. Seine Bilanz ist kläglich: „Sein Schifflein das lag im Grunde" (V. 23). Aus der Liedsprache übersetzt mag das heißen, dass er **jeden Halt und auch jede Lebensenergie verloren** hat. Er ist einsam und hat kein Zuhause, weder ein konkretes noch ein geistiges. Die ganze Welt erscheint ihm kalt und stumm – „[s]o still" (V. 24) wird durch die schwebende Betonung am Versanfang und durch die Inversion akzentuiert –, weil er offenbar keinen Sinn in ihr gefunden hat.

Kägliche Lebensbilanz

Existenzielle Verlorenheit des zweiten Gesellen

Die letzte Strophe schließt den Kreis zum hoffnungsvollen Anfang: „Es singen und klingen die Wellen / Des Frühlings wohl über mir" (V. 26 f.). Hier tritt **erstmals ein lyrisches Ich** explizit in Erscheinung. Es ist an die Stelle von mehreren Betrachtern in der zweiten Strophe gerückt. Dort hieß es: „Und wem sie vorüber gingen, / Dem lachten Sinnen und Herz." (V. 9 f.). Nun sagt das lyrische Ich: „Und seh ich so kecke Gesellen, / Die Tränen im Auge mir schwellen" (V. 28 f.). Es hat vor den früheren Betrachtern einen **Wissensvorsprung**, indem es die **zwei beispielhaften Schicksale** kennt. Interessant ist, dass es offensichtlich das Leben nicht nur des zweiten, sondern auch des ersten Gesellen für beweinenswert hält. Dieser hat in seiner beschränkten Häuslichkeit die ursprünglichen hohen Ziele wohl ebenso verfehlt wie der zweite.

Letzte Strophe: Aufhebung in Gott

Der Schluss ist folgerichtig, auch wenn er – schon durch den Gedankenstrich im vorletzten Vers – zunächst abrupt wirkt. Das Gedicht handelt von Menschen, die **aus eigener Kraft nicht zu einem wirklichen Lebenssinn gelangen** können. Aus religiöser Sicht gilt dies für alle Menschen, denn alle **Sinnstiftung** ist **an Gott gebunden**. Darum steht zuletzt die **demütige Bitte**, in die das lyrische Ich sich miteinschließt: Gott möge die Lebensläufe in seine Hand nehmen und zur Vollendung führen.

Damit folgt das Gedicht einem **religiösen Menschen- und Weltbild**, nach dem der Mensch auf die Hilfe des gütigen Gottes angewiesen ist, um seinen Weg in der Welt finden zu können.

Reflektierte Schlussfolgerung

Teilaufgabe 2

Hinweise und Tipps

Was verlangt die Aufgabenstellung von mir?

*Teilaufgabe 2 fordert einen **Gedichtvergleich**, und zwar des in Teilaufgabe 1 interpretierten Gedichts mit dem ebenfalls vorliegenden Gedicht „In der Fremde" von Franz Grillparzer. Der **Vergleich** ist **aspektorientiert** angelegt: Es gilt, Unterschiede und Gemeinsamkeiten im Hinblick auf **drei Schwerpunkte** (Sicht auf das Reisen, seine Bedeutung und das möglicherweise deutlich werdende Bild von der menschlichen*

Existenz) herauszuarbeiten. Ein Vergleich sprachlicher bzw. formaler Kennzeichen ist also nicht verlangt.

Wie gehe ich bei der Bearbeitung der Aufgabe sinnvollerweise vor?
*Auch wenn Sie keine Interpretation von Grillparzers Gedicht verfassen müssen, ist es erforderlich, dass Sie es als Vorarbeit **gründlich untersuchen**. Legen Sie dabei den Fokus auf die in der Aufgabenstellung genannten Schwerpunkte, damit Sie nicht unnötig Zeit verlieren. So erübrigt sich beispielsweise eine Untersuchung der Form.*
*Das Grillparzer-Gedicht ist zwar weniger erzählerisch angelegt als Eichendorffs Gedicht, doch ist es trotzdem hilfreich, es zunächst ebenfalls in **Sinnabschnitte** zu unterteilen, um einen Überblick über den Inhalt zu bekommen. Hiervon ausgehend erarbeiten Sie mit Markierungen und Randnotizen, wie das Reisen gesehen und bewertet wird.*
*Beginnen Sie dann mit der **Vorarbeit** für den **Vergleich**. Notieren Sie dafür am besten die drei von der Aufgabenstellung **vorgegebenen Gesichtspunkte** (z. B. in Frageform) und vermerken Sie dann **Unterschiede** und **Gemeinsamkeiten** der beiden Gedichte:*

- *Welche **Sicht auf das Reisen** wird vermittelt? Überlegen Sie hier, wie das **konkrete Reisen** jeweils gesehen wird (unter anderem, ob es positiv oder negativ gesehen wird).*
- *Welche **Bedeutung** kommt dem Reisen zu? Hier sollten Sie auf die Abstraktionsebene gelangen. Fragen Sie sich zum Beispiel, welche Bedeutung das Unterwegssein als solches hat und ob das Gedicht ihm eine darüber hinausgehende Bedeutung zuschreibt (z. B. Reise als Lebensweg).*
- *Wird in den Gedichten ein bestimmtes **Bild der menschlichen Existenz** vermittelt? Prüfen Sie hier, ob das Gedicht zu einer Aussage über den Menschen an sich (z. B. über seine Stellung in der Welt) tendiert.*

Wie kann ich meinen Aufsatz strukturieren?
*Nach einer **aufgabenbezogenen Überleitung**, die die grundlegenden Informationen zum zweiten Gedicht enthält, formulieren Sie im **Hauptteil** den Gedichtvergleich. Entscheiden Sie sich, ob Sie die Gedichte eher **blockweise** oder **in einzelnen Aspekten** einander gegenüberstellen wollen. Beides ist möglich, der „verzahnte" Vergleich erlaubt aber meist eine differenziertere Darstellung, indem sich hier kleinere Unterschiede in direktem Bezug zum anderen Text herausstellen lassen. Runden Sie auch die zweite Teilaufgabe mit einer **reflektierten Schlussfolgerung** ab.*

Was gibt es bei der Aufgabe sonst noch zu beachten?
Weil keine eigene Interpretation des zweiten Gedichts gefordert wird, kann es nötig sein, an der einen oder anderen Stelle im Vergleich Ihre Lesart dieses Gedichts mithilfe von Belegen und Erläuterungen zu untermauern.

Lösungsvorschlag

Aufgabenbezogene Überleitung

Vorstellung von „In der Fremde“

Die beiden Existenzformen **Sesshaftigkeit und Unterwegssein** erscheinen auch in dem undatierten Gedicht „In der Fremde“ von Franz Grillparzer, der von 1791 bis 1872 lebte – und auch dort werden sie als problematisch dargestellt.

Hauptteil: Vergleich

Eichendorff: Reisen zunächst positiv vs. Grillparzer: Reisen einseitig negativ besetzt

In Eichendorffs Gedicht ist das Reisen allerdings zunächst äußerst **positiv konnotiert:** Die beiden Gesellen brechen voller Tatendrang in eine freundliche Frühlingsnatur auf, ihre frohe Stimmung überträgt sich auf andere Menschen (vgl. die Strophen 1 und 2). Im Vergleich dazu fällt bei Grillparzer die **einseitig negative Sichtweise** des lyrischen Ich auf. Entgegen der landläufigen Meinung, dass Reisen bildet, scheint es hier sogar den Verstand zu kosten: „Vor Hören und vor Sehen / Vergeht mir der Verstand.“ (V. 3 f.) Kein Wort über schöne Landschaften und Gebäude, fremde Sprachen, kulinarische Spezialitäten, interessante Menschen und deren Sitten und Gebräuche, sondern nur über das strapaziöse Sehen und Hören, das weder mit Erholung noch mit Horizonterweiterung zu tun hat – im Gegenteil. Grillparzers lyrischem Ich ergeht es ähnlich wie Eichendorffs zweitem Gesellen, den die Reise mit ihren **visuellen und auditiven Reizen** schließlich **ermüdet** (vgl. V. 16–20, 22). Allerdings scheint dieser Effekt des Reisens bei Grillparzer vorzeitig (vgl. „[s]chon“, V. 1) einzutreten, während dies bei Eichendorff erst im Alter der Fall ist.

Problem der Ermüdung durch das Reisen in beiden Gedichten

Das **Unterwegssein** wird dabei in beiden Fällen mit der Existenzform der **Sesshaftigkeit kontrastiert**. Das Gedicht des Romantikers stellt ihm den Lebensentwurf des ersten Gesellen gegenüber, dessen Wanderschaft schon bald in einem neu gefundenen Zuhause mit Frau und Kind endet. In Grillparzers Gedicht dagegen erfolgt die Kontrastierung über die Überlegung des lyrischen Ich, „nach Hause“ (V. 5) zurückzukehren. Gemeinsam ist den Texten dabei, dass diese Alternative **nicht als positives Gegenbild** zum Unterwegssein ausgemalt wird. Eichendorffs lyrisches Ich machen beide Lebensentwürfe traurig, und Grillparzers lyrisches Ich wehrt den Gedanken an die Heimkehr vehement mit dem Hinweis auf den dort zu erwartenden **zermürbenden Alltag** ab: „Dort stirbt des Lebens Leben / Im Einerlei mir aus.“ (V. 7 f.)

Kontrast zwischen Unterwegssein und Sesshaftigkeit

In beiden Gedichten ist das Reisen erst einmal ganz konkret als das **Unterwegssein in der Welt** zu verstehen. Bei Grillparzer wird dabei **kein Anspruch auf Allgemeingültigkeit** erhoben. Es geht letztlich nicht um das Reisen an sich, sondern um einen bestimmten Reisenden, der Identifikationsmöglichkeiten eröffnet, aber nicht erzwingt. Das lyrische Ich beschränkt sich in seiner Selbstansprache („Du“, V. 5, 9 f.) ganz auf die eigene **Psychologie:** „Leben“ (V. 7), „Heimat“ (V. 12) und „Fremde[]“ (V. 11) stehen für ein persönli-

Grillparzer: Beschränkung auf persönliche Psychologie

ches Existenzgefühl. Eine **objektive philosophische Sicht auf den Menschen und die Welt** wird **nicht vermittelt**. Allenfalls in der möglicherweise verallgemeinernden Ansprache „O Mensch" (V. 11) kann der Leser eine Andeutung sehen, dass sich das lyrische Ich als Vertreter eines bestimmten Menschentyps empfindet.

„Die zwei Gesellen" treten ebenfalls eine Reise im Wortsinn an. Anders als bei Grillparzer hat sie ein Ziel, zwar keinen bestimmten Ort, aber einen Zweck. Sie wollen sich **in der Welt bewähren**. Ihr Antrieb ist nicht nur moralischer Ehrgeiz, sondern auch Lust, denn die Welt erscheint ihnen alles in allem schön und verlockend.

Eichendorff: Ziel der Reise

Ebenso wenig wie Grillparzers handelt Eichendorffs Gedicht vom Reisen an sich; aber anders als bei Grillparzer geht es nicht um eine Einzelexistenz, sondern um die **menschliche Existenz als solche**. „In der Fremde" thematisiert die Psyche eines Individuums, „Die zwei Gesellen" das **Dasein des Menschen innerhalb der göttlichen Ordnung**. Eichendorffs lyrisches Ich blickt auf zwei ganz gewiss exemplarische Lebensläufe, eine durchschnittlich-bürgerliche und eine interessante, aber buchstäblich gestrandete Existenz. Zwar spielen subjektive Gefühle eine wichtige Rolle, wie Behagen, Faszination, Erschöpfung, Rührung, Angst und Trauer. Eigentliches Thema aber ist die **Diskrepanz zwischen der hohen Bestimmung des Menschen und seiner Unzulänglichkeit**, das Scheitern im Diesseits, das nur **Gott zum Guten wenden** kann. Die Gesellen haben nach dem Ende ihrer Reisen daher **noch einen Weg vor sich:** Die Reise im Wortsinn wird hier zur **Lebensreise** erweitert – und ihr Gelingen hängt von **Gottes Gnade** ab: „Ach Gott, führ uns liebreich zu dir!" (V. 30)

Eichendorff: menschliches Dasein in göttlicher Ordnung

Ein solcher **Hoffnung und Sinn stiftender Ausblick fehlt** in Grillparzers Gedicht. Es endet mit zwei offen bleibenden Fragen (vgl. V. 9 f.), die die **Hilflosigkeit** des lyrischen Ich im Hinblick darauf zeigen, wo es einen Ort, an dem es sich wohlfühlt, finden kann – und mit der **Klage**, „keine Heimat" (V. 12) zu haben. Es wird wohl seine Reise trotz Unerträglichkeit verlängern.

Grillparzer: Heimatlosigkeit

Dem **verzweifelten Gefühl der Fremdheit und Heimatlosigkeit** steht in Eichendorffs Gedicht ein **christliches Weltverständnis** gegenüber. Dort wird die menschliche Erfahrung, aus eigenem Vermögen nicht mehr weiterzukommen, in der Hoffnung aufgehoben, dass sich ein **neuer Weg** öffnen werde. Die Lebensreise kann prinzipiell noch ein gutes Ende nehmen. Grillparzers Gedicht dagegen zeigt keine Hoffnung auf; es bleibt der Eindruck von **Ausweglosigkeit**.

Reflektierte Schlussfolgerung

Grundkurs Deutsch (Nordrhein-Westfalen) – Übungsaufgabe 4
I b: Vergleichende Analyse literarischer Texte

Materialgrundlage:
Albert Ostermaier: *the motel chronicles*
Joseph von Eichendorff: *Allgemeines Wandern*

Aufgaben:

	Punkte
1. Interpretieren Sie Albert Ostermaiers Gedicht *the motel chronicles.*	42
2. Vergleichen Sie Ostermaiers Gedicht mit Joseph von Eichendorffs Gedicht *Allgemeines Wandern* im Hinblick darauf, wie das Motiv des Unterwegsseins inhaltlich ausgestaltet ist. Setzen Sie die Gedichte abschließend zu ihrem literaturgeschichtlichen Hintergrund in Beziehung.	30

Albert Ostermaier (*1967)
the motel chronicles (1999)

lass uns einfach aufbrechen
überleg nicht lange & von
motel zu motel ziehen es
müssen die einsamsten
sein die irgendwo auf einer
landstrasse ins nirgends
wie perlen an einer
billigen kette mit
platz dazwischen für
landebahnen tankstellen &
shops deren besitzer vor
langeweile
permanent im kreis gehen
wenn wir uns von ihnen
die schlüssel holen & in
ihren blicken den wüsten
sand sehen der ihnen die
farbe aus den augen
getrieben hat den stoischen
blicken wenn wir ihnen
erzählen von der welt
da draussen in den
städten hinter der sonne
& dass das leben dort
tatsächlich wie in den

fernsehprogrammen ist
die sie nachts statt worten
wechseln während
ihre kaugummis wie
sprechblasen zerplatzen
das bier in den händen
einschläft & wir noch
immer wach auf unserem
bett liegen bei offener
tür durch den spiegel
zuschauen wie der mond
sich auf der kühlerhaube
sonnt & wartet dass
ein truck vorbeizieht &
ihn mitnimmt

Aus: Albert Ostermaier, Heartcore: Gedichte. Suhrkamp Verlag. Frankfurt a. M. 1999. S. 27

Joseph von Eichendorff (1788–1857)
Allgemeines Wandern (1837)

Vom Grund bis zu den Gipfeln,
So weit man sehen kann,
Jetzt blüht's in allen Wipfeln,
Nun geht das Wandern an:

Die Quellen von den Klüften[1],
Die Ström auf grünem Plan[2],
Die Lerchen hoch in Lüften,
Der Dichter frisch voran.

Und die im Tal verderben
In trüber Sorgen Haft,
Er möcht sie alle werben
Zu dieser Wanderschaft.

Und von den Bergen nieder
Erschallt sein Lied ins Tal,
Und die zerstreuten Brüder
Faßt Heimweh allzumal.

Da wird die Welt so munter
Und nimmt die Reiseschuh,
Sein Liebchen mittendrunter
Die nickt ihm heimlich zu.

Und über Felsenwände
Und auf dem grünen Plan
Das wirrt und jauchzt ohn Ende –
Nun geht das Wandern an!

Aus: Joseph von Eichendorff, Gedichte. Ausgabe letzter Hand. 1841.

Anmerkungen:
1 *Klüften:* Spalten bzw. Risse im Gestein oder Fels
2 *Plan:* Ebene, Fläche (hier auf die Landschaft bezogen)

Teilaufgabe 1

Hinweise und Tipps

Welche Aufgabenart liegt vor und wie sind die Teilaufgaben gewichtet?
Bei der vorliegenden Übungsaufgabe für das Abitur handelt es sich um den ***Aufgabentyp I b****. Gefordert wird hierbei eine „****Vergleichende Analyse von literarischen Texten****“. Dabei soll ein Gedicht von Albert Ostermaier interpretiert werden, um dieses dann mit einem Gedicht von Joseph von Eichendorff zu vergleichen. Teilaufgabe 1 ist mit 42 Punkten etwas stärker gewichtet als Teilaufgabe 2 mit 30 Punkten.*

Was verlangt die Aufgabenstellung von mir?
Die erste Teilaufgabe entspricht einer ***offenen Aufgabenstellung*** *ohne weitere Schwerpunktsetzungen. Das bedeutet, dass Sie selbst entscheiden müssen, welche Aspekte bei Ostermaiers Gedicht besonders relevant sind. Der komplexe Operator* ***„interpretieren“*** *verlangt dabei von Ihnen, dass Sie das Gedicht nach den im Unterricht erworbenen Kompetenzen im Umgang mit lyrischen Texten* ***untersuchen*** *und* ***deuten****. Dabei ist neben dem Inhalt insbesondere die* ***Form des lyrischen Sprechens*** *zu beachten, also die Sprache und die formale Anlage des Gedichts. Nur so können Sie zu einer* ***eigenständigen Deutung*** *(Sinnkonstruktion) gelangen.*

Wie gehe ich bei der Bearbeitung der Aufgabe sinnvollerweise vor?
Da der Operator auf komplexe Interpretationsleistungen abzielt, müssen Sie sich noch einmal vergegenwärtigen, welche ***Aspekte*** *für die Untersuchung eines Gedichts von* ***Bedeutung*** *sind und wie sie zueinander in* ***Beziehung*** *zu setzen sind. Lesen Sie sodann das Ostermaier-Gedicht ganz durch und notieren Sie sich, was Ihnen* ***bei der Lektüre aufgefallen*** *ist. Lesen Sie es dann ein zweites Mal und* ***markieren****,* ***unterstreichen*** *und* ***kommentieren*** *Sie es dabei entsprechend den zu untersuchenden Aspekten. Sortieren und bündeln Sie Ihre Notizen, Anmerkungen und Kommentare – so können Sie Ihre Interpretation bereits* ***vorstrukturieren****.*
Bevor Sie Ihre Untersuchungsergebnisse in einer schriftlichen Analyse darlegen, vergegenwärtigen Sie sich am besten noch einmal die im Unterricht erworbene ***Struktur einer Textanalyse****, damit Sie auf der Basis Ihrer Untersuchungsergebnisse eine in sich* ***schlüssige und kohärente Deutung*** *verfassen können.*

Wie kann ich meinen Aufsatz strukturieren?
Auf der Basis Ihrer Vorarbeit sollten Ihre Ausführungen eine ***Einleitung****, einen* ***Hauptteil*** *und einen* ***Schluss*** *mit entsprechenden gedanklichen* ***Verknüpfungen*** *aufweisen. In der Einleitung machen Sie Angaben zu Autor, Titel, Textsorte, Thematik und Entstehungszeit. Im* ***Hauptteil*** *sollten Sie dann systematisch geordnet die einzelnen Aspekte ausführen, um im* ***Schluss*** *zu einer* ***reflektierten Deutung im größeren Zusammenhang*** *zu gelangen.*

Was gibt es bei dieser Aufgabe sonst noch zu beachten?
Der aspektgeleitete Vergleich der beiden Gedichte verlangt von Ihnen schon bei der Analyse von Ostermaiers Gedicht ***aufmerksames und zielführendes Lesen*** *im Hinblick auf das* ***Motiv des Unterwegsseins****. Denn wenn Sie diesen Aspekt schon in Teil-*

*aufgabe 1 im Fokus haben, fällt es Ihnen erheblich leichter, in Teilaufgabe 2 den Vergleich zu verfassen. Eine **literaturhistorische Zuordnung** muss in Teilaufgabe 1 **noch nicht zwingend** geleistet werden, da diese erst in Teilaufgabe 2 explizit eingefordert wird. Dennoch ist es hilfreich, den Epochenkontext schon bei der Bearbeitung von Ostermaiers Text im Hinterkopf zu haben.*

Lösungsvorschlag

Einleitung

Das Gedicht „the motel chronicles" stammt von Albert Ostermaier und wurde 1999 in einem Gedichtband des Lyrikers veröffentlicht.

Hauptteil

Erster Leseeindruck und Form

Der Text irritiert den Leser im ersten Moment wegen seiner ungewöhnlichen Form. Er verzichtet auf traditionelle Gedichtmerkmale wie Strophen und Reime sowie auf Satzzeichen. Zudem greift er auf Kleinschreibung, das Zeichen „&" (statt des Wortes „und") und scheinbar willkürlich gesetzte Zeilenumbrüche zurück. Es handelt sich um einen – auch in seiner äußeren Form – **bewusst gestalteten Text**, der bei genauerer Betrachtung durchaus kunstvoll genannt werden kann.

Inhalt und Aufbau

Das Gedicht beginnt (vgl. V. 1–3) mit der vom lyrischen Ich an sein Gegenüber gerichteten Aufforderung zum spontanen Aufbruch aus einer nicht näher bestimmten Lebenssituation. Es möchte mit ihm – wie in einem Roadmovie – „von / motel zu motel" (V. 2 f.) ziehen. Etwas anders als der Titel vermuten lässt, wird hier also nicht die Geschichte verschiedener Motels erzählt. Die ziellose Reise des – so darf man schließen – **Pärchens** steht im Mittelpunkt des Gedichts. Im Folgenden wird zunächst Lage und Umgebung der Motels geschildert (vgl. V. 4–11). Dann beschreibt das lyrische Ich die Begegnung mit den Motelbesitzern (vgl. V. 11–32), die mit leeren Blicken ihre Arbeit verrichten und nachts Kaugummi kauend und Bier trinkend durch die TV-Kanäle zappen. Abschließend wendet sich das Gedicht den beiden Reisenden (vgl. V. 32–40) zu, die nach den Erlebnissen des Tages wach auf ihrem Bett liegen und im Spiegel den Mond beobachten, der sich zudem auf einer Kühlerhaube spiegelt.

Lage der Motels und Umgebung

Das lyrische Ich sucht offenbar **Ferne** („irgendwo", V. 5) und **Einsamkeit** („es / müssen die einsamsten / sein", V. 3 ff.; „landstrasse ins nirgends", V. 6). Der Vergleich mit einer billigen Perlenkette (vgl. V. 7 f.) deutet dabei bereits die **Trostlosigkeit** der Motels an. Was das Paar genau erlebt, erfährt man nicht. Der Fokus wird bald auf das erlebnisarme Leben der Motelbesitzer verlagert.

Die Motelbesitzer

Deren „langeweile" (V. 12) wird direkt benannt – dass sie „permanent im kreis gehen", kann man als Bild für die **Eintönigkeit ihrer Lebenssituation** verstehen. Mit eindrucksvollen **Bildern**, **Vergleichen** und **Metaphern** verdeutlicht Ostermaier ihre **Trostlosigkeit**. Die **öde Umgebung** spiegelt sich in ihren Augen und Blicken wider: „in / ihren blicken den wüsten / sand […] der ihnen die / farbe aus den augen / getrieben hat" (V. 15–19). Auf die Erzählungen der Gäste reagieren sie **regungslos** mit „stoischen blicken" (V. 19 f.). In ihrer landschaftlichen wie menschlichen Einsamkeit haben sie nichts zu erzählen, sondern erfahren lediglich von den Gästen etwas über das Leben in den fernen Städten, das „tatsächlich wie in den / fernsehprogrammen ist" (V. 25 f.). Es scheint **keine Kommunikation** oder ein freudiges Miteinander zu geben: Anstatt „worte[]" zu „wechseln" (V. 27 f.), konsumieren sie – Fernsehen, Kaugummis, Bier. Der Mangel an zwischenmenschlicher Verständigung zeigt sich auch im Vergleich der zerplatzenden Kaugummis mit Sprechblasen. Die Motelinhaber sitzen nicht beim Bier in geselliger Runde, sondern „das bier in den händen" (V. 31) schläft ein – die Personifikation des Getränks wirkt hier aber nicht wie eine Belebung des Unbelebten, sondern unterstreicht nur die **trostlose Atmosphäre**.

Gedichttitel

Vor diesem Hintergrund erklärt sich der **Titel** des Gedichts – denn es werden sehr wohl Geschichten der Motels und ihrer Betreiber erzählt, auch wenn diese völlig stumm bleiben und nur hören können, was ihnen die Gäste berichten.

Das Paar

Im Gegensatz zu den einschlafenden Motelinhabern liegt das Paar wach auf dem Bett. Die „offene[] tür" (34 f.) deutet ihre **Offenheit** für die **unmittelbare Erfahrung der Welt** an, die die Motelbesitzer nur über das Medium Fernsehen, also mittelbar, wahrnehmen können. Dass das Paar den Mond – ein typisch romantisches Motiv – beobachtet, weckt kurzzeitig Assoziationen an Harmonie, Einheit mit der Natur und eine Liebesnacht. Doch die geweckten Vorstellungen werden **mehrfach gebrochen:** Erstens wird der Mond in einer Art paradoxem, **irritierendem Sprachspiel** erwähnt – er sonnt sich (vgl. V. 38). Zweitens ist die Beobachtung doch nicht so unmittelbar wie zunächst gedacht, denn sie ist von einer **zweifachen Spiegelung** geprägt („durch den Spiegel", V. 35; „auf der Kühlerhaube", V. 37). Drittens „wartet" der Mond darauf, „dass / ein truck vorbeizieht & / ihn mitnimmt" (V. 38 ff.), scheint also selbst **Sehnsucht** nach der Ferne zu haben. Das Gedicht ist zwar darauf angelegt, das trostlose Leben der anderen im **Kontrast** zum Leben des aktiven Paares darzustellen, doch zugleich wird der **Eindruck unterlaufen**, dass ihr **Unterwegssein ungetrübtes Glück** bedeutet.

Während die Motelbesitzer in trostloser Resignation leben, sucht das **Paar nach einem anderen Leben**. Sein Unterwegssein könnte dabei eine Art **Schutz vor solcher Trostlosigkeit** sein. Es ist bezeichnend, dass die Motelinhaber „permanent im kreis gehen" (V. 13), während es das Paar in die Ferne zieht.

Syntaktische und formale Anlage

Der Aspekt des **permanenten Unterwegsseins** spiegelt sich im **Fehlen von Satzzeichen** und in der **Syntax:** Ab V. 3 besteht das

Gedicht aus einem hypotaktischen Satz, der wie bei einer nicht enden wollenden Reise ohne syntaktische Einschnitte voranschreitet. Aufgrund der Komplexität des Satzes entgeht es dem Leser fast, dass der Relativsatz (V. 5–11) nie syntaktisch geschlossen wird – es fehlt das Prädikat. Zusammen mit dem Umstand, dass das Gedicht mit dem Bild des Weiterfahrens und ohne Punkt endet, könnte man dies als Hinweis auf die ins Offene weisende Bewegung deuten.

Schluss
Reflektierte Gesamtdeutung

Das in früheren Texten der Literaturgeschichte häufig dargestellte **Potenzial des Reisens** als Möglichkeit, der Trostlosigkeit zu entfliehen, die Natur zu erleben oder gar das Ich zu formen, scheint in Ostermaiers Gedicht nur noch auf – **realisierbar wirkt es nicht**. Darin darf man die **moderne Skepsis gegenüber einfachen Glücksverheißungen und Idealisierungen** mitlesen.

Teilaufgabe 2

Hinweise und Tipps

Was verlangt die Aufgabenstellung von mir?
*Teilaufgabe 2 verlangt von Ihnen den **Vergleich** von Ostermaiers Text mit dem zweiten Gedicht „Allgemeines Wandern“ von Eichendorff. Es wird ein Aspekt benannt, auf den sich der Vergleich konzentrieren sollte: das **Motiv des Unterwegsseins**. Zusätzlich wird von Ihnen erwartet, dass Sie die beiden Gedichte aufgrund Ihrer Untersuchungsergebnisse **literarischen Epochen** zuordnen.*

Wie gehe ich bei der Bearbeitung der Aufgabe sinnvollerweise vor?
*Zunächst erschließen Sie sich das zweite Gedicht mithilfe von Markierungen und Randnotizen. Denn nur wenn Sie ein **vertieftes Verständnis** des Textes gewonnen haben, können Sie den Vergleich in angemessener Weise bewältigen. Das Verfassen des **Vergleichs** bereiten Sie am besten vor, indem Sie – z. B. in einer Tabelle – die **Unterschiede und Gemeinsamkeiten** vermerken, und zwar bezogen auf die jeweils geforderten Aspekte:*

Ostermaier	***Eichendorff***
– offenbar mit dem Auto unterwegs *– …* *– Unterwegssein im Kontrast zu Trostlosigkeit der Daheimbleibenden* *– prägende Stimmung: trostlos* *– …*	*– zu Fuß unterwegs* *– …* *– Unterwegssein im Kontrast zu Trostlosigkeit der Daheimbleibenden* *– prägende Stimmung: euphorisch* *– …*

*Zur Vorbereitung der literaturgeschichtlichen Zuordnung machen Sie sich noch einmal kurz die **Kennzeichen der Romantik und der Gegenwartsliteratur** bewusst und* *denken Sie daran, dass hierbei auch formale Aspekte relevant sein können.* ***Notieren*** *Sie dann Merkmale der Gedichte, die sich hierzu in Bezug setzen lassen.*

Wie kann ich meinen Aufsatz strukturieren?
Beginnen Sie mit einer ***aufgabenbezogenen Überleitung****, in der Sie z. B. das beide Texte verbindende Motiv des Unterwegsseins erwähnen. Im* ***Hauptteil*** *formulieren Sie den Vergleich aus. Achten Sie darauf, Ihre Ergebnisse* ***aspektorientiert, geordnet und aufeinander aufbauend*** *darzulegen. Die literaturgeschichtliche Einordnung lässt sich als Schlussteil gestalten.*

Was gibt es bei der Aufgabe sonst noch zu beachten?
Während Sie in Ihrer Interpretation des Ostermaier-Gedichts dessen Deutung bereits am Text ausführlich belegt haben, gilt das für Eichendorffs Gedicht nicht, da Sie zu diesem keine gesonderte Interpretation verfassen sollten. Daher kann es nötig sein, im Zuge des Vergleichs an gewissen Stellen die Lesart dieses Gedichts etwas genauer zu erläutern und zu untermauern – zum Beispiel mithilfe von Textbelegen.

Lösungsvorschlag

Aufgabenbezogene Überleitung

Auch das Gedicht „Allgemeines Wandern“ von Joseph von Eichendorff aus dem Jahr 1837 ist von dem **Motiv des Unterwegsseins** geprägt. Allerdings **unterscheiden** sie sich doch stark im Hinblick darauf, wie dieses inhaltlich und atmosphärisch ausgestaltet wird.

Vergleich

Art des Unterwegsseins

Bezug zur Umgebung/zur Natur

Während das Paar in Ostermaiers Gedicht mit dem **Auto** von Motel zu Motel reist, wandern bei Eichendorff die Menschen, sind also **zu Fuß** unterwegs. Diese zunächst oberflächlich erscheinende Beobachtung ist aber durchaus bedeutsam: Die Wandernden erleben die erwachende und reiche **Frühlingsnatur hautnah** (vgl. z. B. V. 1, 3, 5), während das Auto fahrende Paar an die Straße gebunden ist und die Umgebung **nur aus dem Fahrzeug wahrnehmen** kann. Es wirkt zudem so, als käme es mit der Natur kaum in Berührung: Jedenfalls nehmen die beiden Reisenden vor allem Elemente der Zivilisation wie Motels, Landebahnen und Tankstellen wahr. Die Natur kommt allenfalls als Spiegelung vor („in / ihren blicken den wüsten / sand“, V. 15 ff., vgl. auch V. 35) – von **unmittelbarer Naturerfahrung** kann hier daher **keine Rede** sein.

Dauer des Unterwegsseins

Bei Eichendorffs Gedicht darf man dabei annehmen, dass die Menschen nur den Tag über unterwegs sind, während das Paar bei Ostermaier eine unbestimmte Zeit lang reist.

Unbestimmtes Ziel

Gemeinsam ist ihnen allerdings, dass sie kein bestimmtes Ziel ansteuern bzw. dass in gewisser Weise das **Unterwegssein das Ziel** ist.

Kontrast zwischen Reisenden und Daheimgebliebenen

In beiden Gedichten wird ein **Kontrast zwischen den Reisenden** und **denen, die in ihrem Zuhause sind**, aufgebaut. Bei Ostermaier stehen dem reiselustigen Paar die gelangweilten Motelbesitzer in ihrer öden Trostlosigkeit gegenüber, bei Eichendorff dem aufbrechenden „Dichter“ (V. 8) die Menschen, die „[i]n trüber Sorgen Haft“ (V. 10) „im Tal verderben“ (V. 9). Doch kraft seines „Lied[es]“ (V. 14) gelingt es dem Dichter, die Menschen **zur Wanderschaft zu bewegen:** „Da wird die Welt so munter / Und nimmt die Reiseschuh“ (V. 17 f.). Eine solch positive Wirkung von Kommunikation bleibt in Ostermaiers Gedicht aus: Sie findet erst gar nicht statt (vgl. V. 27, 30) oder hat keine **vergleichbar belebende Wirkung**, wie der Umstand zeigt, dass das Leben in der „welt / da draussen“ (Z. 21 f.), von der das Paar erzählt, „tatsächlich wie in den fernsehprogrammen“ (Z. 25 f.) ist – eine Reise dorthin erscheint also nicht gerade lohnenswert.

Kommunikation

Und auch die Tour des Paares selbst scheint **nicht zu beglücken**. Sie erleben nichts für sie Schönes, Einmaliges oder Bedeutsames, nichts, was sie wirklich ergreift, emotional berührt – zumindest erfährt der Leser nichts davon. Selbst die im letzten Teil des Gedichts angespielte romantische Situation ist **mehrfach gebrochen**, sodass sie als Bild beglückender Zweisamkeit kaum taugt. Reisen erscheint hier also **nicht als Form berauschender Welterfahrung**.

Mit dem Reisen verbundene Erfahrungen

In Eichendorffs Gedicht dagegen wird das **Unterwegssein gepriesen**. Grund dafür sind die im Frühling aufblühende Natur und das wiedererweckte Leben (vgl. V. 3 f.). Das Wandern wird als eine durchweg beglückende, nahezu **euphorisierende Begegnung mit der Natur** empfunden – „Das wirrt und jauchzt ohn Ende“ (V. 23) – und bedeutet zudem **Geselligkeit**.

Das Unterwegssein in Eichendorffs Gedicht hat so in mehrfacher Hinsicht eine ganz andere Bedeutung als in Ostermaiers Gedicht: Beim Romantiker führt es die **Menschen mit der Natur zusammen**, erzeugt **überschäumende Freude** und verbindet die Menschen zu einer **Gemeinschaft** – beim Gegenwartsschriftsteller **fehlt** eine **echte Begegnung mit der Natur**, die Reise scheint **nicht besonders beglückend** zu sein und **gemeinschaftsstiftend** ist sie allenfalls im Hinblick auf die **Zweierbeziehung des Paares**.

Zusammenfassung

Schluss

Epochenbezug Romantik (Eichendorff)

Typisch für die Romantik sind dabei in Eichendorffs Gedicht sicherlich die **schlichte Volksliedform** (u. a. dreihebiger Jambus, Wechsel von weiblichen und männlichen Kadenzen), die harmonische **Klanggestaltung** (vgl. z. B. die Alliteration „Lerchen […] Lüften“, V. 7) und die **einfache Sprache** als Sprache des Volkes sowie das Thema der **Wanderschaft**. Die wichtige Rolle des im Gedicht genannten **Dichters als Motivator**, der die Menschen aufruft, seinem Vorbild nachzueifern und sich in die Natur zu begeben, entspricht dabei der großen Bedeutung, die damals dem Poeten zugeschrieben wurde: Ihm fiel die Aufgabe zu, die Welt zu **romantisieren**. Er machte die **ideale und idealisierte Welt** sichtbar.

Dieser so positiven Botschaft steht das Gedicht „the motel chronicles" von Albert Ostermaier diametral entgegen. Es gibt nichts Fröhliches, Beglückendes, obwohl die Menschen es sich leisten können, mit dem Auto lange Reisen zu unternehmen. Die **desillusionierende Wirkung** des Gedichts ist dabei ebenso als typischer Zug moderner Lyrik zu verstehen wie seine formale Anlage mit durchgehender **Kleinschreibung** und ohne **Satzzeichen**. Besonders im Kontrast zu Eichendorffs Gedicht kann man hier die Darstellung einer (in der Gegenwartsliteratur häufiger zu findenden) **Entfremdung des Menschen von der Natur** mitlesen – eine Entfremdung, die sich auch aus dem die Distanz fördernden, technischen Reisemittel des Autos ergibt. Treibt man die Deutung noch weiter, dann kann man gegebenenfalls das Unterwegssein hier auch als Sinnbild des modernen Menschen insgesamt deuten: immer auf der Suche, aber ziellos.

Epochenbezug Moderne (Ostermaier)

Grundkurs Deutsch (Nordrhein-Westfalen) – Übungsaufgabe 5
II a: Analyse eines Sachtextes mit weiterführendem Schreibauftrag

Materialgrundlage
Andreas Platthaus: *Freuds Freund* (Rezension)

Aufgaben:

1. Analysieren Sie die vorliegende Rezension von Andreas Platthaus zu Robert Seethalers Roman *Der Trafikant.* Berücksichtigen Sie insbesondere die Perspektive, die der Verfasser auf den Protagonisten Franz entwickelt, und die Bewertung des Romans. Gehen Sie dabei auch auf Sprache und Stil ein. 40
2. Stellen Sie die persönliche Entwicklung dar, die Franz im Roman nimmt, und gehen Sie dabei auch auf seine Haltung zu den politisch-gesellschaftlichen Geschehnissen ein. Nehmen Sie auf dieser Grundlage zu der Frage Stellung, inwiefern Platthaus in seiner Einschätzung zuzustimmen ist, dass der „Tor" Franz am Ende „wissend" geworden sein wird. 32

Andreas Platthaus
Freuds Freund

Robert Seethaler hat einen Roman mit bösem Zauber geschrieben: Ein herzensguter Junge soll im Wien der späten dreißiger Jahre seinen eigenen Weg finden. Er trifft auf Liebe, Hass, Politik – und Sigmund Freud.

Gern sagt man, kleine Ursachen könnten große Folgen zeitigen. In Robert Seethalers Roman „Der Trafikant" scheint es zunächst umgekehrt zu sein. Im Salzkammergut wird Alois Preininger beim Baden während eines Gewitters vom Blitz erschlagen; selbst die Urgewalt dieses Mannes hat der Urgewalt der Natur nichts entgegenzusetzen.

Mit seinem Leben endet auch die Begünstigung seiner Geliebten, der Mutter von Franz Huchel (der aber nicht das Kind des ebenso lebensprallen wie lebenstüchtigen, nun aber eben toten Alois ist), und deshalb schickt sie ihren verzärtelten Siebzehnjährigen nach Wien zu einem verflossenen anderen Geliebten (der auch nicht der Vater von Franz ist). Dort soll der Junge seinen eigenen Weg gehen.

Ein kleiner Schritt vom Salzkammergut nach Wien, selbst für ein Muttersöhnchen, sollte man aus deutscher Perspektive meinen, aber für österreichische Verhältnisse ist es eine halbe Welt. Zumal im Jahr 1937, als zwischen Metropole und Provinz in der nicht einmal seit zwanzig Jahren bestehenden Republik eher ganze Welten liegen. Für Franz jedenfalls tun sie sich in Wien auf: Die große Stadt lehrt ihn die Menschen kennen und erkennen, Liebe und Hass, Politik und Freundschaft. Und Sigmund Freud.

Der ist Kunde in der Trafik von Otto Trsnjek, jenes ehemaligen Geliebten der Mutter aus der Vorkriegszeit. Für den Kaiser ließ Trsnjek ein Bein; um den Invaliden zu versorgen, machte die Republik ihn zum Trafikanten, er dankt es ihr mit republikanischer Treue, als die Nazis kommen. Denn darauf steuert Seethalers Roman natürlich zu: aufs Jahr 1938, auf den „Anschluss“, den Einschnitt, der alles ändert in Wien. Franz ist noch nicht lange genug da, um verstehen zu können, was der Stadt widerfährt. Aber Freud muss plötzlich weg, und Otto Trsnjek wird verhaftet.

Fortan ist Franz der Trafikant, und somit bezeichnet der Titel von Seethalers Roman eine Kontinuität[1], die aber unter den neuen Machthabern keinen Bestand haben kann. Das alte Wien ist tot, das neue Regime kitzelt das Übelste aus der Stadt heraus, und Franz bestaunt es genauso, wie er nach seiner Ankunft das ihm unglaublich erscheinende Getriebe wahrgenommen hat.

Seethalers Protagonist ist ein reiner Tor[2] und möchte es bleiben: „Wer nichts weiß, hat keine Sorgen, dachte Franz, aber wenn es schon schwer genug ist, sich das Wissen mühsam anzulernen, so ist es doch noch viel schwerer, wenn nicht sogar praktisch unmöglich, das einmal Gewusste zu vergessen.“ An diesem Dilemma[3] des erwachenden Erwachsenen leidet der herzensgute, schlichte Franz, und Seethalers Prosa bildet das mit einer schnörkellosen Sprache ab, obwohl sich der Erzähler in die Köpfe und Augenhöhlen aller seiner Protagonisten hineinbohrt.

Doch diese unerklärliche Leichtigkeit des Schreibens ist so wohltuend, wie auch die Unkompliziertheit von Franz empfunden wird: „Freuds Gesicht hellte sich auf. Eigentlich hatte er sich in Gegenwart sogenannter ‚einfacher Leute‘ immer ein wenig unbeholfen und deplatziert gefühlt. Mit diesem Franz aber verhielt es sich anders. Der Bursche blühte. Und zwar nicht wie die über Jahrzehnte ausgebleichten und durchgesessenen Strickblüten auf einer der vielen Decken, die seine Frau immer so sorgfältig über die Couch drapierte und in deren dicken Wollfasern sich auf magische Weise der Staub der ganzen Wohnung zu sammeln schien. Nein, in diesem jungen Mann pulsierte das frische, kraftvolle und obendrein noch ziemlich unbedarfte Leben.“

Franz ist ein Hoffnungsträger, und Seethalers Bosheit – er ist Wiener – besteht darin, auch uns als Leser auf den jungen Mann hoffen zu lassen. Lange blüht er fort. Dann verglüht er.

Der Roman beschönigt nichts; es gibt keine Rettung aus dem Wiener Totentanz des Jahres 1938. Doch eine wurschtelt sich durch: Anezka, die dralle Böhmin, eine Artistin, in die sich Franz im Prater verguckt hat und die ihn liebt, aber eben nicht nur ihn. Menschen mit festen Überzeugungen kommen um im „Trafikant“. Bis auf die Mutter, die an der Peripherie[4] bleibt, aber ihrem Franz mit der schriftlich immer neu bestätigten Liebe den Rücken stärkt.

Am Ende wird der Tor wissend geworden sein, und doch versperrt er, als ihn die Schergen abholen, die Tür zur Trafik: „Weil wer weiß schon, was sein wird?“ Wir wissen es, und Seethaler weiß das. Aus diesem wechselseitigen Wissen entsteht der böse Zauber dieses Romans.

Quelle: Andreas Platthaus: Freuds Freund. FAZ.NET, 2. 11. 2012 (https://www.faz.net/aktuell/feuilleton/buecher/rezensionen/belletristik/robert-seethaler-der-trafikant-freuds-freund-11947460.html)

Anmerkungen:
1 *Kontinuität:* Fortdauern, Stetigkeit
2 *ein reiner Tor:* Anspielung auf Richard Wagners Oper *Parsifal*, deren junge Titelfigur als rein im Herzen, aber als weltfremd und naiv gezeichnet wird. Der Begriff *Tor* bezeichnet im Allgemeinen einen töricht, dümmlich handelnden Menschen.
3 *Dilemma:* Situation, in der man sich zwischen zwei Alternativen entscheiden muss, die gleichermaßen negative Folgen haben
4 *Peripherie:* Randgebiet

Teilaufgabe 1

Hinweise und Tipps

Welche Aufgabenart liegt vor und wie sind die Teilaufgaben gewichtet?
*Bei dieser Übungsaufgabe für das Abitur handelt es sich um den **Aufgabentyp II a**, der die „**Analyse eines Sachtextes mit weiterführendem Schreibauftrag**" erfordert. Dabei soll zunächst der vorliegende Sachtext, eine Rezension von Andreas Platthaus zu Robert Seethalers „Der Trafikant", unter Berücksichtigung der in der Aufgabe genannten Aspekte analysiert werden. Daran schließt sich hier ein zweigliedriger weiterführender Schreibauftrag an. Der **Sachtextanalyse** kommt dabei mit 40 Punkten ein etwas **größeres Gewicht** zu als der Teilaufgabe 2 mit ihren 32 Punkten.*

Was verlangt die Aufgabenstellung von mir?
*Die Teilaufgabe 1 mit dem Operator „**Analysieren**" erfordert von Ihnen eine **vollständige Analyse des Sachtextes**. Die Aufgabenstellung gibt Ihnen zudem hilfreiche Hinweise dazu, welchen wichtigen Aspekten Sie besondere Aufmerksamkeit schenken sollten: Im Hinblick auf den Inhalt gilt es vor allem, die Sicht des Rezensenten auf **Franz** und seine **Bewertung des Romans** herauszuarbeiten. Darüber hinaus ist aber auch die Untersuchung der **sprachlich-stilistischen Gestaltung** verlangt.*

Wie gehe ich bei der Bearbeitung der Aufgabe sinnvollerweise vor?
*Vergegenwärtigen Sie sich zu Beginn noch einmal die für eine **Sachtextanalyse** wichtigen **Kriterien**, die Sie auch als Stichpunkte notieren könnten.*
*Lesen Sie dann die Rezension mehrmals aufmerksam. Am besten teilen Sie diese im ersten oder zweiten Lesedurchgang in **Sinnabschnitte** ein. Das erleichtert es Ihnen, den Aufbau des Textes zu durchschauen. In einem eigenen Lesedurchgang empfiehlt es sich, die in Teilaufgabe 1 **geforderten Aspekte** (Sicht auf Franz, Bewertung des Romans) im Text durch verschiedenfarbige Markierungen hervorzuheben. Mit einer weiteren Farbe sollten Sie dann noch im Text markieren bzw. vermerken, was Ihnen **sprachlich-stilistisch** auffällt. Um die Arbeitsergebnisse zu strukturieren und zueinander in Bezug zu setzen, können Sie beispielsweise ein Cluster erstellen. Diese **Visualisierung** ist eine gute Basis für die Ausformulierung der Analyse.*

Wie kann ich meinen Aufsatz strukturieren?
*Sie beginnen Ihre Ausführungen mit einer orientierenden **Einleitung**, in der Sie den Verfasser, den Titel, die Textsorte, die Textquelle, das Erscheinungsdatum und die Thematik des vorliegenden Sachtextes benennen.*

*Der **Hauptteil** beinhaltet die **Analyse** mit den **ausdrücklich geforderten Aspekten**. Auf der Basis Ihrer visualisierten Vorarbeit legen Sie hier Ihre Untersuchungsergebnisse **geordnet und systematisch** dar. Sie können dafür die Analyse linear anlegen, d. h. der Chronologie des Textes folgen – oder Sie wählen ein aspektorientiertes Vorgehen, bei dem Sie nacheinander die erforderlichen Aspekte abhandeln. Der folgende Musteraufsatz beschreitet den zweiten Weg.*
*In einem kurzen **Schlussteil** runden Sie Ihre Ausführungen ab. Gegebenenfalls können Sie diesen schon so formulieren, dass Ihnen die gedankliche Verbindung zur zweiten Teilaufgabe, dem weiterführenden Schreibauftrag, leichter fällt.*

Was gibt es bei dieser Aufgabe sonst noch zu beachten?
*Achten Sie darauf, dass Sie lediglich den Inhalt der Rezension und nicht den Inhalt des Romans wiedergeben. Neben den inhaltlichen Aussagen des Sachtextes ist die **sprachlich-stilistische Machart** von besonderer Wichtigkeit – vergessen Sie dabei aber nicht, diese stets **in ihrer Wirkung** zu betrachten. Besonders gelungen wird Ihr Aufsatz, wenn Sie außerdem erläutern können, worin der ‚böse Zauber' liegt, den Platthaus Seethalers Roman zuschreibt.*

Lösungsvorschlag

Einleitung
Grundinformationen zum Text

Mit seiner **Rezension „Freuds Freund"**, erschienen im Feuilleton der FAZ im November 2012, bezieht der Autor **Andreas Platthaus** Stellung zu Robert Seethalers Roman „Der Trafikant". Bereits beim ersten Lesen fällt auf, wie rhetorisch gefällig und ansprechend Platthaus schreibt.

Hauptteil
Vortext als Kurzzusammenfassung

Platthaus beginnt mit einer **neugierig machenden Kurzzusammenfassung** seines Textes, in der er dem Roman einen „böse[n] Zauber" (Z. 1) bescheinigt und in knappster Form Ort, Zeit und Handlung des Romans vorstellt (Z. 1–3).

Platthaus' kommentierte Wiedergabe des Romaninhalts

Wie für eine Rezension üblich, gibt der Verfasser den Leserinnen und Lesern zunächst eine Orientierung im Hinblick auf den **Romaninhalt** (Z. 4–31), wobei er diesen auch immer wieder kommentiert. Als **Auslöser** der Handlung stellt er den Tod des Geliebten von Franz' Mutter heraus, der die beiden nun nicht mehr versorgen könne – weshalb Franz jetzt beim kriegsversehrten Trafikanten Otto Trsnjek im entfernten Wien „seinen eigenen Weg gehen" (Z. 13) müsse. Platthaus unterstreicht, dass dies ein **großer Schritt** für den Jugendlichen sei, und betont in diesem Zusammenhang auch den **historischen Kontext des Jahres 1937**. Die **Vielfalt der Erfahrungen**, die das Leben in Wien für ihn bereithält, beschreibt Platthaus abstrakt: „Die große Stadt lehrt ihn die Menschen kennen und erkennen, Liebe und Hass, Politik und Freundschaft." (Z. 18 f.) Der Rezensent achtet offenbar darauf, den Leserinnen und Lesern nicht zu viel zu verraten. Lediglich Franz' Bekanntschaft mit Sigmund Freud sowie die weitere Entwicklung hinsichtlich seines

Arbeitgebers Trsnjek nimmt er hier genauer in den Blick. So verdeutlicht er auf dieser Grundlage die **Auswirkungen der einschneidenden politischen Veränderungen** – des „Anschlusses" Österreichs – auf das private Lebensumfeld des Protagonisten, der wegen Trsnjeks Verhaftung die Trafik übernimmt. Vordergründig täusche diese Übernahme eine Kontinuität vor, so Platthaus, die aber keinen Bestand haben könne unter dem neuen Regime, das „das Übelste aus der Stadt" (Z. 29) herauskitzele.

Perspektive des Verfassers auf den Protagonisten

Im weiteren Verlauf des Sachtextes (ab Z. 30) verschiebt sich der Fokus von der Handlung auf den **Protagonisten des Romans:** Die gesamtgesellschaftliche Entwicklung in Wien nehme Franz zunächst **lediglich staunend** zur Kenntnis (vgl. Z. 30). Die weiteren Ausführungen liefern den Hintergrund für diese Einschätzung: Platthaus unterstreicht den schon zuvor mit den Begriffen „Muttersöhnchen" (Z. 14) und „verzärtelt[]" (Z. 11) vermittelten Eindruck, dass Franz eher **gutmütig** veranlagt, aber zugleich **unerfahren und naiv** ist, indem er ihn als „reine[n] Tor" (Z. 32) sowie als „herzensgut[]" und „schlicht[]" (Z. 36) bezeichnet. Als Beleg für seine Auffassung, Franz sei ein **reiner Tor** und **wolle es auch bleiben**, zitiert Platthaus einen Gedanken der Hauptfigur (vgl. Z. 32–35), nach dem es schwer sei, sich Wissen anzueignen, aber noch schwerer, das Gelernte wieder zu vergessen. Mit dem Hinweis, dass dies das „Dilemma des erwachenden Erwachsenen" (Z. 35 f.) sei, an dem Franz leide, rückt Platthaus die Entwicklungsphase des Protagonisten, die **Adoleszenz**, in den Blick. Zudem betont er die „Unkompliziertheit von Franz" (Z. 40) und belegt dies mit einem Zitat aus dem Roman (vgl. Z. 40–47). Aus diesem Zitat, in dem Freud der junge Franz als das blühende Leben erscheint, gewinnt Platthaus auch die Einschätzung, dass Franz sowohl für Freud im Roman als auch für den Leser des Romans ein **Hoffnungsträger** werde. Darin sieht der Verfasser die „Bosheit" (Z. 48) Seethalers – denn die Hoffnungen des Lesers würden zunichte gemacht (vgl. Z. 50: „Dann verglüht er.").
Für Platthaus wird der Tor Franz, dem er zunächst als Attribut Herzensreinheit beifügt, am Ende „**wissend** geworden" (Z. 57) sein, wobei man hier davon ausgehen kann, dass der Rezensent diese Einschätzung vor allem auf die **politische Situation** bezieht. **Relativierend** fügt Platthaus aber hinzu, dass Franz die Tür zur Trafik mit den Worten „Weil wer weiß schon, was sein wird?" abschließe (vgl. Z. 58).

Platthaus' Bewertung des Romans

Inhalt: „böser Zauber"

Mit der Frage des Nichtwissens bzw. Wissens schwenkt Platthaus zur **schlussfolgernden Bewertung** des Romans über, in der er nun die zu Beginn aufgestellte These, es handele sich um einen **Roman mit „bösem Zauber"** (Z. 1), **begründet**. Für Platthaus liegt dieser darin, dass Leser und Autor sehr wohl um den Fortgang der Geschichte der späten dreißiger Jahre wissen, Seethaler aber dennoch die Leser mit Franz' Erfahrungen **in seinen Bann zu ziehen vermag** – und sie zur hoffnungsfrohen Identifikation mit einer Figur verführt, die am Ende untergehen müsse (vgl. Z. 48–50), weil es eben „keine Rettung aus dem Wiener Totentanz des Jahres 1938" (Z. 51 f.) gebe. **Positiv** hebt Platthaus hervor, dass der Roman daher **nichts beschönige** (vgl. Z. 51) – und insofern ein realistisches Bild der Zeit zeichne. Dass im Roman „Menschen mit festen Überzeugungen" (Z. 54) umkommen, trägt für ihn offenbar auch zum **Realismus** bei.

Form des Romans: bemerkenswerte Sprache

Als **besonders bemerkenswert würdigt** der Rezensent Seethalers **Sprache:** Er schaffe es, das Geschehen in „einer schnörkellosen Sprache" (Z. 37) abzubilden, was Platthaus umso beachtlicher erscheint, weil der Erzähler aus der Perspektive der Figuren erzähle (vgl. Z. 37 f.). Das führe zu einer wohltuenden, zugleich aber „unerklärliche[n] Leichtigkeit des Schreibens" (Z. 39).

Sprachlich-stilistische Gestaltung der Rezension

So fasziniert sich Platthaus von Seethalers Sprache zeigt, so fasziniert darf man von der Sprache des Rezensenten sein. Ihm gelingt es, seine Deutung der Figuren des Romans und dessen Bewertung **gut nachvollziehbar** in Worte zu fassen. Schon über die **Wortwahl** verdeutlicht er seine Sicht. Mit verschiedenen Attributen („herzensgut[]", Z. 1; „verzärtelt[]", Z. 11; „Muttersöhnchen", Z. 14) **charakterisiert** er den Protagonisten eindeutig – und scheint sich über ihn lustig zu machen, ihn zumindest wenig ernst zu nehmen. Auch die Worte „schlicht[]" (Z. 36) und „reiner Tor" (Z. 32) klingen wenig schmeichelhaft und lassen Franz nicht als besonders klug dastehen. Platthaus wählt zudem immer wieder einen **saloppen Sprachstil**, durch den er seinem Text **Leichtigkeit** verleiht: „eine wurschtelt sich durch: Anezka, die dralle Böhmin" (Z. 52). Auch Alois Preiniger skizziert er mit wenigen Worten eindrücklich als „lebensprallen wie lebenstüchtigen, nun aber eben toten Alois" (Z. 11 f.).

Es fällt auch auf, dass Platthaus **mit Worten spielt**. Zwischen dem Salzkammergut und Wien läge „eine halbe Welt" (Z. 16), angesichts der historischen Situation 1937 aber „eher ganze Welten" (Z. 17), die sich dann für Franz in Wien auftun (vgl. Z. 17 f.).

Neben saloppen und umgangssprachlichen Formulierungen („das neue Regime kitzelt das Übelste aus der Stadt heraus", Z. 29) finden sich aber auch Elemente einer **höheren Sprachebene** („Kontinuität", Z. 28; „Peripherie", Z. 55), die die **sprachliche Variabilität** des Rezensenten zeigen. Besonders anschaulich sind die **gebildeten Anspielungen**, die die Vorstellungskraft des Lesers aktivieren: Der Satz „es gibt keine Rettung aus dem Wiener Totentanz" (Z. 51) spielt auf das Motiv des Totentanzes in der darstellenden Kunst an, das die Macht des Todes über das Leben der Menschen symbolisiert und das Platthaus hier auf die schrecklichen Taten des Naziregimes in Wien bezieht. Und der **intertextuelle Verweis** auf

Wagners „Parsifal“ („ein reiner Tor“, Z. 32) regt dazu an, Franz mit der Figur des Parsifal zu vergleichen.
Unter anderem die häufig **knappen**, zum Teil **elliptischen Sätze** machen den Text **lebendig** („Und Sigmund Freund“, Z. 19), insbesondere wenn sie einen anschaulichen Kontrapunkt setzen: „Lange blüht er fort. Dann verglüht er.“ (Z. 49 f.) Zur Lebendigkeit trägt auch die **bildhafte Sprache** bei. So wird die perspektivierende Erzählweise mit der Formulierung veranschaulicht, dass der Erzähler sich „in die Köpfe und Augenhöhlen aller seiner Protagonisten“ (Z. 37 f.) bohre.

Schluss
Zusammenfassung der Ergebnisse unter Berücksichtigung des Adressatenkreises

Platthaus hat also eine **sprachlich attraktive** Rezension verfasst, mit der es ihm gelingt, seine **positive Bewertung** des Romans zu verdeutlichen. Dabei spricht er durchaus eine **gebildete Leserschaft** an, denn die Kenntnis des Romans, der Person Sigmund Freuds und des Weltgeschehens sind Voraussetzungen, um seine Aussagen in Gänze verstehen zu können.

Teilaufgabe 2

Hinweise und Tipps

Was verlangt die Aufgabenstellung von mir?
Die zweite Teilaufgabe ist zweigeteilt. Zunächst ist eine Darstellung der ***persönlichen Entwicklung des Protagonisten*** *sowie seiner* ***Haltung zum gesellschaftlichen und politischen Geschehen*** *gefordert. Diese Darstellung ist dann die Grundlage für eine* ***Stellungnahme*** *zu einer der* ***Thesen des Verfassers Platthaus****, und zwar zu der Frage, ob der „Tor“ Franz am Ende wissend geworden sei. Die Bearbeitung der zweiten Teilaufgabe setzt daher eine* ***gute Kenntnis des Romans*** *voraus.*

Wie gehe ich bei der Bearbeitung der Aufgabe sinnvollerweise vor?
Vergegenwärtigen Sie sich zunächst noch einmal das Romangeschehen und halten Sie stichpunktartig die für Franz wichtigen ***Figuren****, entscheidende* ***Situationen*** *und sein jeweiliges* ***Verhalten*** *fest. Bedenken Sie dabei auch, welche* ***Haltung*** *er angesichts der sich ändernden* ***politischen Verhältnisse*** *zeigt. Auf dieser Grundlage können Sie dann überlegen,* ***in welchen Bereichen*** *Franz sich im Verlauf des Romans* ***wie entwickelt*** *(z. B. beruflich, sozial, charakterlich). Durchdenken Sie anschließend die These des Autors, der „Tor“ Franz sei am Ende „wissend“ geworden. Auch hier ist es sinnvoll, verschiedene Aspekte in den Blick zu nehmen, z. B.:*
- *Wie tief ist Franz’ Einblick in die politischen Zusammenhänge?*
- *Wie gut kann Franz seine eigene Lage einschätzen?*
- *Wie ist Franz’ Verhalten gegenüber Vertretern des NS-Regimes einzuordnen?*

Wie kann ich meinen Aufsatz strukturieren?
Mit einer ***Überleitung*** *knüpfen Sie an Teilaufgabe 1 an, beispielsweise indem Sie die zentrale Einschätzung von Platthaus zur Entwicklung des Protagonisten aufgreifen.*

*Der **Hauptteil** wird bereits durch die vorgegebene Aufgabenstellung vorstrukturiert – als **Erstes** stellen Sie die allgemeine Persönlichkeitsentwicklung des Protagonisten unter Berücksichtigung seiner Haltung, d. h. seiner Einstellung, zum politischen Geschehen dar. Hierbei haben Sie zwei Möglichkeiten:*

- *Zum einen können Sie die Entwicklung **linear** darstellen, indem Sie dem Romanverlauf folgen und deutlich machen, an welchen Stellen Franz Entwicklungsschritte macht. Das birgt allerdings die Gefahr, dass Sie zu sehr ins Detail gehen und wichtige Zeit verlieren.*
- *Zum anderen können Sie diesen Teil des Aufsatzes nach **zentralen Aspekten** der Entwicklung strukturieren (siehe oben: z. B. beruflich, sozial, charakterlich). So fällt es Ihnen wahrscheinlich auch leichter, von der Handlungsebene zu abstrahieren und die Entwicklung zu deuten.*

*Als **Zweites** prüfen Sie auf dieser Grundlage Platthaus' Aussage zu Franz.*
*Im **Schlussteil** runden Sie schließlich Ihre Aussagen auf der Basis Ihrer Überlegungen ab und fassen Ihre Antwort auf die gestellte Frage zusammen.*

Was gibt es bei dieser Aufgabe sonst noch zu beachten?
Sie müssen hier sehr zeitökonomisch arbeiten, da Sie das gesamte Romangeschehen als Basis für Ihre Ausarbeitung parat haben müssen, sich aber dabei nicht verzetteln dürfen.

Lösungsvorschlag

Aufgabenbezogene Überleitung

Um Platthaus' Aussage, Seethalers Protagonist sei „ein reiner Tor", der schließlich „wissend" geworden sei, angemessen bewerten zu können, ist ein genauer Blick auf die **Entwicklung des Jugendlichen** notwendig.

Hauptteil

Ausganglage: von der Provinz in die Großstadt

Zunächst lebt Franz, der ein zarter und verträumter Junge zu sein scheint, **wohlbehütet und sorgenfrei** mit seiner Mutter am Attersee, sicher versorgt durch deren Geliebten. Nach dem Tod des Gönners schickt die Mutter Franz nach Wien, damit er in der Trafik von Otto Trsnjek eine **Ausbildung** machen kann. Mit seiner Mutter bleibt Franz in regelmäßigem brieflichen Kontakt. Sie ist für Franz die **emotionale Basis**, die er für sein Selbstwertgefühl braucht. Dass er aber im Verlauf des Romans die Anrede „Liebe Mama" durch „Liebe Mutter" ersetzt, deutet auf sein **Erwachsenwerden** hin.

Ausbildung und Beruf in der Trafik

Wissenserwerb

Im Rahmen der Ausbildung lernt Franz als **williger Lehrling**, welche Kenntnisse und Fähigkeiten ein Trafikant benötigt. Die **väterliche Autoritätsfigur** Trsnjek vermittelt ihm das entsprechende Wissen über die Rauchwaren sowie sein Berufsethos und hält ihn zum gründlichen Zeitungslesen an, wodurch Franz zum ersten Mal Einblick in **politische Zusammenhänge** bekommt – eine Voraussetzung für die Entwicklung einer **politischen Haltung**. Ein weiterer Entwicklungsschritt in diesem Kontext zeigt sich nach Trsnjeks

Einblick in politische Zusammenhänge und Massenmedien

Verurteilung des Presseartikels, in dem die Wahrheit über den Tod des Roten Egon verfälscht wird. Franz beginnt zu ahnen, wie Nachrichten **politisch instrumentalisiert** werden (können).

Zum Erwachsenwerden trägt auch der Umstand bei, dass Franz nach Trsnjeks Verhaftung die **Trafik weiterführt**. Er übernimmt hier **Verantwortung** und erledigt seine Aufgaben **gewissenhaft**.

Übernehmen von Verantwortung: Franz als Trafikant

Franz geht auch verschiedene **soziale Beziehungen** ein, die für eine Abnabelung von der Mutter sprechen. So lernt er **Sigmund Freud**, den berühmtesten Kunden der Trafik, kennen. Aus den Gesprächen entwickelt sich eine **ungewöhnliche Freundschaft**. In dieser wirkt der alte und erfahrene Psychoanalytiker lange Zeit wie ein überlegener Mentor, gegen Ende scheint sich das **Verhältnis** aber in gewisser Weise **umzukehren:** Franz kümmert sich **fürsorglich** um den gebrechlich gewordenen Freud.

Soziale Beziehungen

Freundschaft mit Freud …

… und Veränderung des Verhältnisses

Eine zentrale Rolle in Franz' Entwicklung spielt seine erste Liebeserfahrung mit dem böhmischen Mädchen Anezka. Franz lernt mit ihr neue Seiten des Lebens kennen – im positiven wie im negativen Sinne: Mit ihr macht er seine **ersten sexuellen Erfahrungen**, die für ihn überwältigend sind, aber er erlebt auch zum ersten Mal **Liebesenttäuschung und Eifersucht**; denn die erhoffte Beziehung mit Anezka entwickelt sich nicht. Als Striptease-Tänzerin hat sie diverse Liebhaber, u. a. auch Nazis. Mit diesen Erfahrungen lernt er – auch mit Freuds Hilfe – **umzugehen:** Als er mitbekommt, dass Anezka einen anderen Partner hat, gelingt es ihm, sich aus dieser hoffnungslosen Lage zurückzuziehen. Die Erfahrungen mit Anezka tragen so maßgeblich zu **Franz' Erwachsenwerden** bei.

Liebeserfahrungen und Liebesenttäuschungen als ein Aspekt des Erwachsenwerdens

Insbesondere die Beziehung zu **Trsnjek** ist von immenser Bedeutung – er ist ein **Vorbild** für Franz, insbesondere auch, was das **selbstbewusste Eintreten für die eigenen Überzeugungen** angeht. So wie sich Trsnjek energisch dem Nazi Roßhuber entgegenstellt, nachdem dieser die Scheibe der Trafik mit dem Schriftzug „Schleich dich, Judenfreund" beschmiert hat, so stellt sich Franz im Roman mehrfach **selbstbewusst gegen Vertreter des Nazi-Regimes:** Er versucht seinen Ausbilder vor der Verhaftung zu retten, indem er vorgibt, der Besitzer der Pornoheftchen zu sein, die der offizielle Grund für die Verhaftung sind. Auch will er Anezka bei seinem letzten Besuch bei ihr vor dem hereintretenden SS-Mann schützen. Und er begibt sich nach Trsnjeks Verhaftung täglich zum Gestapo-Quartier, um sich nach ihm zu erkundigen bzw. ihn zurückzuholen – bis er dort eines Tages brutal zusammengeschlagen wird. Als er die Nachricht von Trsnjeks Tod erhalten hat, attackiert Franz Roßhuber auch körperlich, weil er diesem eine Mitschuld gibt. Das ist ebenfalls **mutig**, weil Roßhuber ein eingefleischter Nazi ist. Franz gewinnt also im Verlauf des Romans deutlich an **Selbstbewusstsein**.

Charakterliche Aspekte: Selbstbewusstsein und politische Haltung

Trsnjek als Vorbild

Gefestigte Persönlichkeit mit politischer Haltung

Aus dem **unpolitischen Provinzjungen** ist ein **junger Mann mit gefestigter Persönlichkeit** geworden, der sich nicht von dem Regime und seinen Anhängern einschüchtern lassen will. Als Höhepunkt seines **widerständigen Verhaltens** darf man seine nächtliche Aktion ansehen, bei der er die Hakenkreuzfahne am Standartenmast **gegen Trsnjeks Hose austauscht**. Es ist ein deutliches Bild dafür, wie und dass er dessen politische Haltung hochhält. Schließlich wird Franz von der Gestapo verhaftet und abgeführt. Dabei lässt er sich nicht einschüchtern, sondern tritt erneut **selbstbewusst** auf.

Schlussfolgerung

All diese Befunde machen deutlich, dass Franz durch die Erfahrungen in Wien **erwachsen** geworden sein muss. Ja, er denkt immer wieder an seine Heimat am Attersee, hat Heimweh und Sehnsucht nach seinem Zuhause. Nach Freuds Abfahrt allerdings wird sich Franz bewusst, dass es den Buben, als der er nach Wien gekommen ist, nicht mehr gibt (vgl. S. 236).

Überleitung zur Stellungnahme

Aber ist der „**reine Tor**“ Franz am Ende auch „**wissend**“ geworden, wie Andreas Platthaus es in seiner Rezension schreibt?

Stellungnahme: Franz als wissend gewordener Tor?

Kontra-Argumente: Nicht-Wissen in Bezug auf das eigene Leben

Es gibt in Seethalers Roman Anzeichen dafür, dass das **nicht der Fall ist**. Immer wieder betont Franz das **eigene Nicht-Wissen**, zum Beispiel wenn er beim letzten Treffen mit Freud in Bezug auf den eigenen Weg eingesteht: „Jetzt ist der Schmerz fast weg, aber ich weiß gar nichts mehr. Ich komme mir vor wie ein Boot, das im Gewitter seine Ruder verloren hat und jetzt ganz blöd von da nach dort treibt.“ (S. 223) Freud kommentiert das Nicht-Wissen so: „Wir kommen nicht auf die Welt, um Antworten zu finden, sondern um Fragen zu stellen.“ (S. 224)

Kontra-Argumente: kein tieferes Verständnis der politischen Zusammenhänge

Immer wieder verdeutlichen Textstellen auch, dass Franz die **politische Lage nicht in Gänze** begreift. Mehrfach bezeichnet er sie als „verrückt[]“ (S. 138), aber ein **tieferer Einblick in die politischen Zusammenhänge** – zum Beispiel im Hinblick auf die antisemitischen Hintergründe der Judenverfolgung – wird im Roman **nicht deutlich:** „Anezka, ich versteh es ja selber nicht, […] die Juden hocken auf den Gehsteigen und putzen das Pflaster, als Nächstes sind die Ungarn dran oder die Burgenländer […].“ (S. 206, vgl. auch S. 163: „Ich weiß sowieso gar nicht, warum die Leute alle derart draufhauen auf die Juden. Auf mich wirken sie eigentlich ganz anständig.“)

Kontra-Argumente: Hoffnung auf Zukunft

Auch kann Franz offenbar nicht abschätzen, wie **drastisch die Entwicklungen in Europa** sind. Jedenfalls zeugt hiervon seine Aussage, Hitler werde sich irgendwann „wieder beruhigt haben“ (S. 228) und Freud könne dann wieder nach Wien zurückkehren.

Pro-Argument: reflektierter Umgang mit Massenmedien

Aber dennoch spricht die Entwicklung, die Franz gemacht hat, eher für Platthaus’ These: Zunächst kann er vieles noch nicht einordnen, ja, er ist (noch) ein Tor, ein **Dummkopf aus der Provinz**, weil ihm Erfahrung und Verständnis fehlen. Zeitungen haben ihm in der

Heimat vor allem als Klopapier gedient (vgl. S. 28), bei Trsnjek nutzt er sie als **Informationsquelle**. Später, als die Massenmedien in Wien schon „gleichgeschaltet“ sind, liest er sie dann nicht mehr, weil er um die **politische Manipulation** weiß (vgl. S. 199 f.).

Pro-Argument: Wissen um die Folgen widerständigen Handelns

Franz muss auch miterleben, wie **Judenhass und Nationalsozialismus** um sich greifen – und wie Andersdenkende zu Opfern werden. Bei Trsnjeks Verhaftung versteht er zwar offenbar zunächst nicht die gesamte Tragweite, doch schließlich erfasst er diese: „Und in diesem Moment war ihm alles klar.“ (S. 158) Franz – so darf man schließen – **erkennt**, dass die **Festnahme** nicht wegen der Pornoheftchen erfolgt, sondern **politisch motiviert** ist. Daher ist auch davon auszugehen, dass sich Franz bei seiner „staatsfeindlichen“ Tat, dem Hissen der einbeinigen Hose, der **unmittelbaren Folgen** für ihn persönlich bewusst ist. Seine ruhige Reaktion, als die Gestapo-Beamten auftauchen, bekräftigt diese Auslegung.

Kontra-Argumente: Hoffnung auf Zukunft

Und doch lässt sich aus dem Abschließen der Trafik ableiten, dass Franz meint, zurückkommen zu können – er vermag also **nicht einzuschätzen**, wie **weitreichend die Folgen auf längere Sicht** für ihn sein werden. Das Ende des Romans zerstört bei den Leserinnen und Lesern die Hoffnung, dass Franz überlebt.

Schluss

Abrundendes Urteil

Bedenkt man all das zusammen, so kann man **Platthaus' Aussage** mit gewissen Einschränkungen **zustimmen:** Auch wenn Franz insofern unwissend bleibt, als er die **politischen Zusammenhänge nicht** vollständig durchdringt und offenbar **nicht ahnt**, wie düster seine **persönliche Zukunft** aussieht, so ist er doch am Ende des Romans insofern **wissend** geworden, als er eine **politische Haltung** entwickelt hat, für die er auch einzustehen bereit ist.

Grundkurs Deutsch (Nordrhein-Westfalen) – Übungsaufgabe 6
III a: Erörterung von Sachtexten

Materialgrundlage:
Andreas Öhler: *Wumms, ruckel, ruckel, wumms*

Aufgaben: Punkte

1. Stellen Sie den Argumentationsgang von Andreas Öhlers Artikel „Wumms, ruckel, ruckel, wumms" dar und erläutern Sie die Intention des Textes. 28
2. Erörtern Sie mit Bezug auf Öhlers Artikel, ob der von ihm kritisierte Sprachgebrauch von Politikern und Politikerinnen ein Problem darstellt. 44

Andreas Öhler
Wumms, ruckel, ruckel, wumms (2022)

Die politische Sprache in der Krise klingt wie aus dem Comic. Das könnte sich rächen.

Eigentlich wollte ich mir für diese Altmänner-Kolumne jegliches Geraune über einen drohenden Kulturverfall verkneifen. Die ewige Klage, dass die geistige Verblödung mit jeder Generation zunimmt, sollten nicht ausgerechnet die Leute anstimmen, die mit jedem Jahr etwas vergesslicher werden, bis sie womöglich die Schwelle zur völligen Verkalkung übertreten haben.

Deshalb möchte ich mich hier nicht über irgendeinen generellen Niedergang beklagen. Ich mokiere mich nur. Und zwar über die infantile[1] Sprache, mit der uns die Eliten ihre Maßnahmen zur Krisenlösung nahebringen wollen. Im Politikersprech ist von Bazookas, Abwehrschirmen und Paketen die Rede, die auf den Weg gebracht werden. Noch als Finanzminister kündigte Olaf Scholz 2020 den „Wumms" an. Jetzt als Kanzler muss es ein „Doppelwumms" sein, über den sich schon so gut wie jeder Comedian in dieser Republik ausgelassen hat. Wenn der Dissens[2] in der Ampelregierung nicht mehr gedeckelt werden kann wie der Gaspreis, heißt es, dass es zwischen den Parteien gerade ein wenig ruckelt.

Wir Wähler werden behandelt wie angeschickerte Touristen im Ferienflieger. Der Pilot will uns nicht die Partylaune verderben, während er eine Schlechtwetterfront durchquert. Mir ist keine andere Regierung in Europa bekannt, die so zu ihrem Volk spricht.

Offenbar fühlen sich die Mächtigen dieses Staates nicht mächtig genug, um uns wie Autokraten einfach so mit ihrer Politik zu düpieren[3]. Sie sind Demokraten, die erstens wiedergewählt werden wollen, zweitens aber – und das ist das Entscheidende – ihren Eid geschworen haben, Schaden vom Volk abzuwenden. Aber das darf doch nicht bedeuten, uns wie entmündigte Schutzbefohlene zu behandeln, denen man nicht zutraut, komplexere politische Zusammenhänge zwischen Ursache und Wirkung geistig zu durchdringen.

Die Gefahr besteht, dass, wenn man die Verkümmerung der politischen Rhetorik zu weit treibt, immer mehr Menschen den politischen Diskursen nicht mehr folgen. Sie hören etwas, aber sie verstehen es nicht.

Wann hat dieser unselige Trend angefangen? Unter dem Kanzler Helmut Schmidt[4] wäre ein so regredierter[5] Redestil nicht denkbar gewesen. Nun war Volksnähe nicht seine hervorstechendste Qualität, aber er sprach in allen seinen Reden und Beiträgen die Menschen als Volljährige an. Ein Blick zurück in die Bonner Republik: Was immer man von Politikern wie Herbert Wehner[6] und seinem konservativen Gegenspieler Franz Josef Strauß[7] politisch gehalten haben mag, sie waren brillante Vermittler ihrer politischen Agenda. Man wusste, woran man mit ihnen war. Allenfalls bei den Bundespräsidenten hat sich das hohe Niveau der politischen Redekultur noch erhalten. Aber ich weiß nicht, ob sich eine Regierung glücklich schätzen kann, wenn alle reflektierenden Reden ins weihevolle Ambiente des Schloss Bellevue ausgelagert werden.

Einen Knacks bekam die politische Sprache mit Helmut Kohl[8]. In einer Pressekonferenz 1984 prägte er den Satz: „Entscheidend ist, was hinten rauskommt." Diese politische Stilblüte aus dem Gebiet Darmheilkunde kennzeichnete lange Kohls Amtszeit. Seitdem ist Schnoddrigkeit Leitprinzip. Keine Analysen mehr, wie sie noch der legendäre SPD-Politiker und Kommunikationswissenschaftler Peter Glotz ablieferte. Damals wurden offenbar noch Redenschreiber engagiert, die nicht aus der Werbebranche kamen, sondern ein Politikseminar an der Universität besucht hatten.

Als Gerhard Schröder Kanzler wurde, prägte er den Satz: „Zum Regieren brauche ich ‚Bild', ‚BamS'[9] und Glotze." Allzu forsche Reformen bremste der Kanzler 2001 mit dem Satz aus: „Was jetzt wichtig ist, ist eine Politik der ruhigen Hand." Das war in Wahrheit politische Rhetorik aus der hohlen Hand. Statt Analysen bot Schröder das: „Man kann es so oder so machen. Ich bin für so." Das war sein pointierter Beitrag zur Steuerreform 2003. Und fortan wurde zur Frage über alle politischen Aufsteiger: „Kann er Kanzler?"

Angela Merkel[10] hat in ihren 16 Jahren auch eher Beruhigungspillen verteilt. Besonders 2015 mit ihrem „Wir schaffen das". Auf die Frage der verdutzten Deutschen, wie, hat sie eher geschwiegen. Olaf Scholz tut ihr das nach. Wenn er eine Botschaft setzen muss, orientiert er sich sprachlich eher an Schröder. Er – oder seine Berater – denken wohl, dass Kanzler kann, wer Comic kann.

Schwächen werden kaschiert[11] und in Comic-Sprache verniedlicht. Den Donaldisten[12] unter den Intellektuellen mag das zusagen. Die Schriftstellerin Ulrike Draesner meint zu den Zisch-zack-krawumm-Ausdrücken: „Sie rufen Bilder hervor und sie appellieren an Emotionen – man fühlt etwas, weil das Ohr mimetisch[13] ganz dabei ist", sagte Draesner kürzlich im Deutschlandfunk Kultur. Beim „Wumms" funktioniere das besonders gut: „Ich höre sozusagen wirklich den Krach." Sie nehme aber an, im Ausschuss sei nicht auf der Wumms-Ebene diskutiert worden.

Ich bin anderer Meinung. Man kann eine Republik nicht regieren wie Entenhausen[14]. Es wäre wahrscheinlich ein bisschen zu weit gegriffen, zu behaupten, dass ein Teil der Politikverdrossenheit aus genau diesem Schwund der politischen Rhetorik herrührt. Denn diejenigen, die die hohlen Phrasen von Rechtspopulisten gut finden, konnten mit tiefer gehenden Krisenanalysen sowieso nie etwas anfangen. Aber es

kann sich zum Problem auswachsen, wenn sich eine Regierung nur noch als Rettungsschirmherrin feiert. Damit wird uns suggeriert: Flugs werden Erschütterungen mit Ausschüttungen abgefedert, egal ob Bankenkrise, Corona oder nun die Preisexplosionen im Energiesektor. Das alles in eingängige Sprache verpackt – und wumms, ruckel, ruckel, wumms ist die Krise gelöst und zerplatzt wie ihre Sprechblase.
Was psychologisch nett gedacht sein mag, ist politisch falsch. Am Ende kann nur Enttäuschung stehen, wenn die Krisenpolitik scheitert. Stellen sich die Verwerfungen nämlich als gravierender heraus, wird das Publikum tatsächlich das erzeugen, was in jedem Comic stattfindet: Krach.

Quelle: Andreas Öhler: Wumms, ruckel, ruckel, wumms, DIE ZEIT 44 / 2022.

Anmerkungen:
1 *infantil:* unreif, kindisch
2 *Dissens:* Uneinigkeit, Meinungsverschiedenheit
3 *düpieren:* vor den Kopf stoßen
4 Der SPD-Politiker Helmut Schmidt (1918–2015) war deutscher Bundeskanzler von 1974 bis 1982.
5 *regrediert:* zurückgeblieben
6 Herbert Wehner (1906–1990) war ein SPD-Bundespolitiker, der in seinen Reden im Bundestag immer wieder durch eine deutliche und auch provokante Sprache auffiel.
7 Franz Josef Strauß (1915–1988) war ein Politiker der CSU, der er von 1961 bis 1988 auch vorsaß. Im Bundestag kam es zwischen ihm und Herbert Wehner wiederholt zu heftigen Rededuellen.
8 Helmut Kohl (1930–2017) war ein CDU-Politiker und von 1982 bis 1998 deutscher Bundeskanzler.
9 *BamS:* „Bild am Sonntag", am Sonntag erscheinende Boulevardzeitung
10 Angela Merkel (geb. 1954), CDU-Politikerin, war von 2005 bis 2021 deutsche Bundeskanzlerin.
11 *kaschieren:* verdecken, Mängel nicht als solche erscheinen lassen
12 *Donaldisten:* Kenner der Comic-Welt um Donald Duck
13 *mimetisch:* hier etwa im Sinne von *nachempfindend* – die Worte bezeichnen nicht nur, sondern ahmen im Lautlichen das Gemeinte nach.
14 *Entenhausen:* fiktive Heimatstadt der Hauptfiguren in den Donald-Duck-Comics

Andreas Öhler ist Journalist bei „DIE ZEIT Christ und Welt".

Teilaufgabe 1

Hinweise und Tipps

Welche Aufgabenart liegt vor und wie sind die Teilaufgaben gewichtet?
Die vorliegende Aufgabe entspricht als **Erörterung eines Sachtextes** *dem Typus* ***III a*** *und ist zweigliedrig angelegt. Dabei ist die* **erste Teilaufgabe** *mit* **28 Punkten** *geringer gewichtet als die* ***zweite****, für die Sie bis zu* ***44 Punkte*** *erhalten können.*

Was verlangt die Aufgabenstellung von mir?
Die erste Teilaufgabe läuft auf eine strukturierte Zusammenfassung des pragmatischen Textes hinaus. Der Operator „Darstellen" gibt Ihnen zu verstehen, dass keine umfassende Analyse von Ihnen verlangt wird, Sie also die sprachliche Ebene oder auch die Leserlenkung nicht untersuchen müssen. Stattdessen teilt Ihnen die Arbeitsanweisung mit, auf welche beiden Aspekte Sie sich konzentrieren sollen: Es gilt den Argumentationsgang des Textes herauszuarbeiten, also darzulegen, was er sagt (Wiedergabe der zentralen Aussagen) und wie er seine Ausführungen aufbaut (Argumentationsstruktur). Außerdem sollen Sie seine Intention ableiten.

Wie gehe ich bei der Bearbeitung der Aufgabe sinnvollerweise vor?
Lesen Sie den Artikel ***mehrfach und aktiv****, d. h., nutzen Sie Stifte und Textmarker, mit denen Sie* **wesentliche Punkte** *hervorheben und* **am Rand kommentieren** *können. Notieren Sie neben jedem Abschnitt knapp dessen* ***zentrale Aussage und Funktion*** *für das Textganze: Handelt es sich um eine Überleitung, um eine These, eine Erläuterung, ein Beispiel oder etwa um das Anführen eines Gegenarguments? Mithilfe dieser Strukturbegriffe gelingt es Ihnen, den* **Gedankengang** *von Andreas Öhler transparent zu machen. Achten Sie darauf, über all den angeführten Beispielen für Politiker und Politikersprech nicht den Überblick zu verlieren. Wichtig für Ihre Erschließung ist die jeweilige Aussage, die Öhler mit den Beispielen und Belegen veranschaulicht.*

Wie kann ich meinen Aufsatz strukturieren?
Stellen Sie in einem Basissatz den Text knapp vor, indem Sie seine ***wesentlichen Informationen*** *nennen (Autor, Titel, Publikationsjahr und -ort, Thema). In der Folge empfiehlt es sich,* ***Inhalt und Argumentation*** *chronologisch, also entsprechend dem Textgang, darzustellen. Auf diese Weise können Sie auch den* ***Aufbau*** *von Öhlers Artikel deutlich machen. Im Anschluss sollten Sie in einem eigenen Abschnitt die* ***Position des Verfassers*** *resümieren. Achten Sie darauf, sich nicht zu wiederholen und nicht noch einmal einzelne Aussagen Öhlers wiederzugeben. Hier geht es vielmehr darum, auf einer übergeordneten Ebene die Absicht abzuleiten, die der Verfasser mit seinem Text verfolgt.*

Was gibt es bei dieser Aufgabe sonst noch zu beachten?
Da der Autor zahlreiche Beispiele aus der jüngsten bundesrepublikanischen Vergangenheit antippt, ist es für das Verständnis hilfreich, über solides geschichtliches Wissen zu verfügen.

Lösungsvorschlag

Einleitung

Informationen zur Textgrundlage

„Wumms, ruckel, ruckel, wumms" – Bereits mit dem lautmalerischen Titel führt Andreas Öhler vor, was er in seinem 2022 in der ZEIT erschienenen Artikel polemisch kritisiert: eine comicartige und infantilisierende Politikersprache, die seiner Meinung nach der Krisenlage nicht angemessen ist.

Hauptteil

Erschließen des Gedankengangs

Kritik am Sprachgebrauch von Politikern

Öhlers Kolumne beginnt mit einer Entschuldigung dafür, dass er entgegen seinen Vorsätzen eine **kulturkritische Klage** anstimme. Indem er sich dabei als alter vergesslicher Mann charakterisiert, der eigentlich nicht zu einem solchen Gejammer berechtigt sei, wirbt er um die Sympathie der Leserschaft (vgl. Z. 1 ff.). Zudem relativiert er gleich darauf die anfängliche Ankündigung: Er werde mit seiner Kritik nur die **Sprache des politischen Leitungspersonals** ins Visier nehmen (vgl. Z. 9 f.). Eine Häufung von Beispielen für diese sorgt einerseits für Anschaulichkeit und anderseits für Komik, da sie die Lächerlichkeit der Phrasen herausstellen (vgl. Z. 10–16). Öhler kritisiert, dass der Politikersprech die (Krisen-)Realität **beschönige**, und unterstreicht seine Wertung mit dem Hinweis, Deutschlands politische Führung sei mit dieser Redeweise in Europa allein.

Ursachen für rhetorischen Niedergang

Nachdem das Problem benannt worden ist, fragt der Verfasser nach den **Ursachen:** Zum einen vermutet er, dass sich – anders als Autokraten – demokratisch legitimierte Regierende „nicht mächtig genug" (Z. 21) fühlen, um die Bevölkerung mit den harten Tatsachen zu konfrontieren. Immerhin würden sie den Machterhalt, d. h. ihre **Wiederwahl im Auge** behalten. Zum anderen würden sie aus ihrem Amtseid das Recht ableiten, das **Volk**, für das sie die Verantwortung übernommen haben, zu **entmündigen** (vgl. Z. 23 f.). Öhler wirft den Politikerinnen und Politikern vor, die **intellektuellen Kapazitäten der Bevölkerung geringzuschätzen**, indem sie sich auf ein niedriges sprachliches Niveau begeben. Vor den Folgen dieser „Verkümmerung der politischen Rhetorik" (Z. 28) **warnt** er eindringlich: Die Politik werde die Menschen verlieren, wenn diese mit der Kommunikationsweise nichts anzufangen wüssten.

Entwicklung der Rhetorik in der BRD: Beispiele für Redekunst

Um den bedauernswerten aktuellen Stand der Politikerrede zu **veranschaulichen**, holt der Autor zu einem umfassenden **historischen Rückblick** aus: Dabei bescheinigt er den früheren bundesrepublikanischen Politikern Schmidt, Strauß und Wehner beachtliches rhetorisches Talent. Ihnen sei es gelungen, ihre jeweiligen Programme ohne sprachliche Versimpelung darzulegen und so die Wählerschaft für voll zu nehmen (vgl. Z. 31–41). Dass heute nur noch die Bundespräsidenten, aber nicht mehr die eigentlich Regierenden eine solche Redekultur pflegen würden, hält Öhler für problematisch.

Sprachliche Verkümmerung ab Ära Kohl

Nach dem Lobpreis der rhetorischen Blütezeit zeichnet er den **sprachlichen Niedergang in der Politikersprache** nach, der mit

Bundeskanzler Kohl begonnen habe. Dessen unfreiwillig komisches Statement „Entscheidend ist, was hinten rauskommt" (Z. 43) markiert für Öhler den Einzug einer flapsigen, schiefen Ausdrucksweise in die politische Kommunikation. Einen Teil der Verantwortung sieht er bei den Redenschreibern, die heute aus der Werbebranche stammen und nicht über eine politische Vorbildung verfügen würden (vgl. Z. 47 f.).

Beispiele für schlechte Rhetorik in Kanzlerschaften von Schröder und Merkel

Zahlreiche Beispiele für hohle Phrasen und schnoddrige Floskeln aus der Amtszeit von Bundeskanzler Schröder dienen Öhler dazu, seine kritische Perspektive zu rechtfertigen. Während er Schröder vorwirft, **wenig durchdachte, unzureichend fundierte Aussagen** von sich gegeben zu haben (vgl. Z. 49–54), kritisiert er die **einschläfernde Wirkung** seiner Nachfolgerin Merkel, die sprachliche „Beruhigungspillen verteilt" (Z. 56) habe. Antworten sei sie schuldig geblieben – wie nun auch wiederum ihr Nachfolger Olaf Scholz. Damit beendet der Verfasser den Rückblick und führt seine Politikerschelte in die Gegenwart. Zugespitzt formuliert er seinen zentralen Kritikpunkt: Scholz denke, „dass Kanzler kann, wer Comic kann" (Z. 60). Die **Comicsprache** „verniedlicht" (Z. 61) für Öhler Probleme, beschönige sie also und spiele sie herunter.

Gegenstimme: positive Seite von Comicsprache

Um auch eine andere Sichtweise zu Wort kommen zu lassen, zitiert Öhler die **Schriftstellerin** Ulrike Draesner, die die **lautliche Qualität sowie die emotionalisierende Wirkung von Comicausdrücken** wie „Zisch-zack-krawumm" (Z. 63) erkennt.

Mögliche problematische Auswirkungen von Comicsprache

Dieser relativierenden Einschätzung widerspricht Öhler aber bestimmt (vgl. Z. 68). Er räumt zwar ein, keinen Kausalzusammenhang zwischen dem rhetorischen Abstieg und zunehmender **Politikverdrossenheit** herstellen zu wollen (vgl. Z. 69 ff.), weil die Menschen, die populistischen Slogans folgen, ohnehin nicht mit ausgefeilter und differenzierter Redekultur erreichbar seien. Aber durch die Erwähnung legt er indirekt trotzdem nahe, dass es hier eine Beziehung geben könnte. Öhler betont zum Schluss seines Artikels die Gefahr, die eine comicartige Sprache in der Krisenkommunikation mit sich bringe: Mit der schlichten Rhetorik werde der **falsche Eindruck** geweckt, alle **Probleme** – sei es bei der Bewältigung der Pandemie oder der Inflation oder der Energiekrise – könnten **rasch und einfach gelöst** werden. Diese **Verzerrung der Wirklichkeit** sei politisch anfechtbar. Werde die Wählerschaft mit einer verharmlosenden Sprechweise getäuscht, sei die **Desillusionierung** umso größer, wenn sich die Krisen als hartnäckiger erweisen. Öhler prophezeit für diesen Fall eine wachsende Unzufriedenheit und ein Aufbegehren der Bevölkerung, letztlich also politische Spannungen.

Schluss

Intention des Textes

Andreas Öhler formuliert eine harsche **Kritik an dem Sprachgebrauch heutiger Politikerinnen und Politiker**, da dieser darauf verzichte, komplexe Zusammenhänge zu durchdringen, sondern die tatsächliche Lage überdecke, indem er sie durch eine flapsige Ausdrucksweise verharmlose. Im Lead des Textes wird angekündigt, dass die „politische Sprache in der Krise“ (Z. 1) beleuchtet werde, letztlich ist die aktuelle Krisenkommunikation aber nur der Aufhänger, um generell mit der fehlenden Redekultur in der Politik abzurechnen. Diese Sprachkritik ist auch **Kulturkritik**. Öhler legt nahe, dass der Verzicht auf eine differenzierte politische Rhetorik den **offenen Diskurs über Probleme verhindere**. Und so lässt sich sein Artikel als dringende **Warnung** verstehen, dass eine **nachlässig-falsche Sprache** auch die **demokratische Kultur beschädigen** wird.

Teilaufgabe 2

Hinweise und Tipps

Was verlangt die Aufgabenstellung von mir?
Die zweite Teilaufgabe baut auf der von Ihnen geleisteten Texterschließung auf. Sie sollen ***erörtern****, ob die von Öhler* ***kritisierte Redeweise*** *der politischen Elite* ***problematisch*** *ist. Die Konjunktion „ob“ weist Sie darauf hin, dass eine* ***dialektisch abwägende Auseinandersetzung*** *erwartet wird und Sie sowohl* ***zustimmende*** *als auch* ***ablehnende Argumente*** *anführen müssen. Zudem sollte immer wieder der* ***Ausgangstext*** *einbezogen werden.*

Wie gehe ich bei der Bearbeitung der Aufgabe sinnvollerweise vor?
Notieren Sie sich zunächst knapp die ***wesentlichen Kritikpunkte****, die Öhler vorbringt. Lassen Sie sich nicht vom Lead des Artikels irritieren: Der Verfasser setzt sich nicht nur mit der Verwendung von Comicausdrücken auseinander, sondern attackiert im Folgenden auch* ***nichtssagende Phrasen****,* ***fehlende Differenzierung*** *und* ***beschönigende Wendungen****. Sammeln Sie dann auf einem Konzeptblatt* ***Punkte****, bei denen Sie sich Öhlers* ***Meinung anschließen*** *können, sowie Aspekte, mit denen Sie ihm* ***widersprechen*** *möchten. Es ist naheliegend, Argumente aufzugreifen und weiterzuführen, die der Verfasser anspricht, so z. B. die Überlegung, ob der nachlässige Sprachgebrauch zur Politikverdrossenheit beiträgt.*

Wie kann ich meinen Aufsatz strukturieren?
Zu Beginn sollten Sie noch einmal die Stoßrichtung von Öhlers Artikel auf den Punkt bringen, um dann die zu ***erörternde Fragestellung*** *zu nennen. Beim Aufbau der Erörterung haben Sie die Möglichkeit,* ***blockweise*** *vorzugehen, d. h. erst alle Argumente der einen Seite, dann die der anderen anzuführen. Sie können aber auch flexibler zwischen* ***den beiden Seiten wechseln****. Der folgende Lösungsvorschlag führt vor, wie sich einzelne Argumente relativieren oder differenzieren lassen. Der von der Aufgabe geforderte Textbezug legt es nahe, auch* ***Öhlers Argumentationsweise*** *kritisch in den Blick zu nehmen. So lässt sich seine Meinung hinterfragen, eine Pflege der Redekunst gehe mit einem demokratischen Führungsstil einher. Ziehen Sie am Schluss Ihrer Ausführungen ein* ***Fazit:*** *Dabei müssen Sie sich nicht für die Pro- oder Kontra-Position*

entscheiden, sondern können gewichten, indem Sie zeigen, wo Sie die sprachliche Entwicklung problematisch finden und wo Sie ihr positive Seiten abgewinnen können.

Was gibt es bei dieser Aufgabe sonst noch zu beachten?
Sie haben sich im Rahmen des Themenfelds „Sprache in politisch-gesellschaftlichen Verwendungszusammenhängen" vermutlich auch mit kommunikationstheoretischen Ansätzen beschäftigt. Greifen Sie auf Ihr entsprechendes Wissen zurück, wenn Sie damit Ihre Argumentation vertiefen können.

Lösungsvorschlag

Aufgabenbezogene Überleitung
Fragestellung

Streng geht Andreas Öhler mit dem Sprachgebrauch unserer Volksvertreterinnen und Volksvertreter ins Gericht. Doch ist diese Kritik berechtigt? Ist die heutige politische Rhetorik tatsächlich ein **Problem**, das man mit Sorge betrachten muss?

Hauptteil
Erörterung
Argumente gegen laxen Sprachgebrauch: Lächerlichkeit von Sprache und Sprechenden

Tatsächlich wirken die zahlreichen im Artikel zitierten Beispiele einer infantilen oder nichtssagenden Politikersprache („Wumms", „Doppelwumms", „Pakete […], die auf den Weg gebracht werden", Z. 11 f.; „Man kann es so oder so machen. Ich bin für so.", Z. 53) **lächerlich und albern**. Es besteht die Gefahr, dass **Politikerinnen und Politiker**, die sich so phrasenhaft und lautmalerisch ausdrücken, selbst **als Witzfiguren** erscheinen, die unfähig sind, sich entsprechend der Würde ihres Amtes auszudrücken. Dies könnte dann nicht nur die jeweiligen Sprecher, sondern das ganze von ihnen repräsentierte **politische System in Misskredit** bringen.

Entstehen von Missverständnissen zwischen Politikern und Bevölkerung (Kommunikationsquadrat von Schulz von Thun)

Eine ungenaue, schnoddrige Ausdrucksweise ist zudem oft **Quelle von Missverständnissen**. Zum besseren Verständnis kann hier das **Kommunikationsquadrat** von Schulz von Thun dienen, das von vier Seiten einer Botschaft ausgeht: Sachinformation, Selbstkundgabe, Beziehungshinweis und Appell. Allerdings stimmen die vier Botschaften, die ein Sender mit jeder Äußerung schickt, oft nicht mit den vier Botschaften überein, die beim Empfänger ankommen. So mag ein Redner, der die Anstrengungen zur Krisenbewältigung mit einem „Doppelwumms" umschreibt, durch die Lautmalerei Nähe zur Zuhörerschaft herstellen wollen (Beziehungshinweis). Diese könnte aber dagegen heraushören, dass der Sprecher sie „für dumm verkaufen" will. Während der Redner seine zupackende, kompetente Herangehensweise deutlich machen möchte (Selbstkundgabe), versteht der Empfänger möglicherweise, dass der Politiker auf eine Weise agiert, die nicht dem Ernst der Lage entspricht. Die Botschaft, die bei den Wählerinnen und Wählern ankommt, wäre dann das Gegenteil von dem, was der Redner eigentlich erreichen wollte.

Entmündigung durch unterkomplexe Sprache

Öhler wirft der politischen Elite vor, dass sie „uns wie **entmündigte** Schutzbefohlene [behandelt], denen man nicht zutraut, komplexere politische Zusammenhänge zwischen Ursache und Wirkung geistig zu durchdringen“ (Z. 25 ff.). Die **unterkomplexe Redeweise** könnte bei der Zuhörerschaft den Verdacht wecken, **von oben herab behandelt** und **nicht ernst genommen** zu werden. Allerdings hat das Volk, das in einer Demokratie den Souverän des Staates darstellt, das Recht, vonseiten der Politik mit **Achtung und auf Augenhöhe** behandelt zu werden.

Unangemessenheit bei Darstellung von Krisen

Zudem muss die Redeweise nicht nur dem Publikum, sondern auch dem behandelten Gegenstand gerecht werden. Eine kindliche Sprache mit Vereinfachungen, Lautmalereien oder Inflektiven, wie sie aus dem Comic bekannt sind („ruckel, ruckel, wumms“), ist wenig geeignet, um eine Krise zu erklären. Vielmehr müssen **komplexe Sachverhalte auch entsprechend differenziert und vertieft dargelegt** werden. Wie Öhler ausführt, drohen **Politikverdrossenheit** und **Zweifel an der Demokratie**, wenn die Bürgerinnen und Bürger erkennen müssen, dass eine verfehlte Krisenkommunikation bei ihnen falsche Erwartungen erzeugt hat (vgl. Z. 78 ff.).

Relativierung: Defizite bei Rhetorik kein neues Phänomen

Jedoch muss man **relativierend** einwenden, dass die **Phrasenhaftigkeit der Politikerrede** schon weitaus **länger existiert** als von Öhler behauptet. Auch in der von ihm verklärten Vergangenheit (vgl. Z. 31 ff.) wurde der nichtssagende Redestil von Politikern karikiert, etwa durch den Humoristen Loriot. Zudem lässt sich auf YouTube nachhören, wie sich damals die Herren Strauß oder Wehner im Parlament attackierten und dabei auch nicht vor persönlichen Beleidigungen zurückschreckten. Die politische Rhetorik war früher anders, aber war sie auch besser?

Relativierung: politische Rhetorik als Instrument zur Beeinflussung

Darüber hinaus ist es ein Trugschluss, von Politikern stets eine differenzierte, umfassende Darlegung erwarten zu können, schließlich vertreten diese die **Agenda ihrer jeweiligen Partei**, reden und handeln also **interessegeleitet**. Es gilt als Merkmal politischer Rhetorik, dass man das Gegenüber überzeugen will. Daher werden oft nur die Argumente präsentiert, die die eigene Position stützen, wohingegen die Gegenseite und Bedenken gerne verschwiegen werden. Die **Vielgestaltigkeit einer Krise** muss in der politischen **Debatte unter Vertretern unterschiedlicher Parteien** deutlich werden. Daneben kommt der Wissenschaft, etwa der Geschichtswissenschaft oder der Politologie, die Aufgabe zu, für einen ausgewogenen, objektiven Blick auf Krisen zu sorgen und Hintergründe zu erläutern.

Relativierung: Gefahren von rhetorischer Brillanz

Rhetorische Meisterschaft kann sich zudem als zweischneidig erweisen. Brillante Rhetoriker, wie z. B. der frühere britische Premier Boris Johnson, verstehen es, mit ihrer Sprachgewalt andere zu **manipulieren** und die eigenen machtpolitischen Ziele durchzusetzen. Eine ausgeklügelte **Redekunst** ist **somit keine Garantie für eine umsichtige**, dem Allgemeinwohl dienende **Politik**.

Politiker und Politikerinnen müssen also nicht zwangsweise differenziert sprechen. Doch sollten Wendungen aus der **Comicsprache** einen Platz in der politischen Rhetorik haben? Eine solche Sprache wird ebenso konträre Reaktionen hervorrufen wie die von der Politik ersonnenen sprechenden Benennungen „Gute-Kita-Gesetz“ oder „Respekt-Rente“. Die einen halten solche Wendungen für banalisierend und kindlich, die anderen erkennen ihre Qualitäten: So betont Ulrike Draesner, dass Lautmalereien „an Emotionen [appellieren]“ (Z. 64), also die **Zuhörerschaft auf eine sinnliche Weise packen** können. Plakative Comicwendungen stellen einen bewussten Stilbruch in den ansonsten oft trockenen und theoretischen Ausführungen dar und vermögen es, stärker zu begeistern.

Argumente pro laxen Sprachgebrauch: Emotionalisierung

In einer Republik ist es die Pflicht der Regierenden, die **Bevölkerung sprachlich zu erreichen**, sie gleichsam mitzunehmen und für ihr Programm zu begeistern sowie zum bürgerschaftlichen Engagement anzuspornen. Eine bewusst **volksnahe und griffige Sprache** lässt sich auch als Versuch werten, alle anzusprechen, da sie **keine elitäre Distanz** aufbaut. Sie ist – das zeigt das Beispiel vom wieder und wieder zitierten und verspotteten „Doppelwumms“ – **einprägsam** und weckt **Aufmerksamkeit**, kann also dazu beitragen, die Bevölkerung zum Hinhören und Mitdiskutieren zu bewegen. Gerade **jüngere Wählerinnen und Wähler**, die für Politik und Demokratie begeistert werden sollen, fühlen sich möglicherweise eher von einer saloppen Ausdruckweise angesprochen.

Erreichen vieler Menschen als Aufgabe der Demokratie

Schluss

Differenzierte Abwägung und Plädoyer für maßvollen Einsatz von salopper Rhetorik

Meistens entscheidet das **rechte Maß** über den Erfolg. Dies gilt auch für die politische Rhetorik. Sprachliche Verfremdungseffekte wie die comicartigen Inflektive sind durchaus geeignet, um Botschaften zu transportieren. Allerdings ist es ratsam, sie **gezielt und nur vereinzelt zu nutzen** und sie **keinesfalls als Ersatz** für eine sachliche Analyse zu betrachten. Mit seiner Sorge, dass verniedlichende Wendungen zum Niedergang des politischen Stils und sogar der Demokratie beitragen könnten, schießt Andreas Öhler aber über das Ziel hinaus. Seiner Argumentation kann man den gleichen Vorwurf machen, den er gegenüber der Politik erhebt: Sie ist undifferenziert und pauschal.

Gerade in **Krisenzeiten** ist eine beunruhigte **Bevölkerung auf wahrheitsgemäße Erklärungen und auf Anleitung angewiesen**. Es wird für Politiker und Politikerinnen eine **Gratwanderung** bleiben, eine Sprache zu finden, die **unserer komplexen Welt gerecht** wird und zugleich für die Bürgerinnen und Bürger **verständlich** ist. Generell wären eine klare Redeweise und ein zupackender Vortragsstil wünschenswert – so verhindert man, dass die Adressaten weghören oder umschalten. Politik ist spannend und betrifft uns alle. Das sollte sich auch in der Kommunikation niederschlagen.

Grundkurs Deutsch (Nordrhein-Westfalen) – Übungsaufgabe 7
IV: Materialgestütztes Verfassen eines Textes mit fachspezifischem Bezug

Materialgrundlage
M 1: Zwei Theaterplakate
M 2: Ulrich Rasche zu seiner „Woyzeck"-Inszenierung
M 3: Hermann Kurzke: *Wir arme Leut*
M 4: Michael Hofmann, Julian Kanning: *Georg Büchner. Epoche – Werk – Wirkung*
M 5: Edward McInnes: *[Historischer Woyzeck versus Büchners Woyzeck]*
M 6: Elias Canetti: *Büchnerpreis-Rede*
M 7: Jan-Christoph Hauschild: *„Woyzeck" – Aus dem Leben eines Geringsten*
M 8: Paul Rilla: *Georg Büchner – und die sublime Langeweile*

Aufgabe

Ihr Theaterkurs bereitet eine Aufführung von Georg Büchners „Woyzeck" vor und muss sich entscheiden, ob bei der Inszenierung der Schwerpunkt eher auf die im Stück verhandelte soziale Problematik oder aber auf den Liebeskonflikt gelegt werden soll.

Verfassen Sie unter Berücksichtigung der Materialien und Ihrer Dramenkenntnis einen argumentativen Beitrag für das Programmbuch, in dem Sie sich mit dieser Frage auseinandersetzen und eine begründete Entscheidung treffen.

Formulieren Sie eine geeignete Überschrift.

Verweise auf die Materialien erfolgen unter Angabe des Namens der Autorin bzw. des Autors und ggf. des Titels.

Ihr Beitrag für das Programmbuch sollte etwa 1 000 Wörter umfassen.

Materialien

M 1
Zwei Theaterplakate

MPalitzsch / wikipedia, CC BY-SA 4.0.

Anmerkung: Das Plakat bezieht sich auf Alban Bergs 1925 uraufgeführte Oper „Wozzeck", die auf Büchners Stück basiert. Die unterschiedliche Schreibweise des Titels geht auf einen Lesefehler des ersten Herausgebers des Dramas zurück.

https://liberalarts.utexas.edu/germanic/_files/pdf/history/WoyzeckPoster2.jpg

M 2
Ulrich Rasche zu seiner „Woyzeck"-Inszenierung (2019/20)

Frage: *Dein „Woyzeck"-Bühnenbild ist eine rotierende Scheibe, eine Art Weltscheibe, außerhalb der das bloße Nichts lauert. Auf dieser Scheibe wirken die Figuren der Leere des Universums hilflos ausgeliefert. An ihnen reißen Fliehkräfte, aber die Drehbewegung kennt kein Ziel und keine erlösende Ruhe. Kann man deine Bühne als Metapher für Büchners Geschichtsfatalismus lesen?*

Rasche: Büchners Erkenntnis vom Fatalismus der Geschichte deckt sich auf eine sehr spezielle Weise mit meinen Bühnenbildern. Für „Woyzeck" habe ich eine Scheibe gebaut, die sich zum Schluss des Abends fast senkrecht aufstellen wird. Die Schauspieler*innen sind dabei unentwegt den sich dort entwickelnden Flieh- und Zugkräften ausgesetzt. Insbesondere Woyzeck, aber auch alle anderen Figuren werden in Büchners Stück stark durch außer ihnen liegende Umstände geformt. Die äußeren Umstände gehören zur Natur oder zur Gesellschaft. Sie bestimmen das Leben und Verhalten der einzelnen Figuren. Immer werden die Figuren in „Woyzeck" gezwungen, diesen Kräften Widerstand zu leisten oder sich ihnen gegenüber zu verhalten. Wer dem Kräftespiel ausweichen will oder zu schwach ist, wird ausgeschieden.

Quelle: Woyzeck. Programmheft des Residenztheaters. Spielzeit 2019/2020

Anmerkung: Ulrich Rasche (*1969): deutscher Regisseur, dessen Inszenierungen sich durch spektakuläre Bühnenbilder und eine Rhythmisierung der Sprache auszeichnen; seine Inszenierung von „Woyzeck" hatte 2020 am Münchner Residenztheater Premiere.

M 3
Hermann Kurzke: Wir arme Leut (2013)

[…] Die Mitte des 19. Jahrhunderts kannte Pauperismus und Proletarierelend in schaurigem Umfang – Hungerlöhne, Überforderung, ungesunde Wohnverhältnisse, Epidemien, Kinderarbeit, daraus folgende sittliche Verelendung mit Gewalttaten, Raub und Diebstahl, Trunksucht, Promiskuität[1] und Prostitution. […] Das waren die Rahmenbedingungen in der historischen Wirklichkeit. Aber welche Rolle spielen sie in Büchners Kunst? Woyzeck ist keine Pauperismus-Studie, kein Arbeiter-Ausbeuter-Sozialgemälde wie Hauptmanns *Weber*[2], kein Drama einer heraufziehenden sozialen Revolution, sondern eine Liebestragödie unter Armutsbedingungen. Woyzeck ist arm, aber sein Motiv ist nicht das Geld. Sein Mord ist keine fehlgeleitete Ersatzhandlung für eine andere Gewalttat, die den Reichen und Mächtigen hätte gelten müssen, sondern die Verzweiflungshandlung eines Mannes, dessen verriegelte Welt nur einen einzigen Lichtblick kannte: die Liebe zu Marie. Die kümmerlichen Lebensumstände hatten sich um ihn geschlossen wie ein Sarg, den nur die Liebe eine Ritze weit offen hielt. Maries Untreue schlägt den Sargdeckel zu. Das „Geld reicher Wüstlinge" spielt überhaupt keine Rolle. Maries Fehltritt kommt einerseits aus sozialem Trotz und Körperstolz – sie hat „ein so rothe Mund als die großen Madamen" –, andererseits aus sexueller Sehnsucht. Sie sucht den Stier im Tambourmajor, nicht Geld oder Macht. Büchner hat die Figur des Dritten im Dreieck sehr bewußt gewählt. Ein Tambourmajor war kein wirklicher Major, sondern nur eine Kleiderpuppe im Rang eines Unteroffiziers – der Anführer eines Musikzugs eben, pompös geschmückt, aber weder reich noch mächtig noch gar adelig, wie es die richtigen Offiziere damals sein mußten. Eine soziale Revolution hätte Marie von ihren Sehnsüchten nicht befreien können. Büchner zeigt Menschen, die Gefangene ihrer Triebe und Lebensumstände sind. Er zeigt nicht den Schimmer eines Auswegs. Die Armut ist aussichtslos, nicht nur die geldliche. Alle sind Unterworfene, auch der Doktor, der sich unter dem Diktat der Wissenschaft, und der Hauptmann, der sich unter dem Diktat der Tugend lächerlich macht. Beide haben zwar ihr Auskommen, sind aber keine Geldleute. Nur ganz peripher geht es in diesem Stück um reich und arm, obgleich die wenigen Sätze darüber sehr viel zitiert werden. „Wir arme Leut" sagt Woyzeck, „das hat keine Tugend". Aber würde er die verklemmte Pharisäertugend[3] des Hauptmanns wirklich haben wollen, selbst wenn man ihm einen Hut und eine Uhr und eine Anglaise drein gäbe? Ist er nicht menschlich viel weiter mit seinem „Der Herr sprach: Lasset die Kindlein zu mir kommen"? So lange Marie zu ihm hält, ist Woyzeck auch ohne Geld und Ehering freier und glücklicher als der Hauptmann, der den Mädchen unter die Röcke gafft, wenn sie sie schürzen über den Pfützen. […]

Aus: Hermann Kurzke: Georg Büchner. Geschichte eines Genies. München: C. H. Beck 2013.

Anmerkungen:
1 *Promiskuität:* Geschlechtsverkehr mit häufig wechselnden Partnern
2 Gerhart Hauptmanns naturalistisches Drama „Die Weber" von 1892 behandelt den schlesischen Weberaufstand von 1844 und dessen blutige Niederschlagung.
3 *Pharisäer:* hier im Sinne von „Spießer"

Hermann Kurzke (*1943): deutscher Literaturwissenschaftler

M 4
Michael Hofmann, Julian Kanning: Georg Büchner. Epoche – Werk – Wirkung

[…] Marie hat einen legitimen Anspruch auf die Erfüllung ihrer sinnlichen Bedürfnisse; dieser Anspruch wird auf einen Mann geleitet, der den Eindruck, den er macht, zu einem großen Teil seiner Stellung in der militärischen Hierarchie verdankt. Woyzeck hat wie alle Menschen ein Verlangen nach Glück, einen Anspruch darauf, nicht auf einen Befehlsempfänger und ein Versuchsobjekt reduziert zu werden […].

[…]

Und die Szene, in der Woyzeck Marie umbringen wird, kann als eine pervertierte romantische Liebesszene verstanden werden. Als Marie nämlich sagt: „Was der Mond rot auf geht“, antwortet Woyzeck: „Wie ein blutig Eisen“, und so ist die Farbe Rot, die auf die Liebe als den Ausweg aus Entfremdung und Not verweisen könnte, mit dem rücksichtslosen sinnlichen Begehren verknüpft und (über die Assoziationen „Blut“ und „Eisen“) mit der sich anschließenden Tötung.

Aus: Michael Hofmann, Julian Kanning: Georg Büchner. Epoche – Werk – Wirkung. München: C. H. Beck 2013.

Anmerkung: Michael Hofmann (*1957) und Julian Kanning (*1983): deutsche Literaturwissenschaftler

M 5
Edward McInnes: [Historischer Woyzeck versus Büchners Woyzeck]

[…] Als Büchner an die Gestaltung seines Woyzeck-Dramas herangeht, setzt er sich bekanntlich mit den Prozeßakten und den Clarus-Gutachten[1] intensiv auseinander. Je tiefer er sich aber mit diesen zahlreichen Materialien befaßt, desto klarer, so scheint es, stellt sich ihm seine eigenständige, intuitive Vision vom Leben und Schicksal des Mörders vor Augen. Indem er all die verschiedenartigen Dokumente untersucht, distanziert er sich zunehmend von dem darin enthaltenen Bild des 40jährigen Arbeitslosen, der auf so unspektakuläre und wenig sympathische Weise der Trunk- und Spielsucht verfallen war und eine Reihe gescheiterter sexueller Verhältnisse hinter sich hatte. Büchners Held ist nicht nur viel jünger als der geschichtliche Woyzeck, sondern auch, was wesentlicher ist, in sexueller Hinsicht unerfahren, ja unschuldig. Er hat die Liebe, wie es scheint, erst in seinen späten 20er Jahren kennengelernt und hat sich von Anfang an als Gatten Maries, seiner Geliebten, gesehen. Er sieht ihr gemeinsames Kind (auch dies eine bedeutsame Erfindung Büchners) als Beweis für die Beständigkeit ihrer Bindung und für die Permanenz ihrer menschlichen Verpflichtung zueinander […].

Es liegt Büchner offensichtlich daran, seinen Helden von der Atmosphäre lähmender Hoffnungslosigkeit, die das Leben des historischen Woyzeck umgab, zu befreien. Sein Protagonist ist nicht mehr der ratlose, sich herumtreibende Mann, den er in den Akten fand, sondern einer, der von einer Liebe ergriffen ist, die sein Dasein erfüllt und ihm Sinn und Ziel verleiht. Wenn Woyzeck Marie seine Frau nennt, dann heißt das nicht nur, daß er im sexuellen Sinne treu ist, sondern auch, daß er für alle Bereiche ihres Wohlergehens Verantwortung übernimmt, indem er etwa für ihre Unterkunft und Ernährung sorgt.

Es wird deutlich, daß diese umfassende Verpflichtung gegen Marie ihn, den ohnehin schon verarmten Soldaten, in eine Tiefe der Armut stößt, die ihm vor dieser Bindung kaum erträglich gewesen wäre. Aber obwohl er eine finanzielle Verpflichtung auf sich nimmt, die seine Mittel weit übersteigt, begreift er sie als selbstverständlich, als etwas, das er nie in Frage stellen könnte. Von diesem Standpunkt des Kampfes um das Überleben aus gesehen, erweist sich die Liebe Woyzecks zu Marie als ein konsequent durchgehaltener Akt der Revolte: ein Aufbegehren gegen eine übermächtige Welt, die sich seiner Liebe widersetzt. Der gehetzte Soldat erscheint als ein Protagonist, der [...] sein innerstes Wollen, das, was seine Individualität und seinen Lebenssinn eigentlich ausmacht, mit einer Unerbittlichkeit behauptet, die letztlich ihn selbst zerstören muß. Denn Büchner macht von Anfang an deutlich, daß Woyzecks verzweifelter Kampf um die Liebe seine Kräfte in solchem Maße überfordert, daß er geistig zusammenbricht [...].

[...]

Büchner gibt uns stets die Möglichkeit, die ergreifende, reine Stärke der Liebe Woyzecks mitzuempfinden, er erlaubt, ja zwingt uns jederzeit, mit einfühlender Sympathie an seinem schrecklichen Schicksal teilzunehmen.

So gelingt es Büchner, im „Woyzeck" zum erstem Mal in der Geschichte des deutschen Dramas sozialkritische Intention mit tragischer Erfahrung wesentlich und notwendig zu verbinden, rigoros analytische Einsicht mit dem Gefühl der unerbittlichen inneren Notwendigkeit so zusammenzubringen, daß sie sich gegenseitig steigern und sich zu einer provozierenden Synthese vereinigen.

Aus: Edward McInnes: Lenz und das Bemühen um realistische Tragödienformen im 19. Jahrhundert. In: „Unaufhörlich Lenz gelesen ...": Studien zu Leben und Werk von J. M. R. Lenz. Herausgegeben von Inge Stephan, Hans-Gerd Winter. Stuttgart/Weimar: Metzler 1994.

Anmerkungen:

1 Der Arzt Johann Christian August Clarus bestätigte in einem Gutachten die Zurechnungsfähigkeit von Johann Christian Woyzeck, der 1821 seine Geliebte erstochen hatte.

Edward McInnes (1935–1996): britischer Literaturwissenschaftler

M 6
Elias Canetti: Büchnerpreis-Rede (1972)

[...] Woyzeck, Soldat, wie der Aff des Marktschreiers „unterste Stuf von menschliche Geschlecht", von Stimmen wie von Befehlen gehetzt, ein Gefangener, der frei herumläuft, zum Gefangenen vorbestimmt, auf Gefangenenkost gesetzt, immer dasselbe, Erbsen, vom Doktor zum Tier degradiert, der ihm zu sagen wagt: „Woyzeck, der Mensch ist frei, in dem Menschen verklärt sich die Individualität zur Freiheit", und damit nicht mehr meint, als daß Woyzeck fähig sein müßte, sich den Harn zu verhalten, – Freiheit zur Ergebenheit in jede Art von Mißbrauch seiner menschlichen Natur, Freiheit zur Versklavtheit um dreier Groschen willen, die er für seine Fütterung mit Erbsen bekommt.

[…]

Keine zwei Jahre später ist Büchner mit dem „Woyzeck" der vollkommenste Umsturz in der Literatur gelungen: die Entdeckung des Geringen. Diese Entdeckung setzt Erbarmen voraus, aber nur wenn dieses Erbarmen verborgen bleibt, wenn es stumm ist, wenn es sich nicht ausspricht, ist das Geringe intakt. Der Dichter, der sich mit seinen Gefühlen spreizt, der das Geringe mit seinem Erbarmen öffentlich aufbläst, verunreinigt und zerstört es. Von Stimmen und von den Worten der Anderen ist Woyzeck gehetzt, doch vom Dichter ist er unberührt geblieben. In dieser Keuschheit fürs Geringe ist bis zum heutigen Tage niemand mit Büchner zu vergleichen."

Quelle: https://www.deutscheakademie.de/de/auszeichnungen/georg-buechner-preis/elias-canetti/dankrede

Anmerkung: Elias Canetti (1905–1994): bulgarisch-britischer Schriftsteller, der bedeutende Romane, Dramen und anthropologische Studien in deutscher Sprache schrieb; 1972 wurde ihm mit dem Georg-Büchner-Preis der bedeutendste Literaturpreis im deutschsprachigen Raum verliehen; 1981 folgte der Nobelpreis für Literatur.

M 7
Jan-Christoph Hauschild: „Woyzeck" – Aus dem Leben eines Geringsten

[…] *Woyzeck* ist nicht die erste deutsche Sozialtragödie, aber der Füsilier Franz Woyzeck ist die erste subbürgerliche[1] Hauptfigur in der Geschichte des deutschen Dramas, seine Biographie, die Büchner aus zwei Prozessgutachten kannte, ein Musterbeispiel für die ökonomische Deklassierung eines Handwerksgesellen zu Beginn des 19. Jahrhunderts. Lediglich die Mordkatastrophe machte Woyzeck zur spektakulären Variante eines kollektiven sozialen Schicksals.

Die düstere Massenarmut, die zum 19. Jahrhundert ebenso gehört wie Dampfmaschine und Eisenbahn, Agrikulturchemie und Telegraph, ist „Fundament und tragischer Grund" des *Woyzeck*. In jeder Szene ist Woyzecks soziale Notlage gegenwärtig und greifbar: in den wenigen Habseligkeiten, die er kurz vor der Tat an seinen Stuben- und Bettgenossen Andres verschenkt, ebenso wie in der Möblierung von Maries Wohnung: Ihr Kind hat weder Bett noch Wiege, Marie besitzt nur *ein Stückchen* von einem Spiegel. Über dem Stück liegt eine dumpfe „soziale Werktagsatmosphäre". In der Darstellung von Armut und entfremdeter, körperlicher Arbeit gelangte Büchner auf eine Stufe der Konkretion, wie sie im Drama erst Jahrzehnte später wieder erreicht wurde. Der Arbeitsalltag im Zeitalter der Frühindustrialisierung hatte eben erst Eingang in die erzählende Literatur gefunden.

Aus: Jan-Christoph Hauschild: Georg Büchner. Reinbek bei Hamburg: Rowohlt 2013.

Anmerkung: Jan-Christoph Hauschild (*1955): deutscher Literaturwissenschaftler und Publizist

M 8
Paul Rilla: Georg Büchner – und die sublime Langeweile

[…] Was dem Drama „Woyzeck" zugrundeliegt, ist ein System sozialer Abhängigkeiten, bestimmt durch das „Verhältnis zwischen Armen und Reichen", wovon in jener Briefstelle[1] als dem „einzigen revolutionären Element in der Welt" die Rede war.

Der Dichter Büchner ist nicht […] ein anderer als der Politiker Büchner oder gar einer, der aus politischer Enttäuschung literarisch resigniert, einer, der die sublime Langeweile seiner Politik durch „dichterische Überwindung“ kompensiert. Im „Woyzeck“ ist genau das gestaltet, was der Politiker bemerkt hat: die soziale Gebundenheit.

Weil „die Umstände außer uns liegen“, liege es in niemandes Gewalt, kein Dummkopf oder kein Verbrecher zu werden, heißt es in einem Brief Büchners an die Eltern. Woyzeck, der zum Mörder wird, erlebt die Welt in Dumpfheit und Stummheit als ein Spiel unbegreiflicher Gewalten, weil die „Umstände“ ihn nicht dazu gelangen lassen, sich selbst und die Welt mit dem artikulierten Wort zu enträtseln. Die Umstände liegen außer ihm. Sie liegen nicht nur in einem konstant und unveränderlich wirkenden Milieu, sondern in jenem System sozialer Abhängigkeiten, welches oben in einem Kanon gesellschaftlicher Wertungen endet, dessen Gültigkeit umso fragwürdiger wird, je tiefer es auf der sozialen Stufenleiter hinabgeht. Woyzeck steht ganz unten, ganz im Dunkeln. Wie ein Fliegenschwarm umschwirren ihn die Moralbegriffe einer Gesellschaftsordnung, die darauf beruht, daß es dies Oben und dies Unten gibt. Tugend, Vernunft, Willensfreiheit: es summt um ihn, aber es bleibt außer ihm, wie sein Schicksal außer ihm bleibt […].

Der Mediziner Büchner erkennt die Pathologie des Falles. Der Dichter Büchner artikuliert das Unartikulierte. Er macht die Stummheit beredt. Er deckt die soziale Verflochtenheit auf, aus welcher der Strick gedreht ist, der die Kreatur würgt. Woyzeck ist determiniert. Die Gegentypen sind es nicht minder.

Aus: Paul Rilla: Georg Büchner – und die sublime Langeweile. In: Dietmar Goltschnigg (Hrsg.): Georg Büchner und die Moderne: 1945–1980. Berlin: E. Schmidt Verlag 2001.

Anmerkungen:
1 Gemeint ist Büchners Brief vom 19. März 1835 an Karl Gutzkow

Paul Rilla (1896–1954): deutscher Journalist und Literaturwissenschaftler

---

Hinweise und Tipps

Welche Aufgabenart liegt vor?

Diese Übungsaufgabe entspricht der ***Aufgabenart IV****, dem* ***materialgestützten Verfassen eines Textes mit fachspezifischem Bezug****. Die Aufgabenanlage und die Zieltextsorte „argumentativer Beitrag“ zeigen Ihnen, dass der Schwerpunkt der Aufgabe nicht auf dem informierenden, sondern auf dem* ***argumentierenden Schreiben*** *liegt.*

Was verlangt die Aufgabenstellung von mir?

Die Aufgabenart des materialgestützten Schreibens ist in der Regel nicht in mehrere Teilaufgaben untergliedert, sondern konfrontiert Sie mit einem komplexen Arbeitsauftrag. Sie sollen im vorliegenden Fall einen ***adressatenbezogenen Text*** *verfassen, der in einem Programmheft zu einer Inszenierung von „Woyzeck“ erscheinen soll. Damit sind Ihnen ein* ***situativer Kontext*** *sowie ein* ***kommunikativer Rahmen*** *vorgege-*

ben, die Sie beachten müssen: Ihre Adressaten sind Theaterbesucherinnen und -besucher, ein kulturell aufgeschlossener Personenkreis, der vermutlich über Grundkenntnisse zu Autor und Werk verfügt. Jedoch sollten Sie nicht zu viel voraussetzen, sondern kurz das Drama vorstellen, um das es konkret geht. Zudem wird von Ihnen verlangt, den von der Aufgabenstellung angedeuteten ***Gegensatz zwischen den interpretatorischen Schwerpunkten*** *„soziales Drama" und „Liebesdrama" zu entfalten.*

Wie gehe ich bei der Bearbeitung der Aufgabe sinnvollerweise vor?
Neben Ihrer ***Werkkenntnis*** *sowie Ihrem literaturgeschichtlichen Wissen steht Ihnen ein* ***Materialdossier*** *zur Verfügung, auf das Sie in Ihrem Aufsatz zurückgreifen sollen. Diese Textsammlung bietet einige anspruchsvolle Quellen, die Sie aber nicht zur Gänze erschließen müssen. Sie sollten vielmehr die* ***zentralen Aussagen herausarbeiten****, die Sie für Ihren Text verwenden können: Unterstreichen Sie dafür wichtige Passagen bzw. Formulierungen und halten Sie am Rand der Materialien stichpunktartig deren jeweilige Quintessenz fest. Sammeln Sie dann auf einem Konzeptblatt die Punkte, die für eine* ***Betonung des Liebesaspekts*** *sprechen, und solche, die das Augenmerk eher auf die* ***soziale Gebundenheit*** *lenken.*

Wie kann ich meinen Aufsatz strukturieren?
Überlegen Sie sich eine plausible Gliederung: Sie können – wie im vorliegenden Lösungsvorschlag – die beiden Lesarten des Dramas wie bei einer klassischen Pro-Kontra-Erörterung in ***zwei Argument-Blöcken*** *einander gegenüberstellen. Sie können Ihre Argumente aber auch freier anordnen, also z. B. eine Erläuterung des Beziehungsdreiecks durch ein Gegenargument relativieren, das Maries Liebesverrat als Folge der sozialen Bedingungen einordnet. Die Aufgabenstellung lässt bereits erkennen, dass eine Fokussierung auf nur eine Lesart (Beziehung <u>oder</u> soziale Zwänge) eine Verengung darstellt. Bemühen Sie sich daher,* ***differenziert zu argumentieren*** *und bei Ihrer Entscheidung für die Inszenierungsweise beide Lesarten zu berücksichtigen.*

Was gibt es bei dieser Aufgabe sonst noch zu beachten?
Nutzen Sie das Dossier, indem Sie auf wichtige Passagen verweisen oder auch direkt daraus zitieren. (Die Aufgabenstellung gibt vor, dass es ausreicht, beim Zitatnachweis Autor und Werk anzuführen.) Ihnen liegen auch drei Bildmaterialien vor (zwei Plakate und ein Szenenfoto), die Sie nutzen können, um zum Thema Ihres Aufsatzes hinzuleiten oder um Ihre Argumente durch Beispiele zu stützen. Beschreiben Sie dafür kurz die Bilder und benennen Sie deren Grundaussage.
Nicht zuletzt sollten Sie Ihre Ausführungen in eine ***sprachlich angemessene Form*** *kleiden: Da Ihr Text sich an eine größere Leserschaft richtet und deren Interesse wecken soll, sollten Sie einen ansprechenden Stil wählen und bei passender Gelegenheit auch rhetorische Mittel einflechten. Vergessen Sie außerdem nicht, Ihren Aufsatz mit einer geeigneten* ***Überschrift*** *zu versehen.*

Lösungsvorschlag

Woyzeck, der Ausgebeutete, oder Woyzeck, der Betrogene? Unsere Sicht auf Georg Büchners Drama

Titel

Was, wenn die persönliche Welt nicht mehr ist als eine Scheibe – eine Scheibe, die nur einen geringen Radius hat, sodass kaum Raum bleibt zur freien Entfaltung? Eine Scheibe, die sich immer schneller dreht und aufrichtet, die zudem glatt ist, sodass man nur schwer einen sicheren Stand findet und ins Nichts abzurutschen droht? Mit diesem ausdrucksstarken Bühnenbild visualisiert Regisseur Ulrich Rasche am Münchner Residenztheater die **determinierte Existenz von Georg Büchners Antiheld Woyzeck**. Eingeschnürt von Zwängen und Verpflichtungen, hin und her gestoßen, gedemütigt, gehetzt. Die Symbolik des Bühnenbilds ist zugleich eine Interpretation des Dramas. Auf den ersten Blick kann das Publikum erkennen, worum sich die Inszenierung dreht – und das im wahrsten Sinn des Wortes.

Einleitung
Konkretes Inszenierungsbeispiel (Bezug zu M 2)

Zwar verfügt unser Theaterkurs nicht über die finanziellen, technischen und akrobatischen Mittel, um ein solch spektakuläres Setting einzurichten, doch mussten auch wir entscheiden, wie wir Büchners Drama vorrangig deuten wollen. Soll – wie bei Ulrich Rasche – eher die **soziale Seite** im Mittelpunkt stehen oder verstehen wir die Geschichte des armen Soldaten Franz Woyzeck in erster Linie als **Liebestragödie**? Dabei handelt es sich um **zwei gleichberechtigt nebeneinander existierende Lesarten** des Stücks, wie die abgedruckten Plakate zweier Inszenierungen belegen. Auf dem einen sieht man Woyzeck von oben in eine Kiste gesperrt, die ihm jegliche Bewegungsfreiheit und damit seine menschliche Würde raubt. Zwar ist so der absolute Gegensatz zur Münchner Inszenierung dargestellt – Kauern gegenüber Hetzen –, doch ist die Grundaussage dieselbe: Woyzeck ist eine gequälte Kreatur. Das andere Plakat präsentiert dagegen ein Beziehungsdreieck: In Rückenansicht ist ein Paar zu sehen, doch sucht und findet die Hand der Frau verstohlen die Hand ihres Liebhabers.

Herleitung der Themenfrage (Bezug zu M 1)

„Woyzeck" erzählt sowohl von einer **scheiternden Beziehung** als auch von **sozialer Ausbeutung**. Um seine Partnerin Marie und ihr gemeinsames Kind zu ernähren, kann Woyzeck sich nicht mit dem geringen Sold begnügen, der ihm als einfachem Soldaten zusteht. Vielmehr muss er **Nebenjobs** annehmen, etwa seinen Hauptmann rasieren oder sich dem Doktor für fragwürdige und **unethische Experimente** zur Verfügung stellen: Dessen radikale Erbsendiät ruiniert Woyzecks physische und wohl auch psychische Gesundheit. Je mehr Aussetzer, desto besser! Denn nur so ist er für den Arzt ein interessanter Casus. Doktor wie auch Hauptmann nutzen ihre Position, um Woyzeck zu schikanieren, sich über seine fehlende Bil-

Hauptteil
Kurze problemorientierte Inhaltsangabe des Dramas

dung lustig zu machen und seine seelische Zerrüttung zu beschleunigen. Nicht zuletzt geben die beiden Woyzeck zu verstehen, dass **Marie ihn betrügt**. Gegen die großspurige und potente Männlichkeit des Tambourmajors kann Woyzeck nicht ankommen. So muss er es hinnehmen, dass Marie mit dem Nebenbuhler tanzt und von ihm Geschenke bekommt, er muss sogar Prügel einstecken. Der steigende Druck aus **Demütigungen, Belastungen und Wahnvorstellungen** braucht ein Ventil: **Woyzeck tötet Marie.**

In der Literaturgeschichte gilt „Woyzeck" als „**Sozialtragödie**", deren Protagonist durch seine Mordtat „zur spektakulären Variante eines kollektiven sozialen Schicksals" (Jan-Christoph Hauschild) werde. Es braucht das Verbrechen, um die alltägliche Ausbeutung von Proletariern so zu gestalten, dass sie die Rezipienten packt. Und genau darum ging es **Büchner, der etwas verändern wollte** – immerhin hatte er bereits mit dem Flugblatt „Der Hessische Landbote" zu einer sozialen Revolution und einer Umverteilung des Besitzes aufgerufen. Der junge Mediziner war zutiefst bewegt vom **Elend und der ausweglosen Existenz des vierten Standes** – und die „soziale Gebundenheit" war nicht nur Thema des Politikers Büchner, sondern auch des Dichters Büchner, wie der Literaturwissenschaftler Paul Rilla feststellt.

Lesart 1: „Woyzeck" als Sozialtragödie (Bezug zu M 7)

– soziales Anliegen Büchners

(Bezug zu M 8)

Weg mit den gekrönten Häuptern und den hehren Helden der Weimarer Klassik! Die Bühne gehörte nun dem **Geringsten und dem gesellschaftlichen Außenseiter**. Woyzeck ist – trotz äußerer Freiheit – ein „Gefangener", einer, der sich selbst versklaven muss. Mit dieser „Entdeckung des Geringen" gelang Büchner laut Elias Canetti „der vollkommenste Umsturz in der Literatur", zumal der Dichter sein Erbarmen nicht lautstark und selbstgefällig zelebriert, sondern es indirekt durch seine dramaturgische Gestaltung vermittelt. „Er deckt die soziale Verflochtenheit auf, aus welcher der Strick gedreht ist, der die Kreatur würgt." (Paul Rilla) Dank Büchners Drama fällt Licht auf den, der „ganz unten, ganz im Dunkeln" steht und der fürchtet, selbst im Himmel ausgebeutet zu werden und beim Donnern helfen zu müssen. **Woyzeck als Vertreter der „arme[n] Leut"**, die sich keine Tugend leisten können – bis in die Details fängt Büchner die „düstere **Massenarmut**" wie die „entfremdet[e], körperlich[e] Arbeit" (Jan-Christoph Hauschild) der Frühindustrialisierung ein.

– Zuwendung zu den Geringen (Bezug zu M 6)

(Bezug zu M 8)

– genaue Darstellung der Armut (Bezug zu M 3, M 7)

Um die schonungslose Diagnose Büchners herauszuschälen und um seinem gesellschaftskritischen Anliegen gerecht zu werden, scheint die **Betonung des sozialen Aspekts sinnvoll**. Ein Underdog wehrt sich und zerstört damit erst recht seine Existenz.

Zwischenfazit

Allerdings tötet Woyzeck weder den Doktor noch den Hauptmann, somit keinen Vertreter des ausbeuterischen Systems. Der Literaturwissenschaftler Hermann Kurzke schlussfolgert daher: „Sein Mord ist keine fehlgeleitete Ersatzhandlung für eine andere Gewalttat, die den Reichen und Mächtigen hätte gelten müssen, sondern die Verzweiflungshandlung eines Mannes, dessen verriegelte Welt nur einen einzigen Lichtblick kannte: die Liebe zu Marie.“ Der **Liebesverrat von Marie** erscheint so als der **wahre Auslöser für die Katastrophe**. Kurzke ordnet das Drama denn auch als „Liebestragödie“ und nicht als „Pauperismus-Studie“ ein, schließlich geben die elenden Lebens- und Arbeitsbedingungen der Proletarier zwar den Rahmen vor, sind aber nicht der eigentliche Gegenstand der Handlung.

Lesart 2: „Woyzeck“ als Liebestragödie

(Bezug zu M 3)

– Liebesbetrug als Grund für Mord

Wie entscheidend die Liebesbeziehung für die Eskalation ist, zeigt ein Blick auf den realen Fall, der dem Drama zugrunde liegt. Anders als der **historische Woyzeck**, ein trunk- und spielsüchtiger Arbeitsloser mit wechselnden sexuellen Affären, führt die **Dramenfigur eine feste Beziehung** und hat sogar ein Kind. Büchners Woyzeck ist „einer, der von einer Liebe ergriffen ist, die sein Dasein erfüllt und ihm Sinn und Ziel verleiht“.

– Änderungen gegenüber Vorlage: Liebe als Lebensinhalt Woyzecks

(Bezug zu M 5)

Erst aufgrund der Verantwortung für seine kleine Familie ist er gezwungen, sich aufzureiben. Darum nennt Edward McInnes Woyzecks Kampf um das Lebensnotwendige auch einen „verzweifelte[n] Kampf um die Liebe“. Ein Kampf, den er verlieren wird. Aufgrund ihrer beider Armut kann Woyzeck Marie nicht heiraten und sein Kind legitimieren. Doch seine Selbst- und Fremdausbeutung bringt die beiden Partner nicht etwa einander näher, sondern treibt sie auseinander. Infolge des Drucks ist er zudem nicht in der Lage, die sinnlichen Bedürfnisse seiner Partnerin zu befriedigen. **Die Liebe verschärft seine prekäre soziale Lage, die wiederum die Liebe unterminiert.**

– Liebe als Auslöser für prekäre Lage (Bezug zu M 5)

Zudem macht erst die scheiternde Liebe Woyzecks Geschichte für uns interessant. Wie McInnes feststellt, verleiht der **Liebesverrat** der Geschichte ihre **tragische Tiefe** und weckt unsere „einfühlend[e] Sympathie“ mit Woyzecks Schicksal.

– Empathie für Woyzeck aufgrund der Liebesgeschichte (Bezug zu M5)

Unser Theaterkurs hat sich daher entschieden, in unserer Inszenierung das **Beziehungsdrama besonders herauszustellen**. Dabei werden wir auch die Deutung von Michael Hofmann und Julian Kanning aufgreifen, die in der Mordszene eine „pervertierte romantische Liebesszene“ sieht: „Was der Mond rot auf geht“, staunt Marie und Woyzeck entgegnet: „Wie ein blutig Eisen“. Blutrot wird daher der Mond in unserem Bühnenbild sein und in rotes Licht wird dann die folgende Tötung Maries getaucht sein. Rot wie die Liebe, das Blut, die Raserei. Doch auch wenn unser Fokus auf der Beziehung liegt, blenden wir natürlich die „soziale Gebundenheit“,

Fazit

Entscheidung für Schwerpunkt der Inszenierung (Bezug zu M 4)

die Zwänge und Ausweglosigkeit von Woyzecks Existenz nicht aus.

Die Figuren sind „**Gefangene ihrer Triebe** <u>**und**</u> **Lebensumstände**“ (Hermann Kurzke). Schließlich **potenzieren sich gesellschaftliche und persönliche Faktoren** wechselseitig und so hat Büchner „sozialkritische Intention mit tragischer Erfahrung“ (Edward McInnes) untrennbar miteinander verknüpft. Unsere Inszenierung wird nicht flach sein: Sie wartet nicht mit einer rotierenden Scheibe auf, sondern wird das Oben und Unten visualisieren, das Dunkel, in dem Woyzeck hetzt und buckelt, den Lichtstrahl, den die Liebe zu Marie für ihn bedeutet, und zuletzt das blutige Rot, als er Maries Betrug wahrhaben muss, sein Lebenssinn zerfällt und er zerstört, was er liebt.

Differenzierte Abwägung (Bezug zu M 3, M 5)

Grundkurs Deutsch (Nordrhein-Westfalen) – Übungsaufgabe 8
IV: Materialgestütztes Verfassen eines Textes mit fachspezifischem Bezug

Materialgrundlage

M 1: Römmele, Andrea: *Demokratie braucht Streit*
M 2: Margarete Stokowski: *Schlimm, oder?*
M 3: Nina Schick: *Wie viel Empörung verträgt die demokratische Debatte?*
M 4: Broschüre der AJS und der Landesanstalt für Medien NRW
M 5: Interview mit Henning Lobin – Medienrevolution und Sprache
M 6: Jan Rieckhoff: Karikatur *Shitstorm*

Aufgabe

Eine regionale Tageszeitung hat im Rahmen der Themenwoche „Demokratie und Medienwandel" ihre Leserinnen und Leser dazu aufgerufen, Kommentare zu dem Thema „Die sozialen Medien – eine Gefahr für unsere öffentliche Debattenkultur?" einzureichen.

Verfassen Sie einen solchen Kommentar. Setzen Sie sich darin argumentierend mit den Gefahren und Chancen auseinander, die die sozialen Medien für die gesellschaftlich-politische Kommunikation mit sich bringen.

Nutzen Sie dafür die folgenden Materialen M 1 bis M 6 und beziehen Sie Ihre Unterrichtskenntnisse und eigenes Wissen mit ein.

Formulieren Sie eine geeignete Überschrift.

Verweise auf die Materialien erfolgen unter Angabe des Namens der Autorin bzw. des Autors und ggf. des Titels.

Ihr Kommentar sollte etwa 1 000 Wörter umfassen.

Materialien

M 1

Andrea Römmele: Demokratie braucht Streit (2019, Auszug)

Beleidigungen, Hass und Hetze, Aufrufe zur Gewalt – Robert Habeck hat Anfang des Jahres daraus seine Konsequenzen gezogen. Twitter sei ein „Instrument der Spaltung“ und „kein Medium des echten Dialogs“, erklärte der Vorsitzende der Grünen und löschte seinen Account. Auch von Facebook verabschiedete er sich. Den Eindruck, dass die sozialen Medien gesellschaftliche Debatten eher verhindern als fördern, konnte auch gewinnen, wer zum Jahresbeginn 2019 den digitalen Shitstorm verfolgte, mit dem die ZDF-Reporterin Nicole Diekmann attackiert wurde. Sie hatte auf Twitter die zwei Worte „Nazis raus“ gepostet. Auch sie ist nur eine Betroffene von vielen.

Müssen wir also dem Beispiel Robert Habecks folgen und den digitalen Raum verlassen, um der gesellschaftlichen Spaltung entgegenzuwirken und um wieder gesellschaftliche Debatten führen zu können? Das wird nicht ausreichen. Schließlich mangelt es an demokratischer Streitkultur auch in der analogen Welt. Es gibt nicht zu viele, sondern zu wenige Debatten und Diskussionen in Politik und Gesellschaft. So widersprüchlich es zunächst scheinen mag, es ist der politische Streit, der die Spaltung der Gesellschaft verhindert. Verlieren wir die Fähigkeit, inhaltlich zu streiten, ist Demokratie nicht mehr denkbar. Denn die politische Debatte erfüllt drei Funktionen, die für ein demokratisches Miteinander unerlässlich sind.

Erstens

Debatten bilden Meinungen. Die Komplexität der Themen in der politischen Arena macht sie für Nichtexperten kaum begreifbar. Ihre politische Einordnung wird immer schwieriger. Debatten erlauben es der Öffentlichkeit, verschiedene Perspektiven auf ein Thema kennenzulernen und sich derjenigen anzunähern, die den eigenen Vorstellungen am nächsten kommt.

Zweitens

Debatten inspirieren. In jeder Auseinandersetzung müssen alle Beteiligten das Thema zwangsläufig in seinen politischen oder gesellschaftlichen Kontext stellen, um ihre eigene Position zu schärfen und ihre Lösungsvorschläge zu konkretisieren. Nur so können sie sich mit ihren Argumenten gegen Alternativen erfolgreich durchsetzen. So gut wie nie passiert es, dass die Streitenden mit exakt der gleichen Position aus einem Streit herauskommen, mit der sie ihn begonnen haben. Wenn der eigene Vorschlag kritisiert wird, setzt man sich selbst noch intensiver damit auseinander, hinterfragt Altbewährtes und wagt sich auf neue Pfade.

Drittens

Debatten verbinden. Für den Einzelnen erscheint ein Streit meist negativ. Er impliziert, wie beim sportlichen Wettstreit, immer die Möglichkeit des Verlierens, und er fokussiert das Trennende. Erst durch eine Reaktion auf die Vorhaben, Ideen und Ansprüche unserer Gegner stellen wir trotz der politischen Differenzen die Basis für gesellschaftlichen Zusammenhalt her: indem wir zeigen, dass wir bereit sind, uns miteinander auseinanderzusetzen. Wir können dabei akzeptieren, dass wir uns nicht einigen können – agree to disagree; den Gegner zum Schweigen bringen dürfen wir aber nicht. Jede Debatte macht die unterschiedlichen Standpunkte der beteiligten Akteure sichtbar. Gleichzeitig vereint sie die verschiedenen gesellschaftlichen Strömungen. Nur wer sich im Diskurs gehört fühlt, kann später einen Kompromiss akzeptieren.

Quelle: Römmele, Andrea: Demokratie braucht Streit, In: Cicero. Magazin für politische Kultur vom 21. 02. 2019, Online unter: https://www.cicero.de/innenpolitik/debattenkultur-demokratie-streit-streitkultur-wider-spruch-filterblasen/plus.

M 2

Margarete Stokowski: Schlimm, oder? (2021, Auszug)

[...] Das Problem mit der Kritik an einer angeblich immer schlimmer werdenden Debattenkultur fängt schon mit dem Begriff „Debattenkultur“ an. [...] „Debattenkultur“ enthält „Debatte“ und „Kultur“, und da geht es schon los. Vieles von dem, was als verkommene Debattenkultur bezeichnet wird, ist eigentlich weder Debatte noch Kultur.

Denn meist geht es dabei um Internetkommentare, die irgendwie lausig sind, die man aber überhaupt erst mal als Debattenbeiträge anerkennen muss, um sie dann als Verrohung zu diagnostizieren. Früher hätte man bei den meisten dieser Beiträge „lästern“ oder „mobben“ oder „Scheiße labern“ gesagt, und es hätte gereicht. Ja, Hass und digitale Gewalt sind ein Problem, ein richtig großes: aber man braucht sie nicht zu „Debatte“ und „Kultur“ zu adeln, im Gegenteil, man sollte sie benennen, um sie nicht zu normalisieren. Wer Gewalt meint, soll „Gewalt“ sagen.

Das zweite Problem mit der angeblich immer schlimmer werdenden Debattenkultur ist das „immer schlimmer werden“: Wie sicher sind wir uns da? Wann soll diese Zeit gewesen sein, in der es eine richtig gute Debattenkultur gab? Als es noch Duelle gab? Als im Bundestag noch gewettet wurde, ob eine bestimmte Politikerin einen BH trägt oder nicht? Als Nikel Pallat[1] in einer Talksendung eine Axt rausholte, um einen Tisch zu zerschlagen, oder als Joschka Fischer[2] erklärte: „Mit Verlaub, Herr Präsident, Sie sind ein Arschloch!“ – oder wann genau? War diese gute Zeit zufällig in der Studienzeit der Leute, die sich heute danach zurücksehnen?

Als Beispiel für die schrottige Debattenkultur müssen oft Talkshows herhalten [...]. Es stimmt, dass Talkshows oft mehr Show als Talk sind, aber: Man muss die nicht gucken. Talkshows leben davon, dass Leute sich über sie aufregen. An einem Tag, an dem man sich im Internet über das sinkende Niveau von Talksendungen beschwert, könnte man auch ein zweistündiges Interviewformat im Deutschlandfunk hören oder sich in einen Online-Lesekreis einloggen, aber das ist dann wieder zu viel verlangt.

Quelle: Margarete Stokowski, DER SPIEGEL, 02.11.2021. https://www.spiegel.de/kultur/margarete-stokowski-ueber-debattenkultur-schlimm-oder-a-ffd085e6-f10d-4c1b-b86f-c65ebdf50aa5.

Anmerkungen:

1 Der Sänger Nikel Pallat sorgte 1971 für einen Eklat in einer WDR-Sendung, als er mit einem Beil den Tisch zertrümmern wollte, um den die Gäste herumsaßen. Diese symbolische Aktion richtete sich gegen das „Fernsehen“ als „Unterdrückungsinstrument“ in der „Massengesellschaft“ (Pallat).

2 Joschka Fischer (*1948) war ein Bundestagsmitglied der *Grünen* und beschimpfte 1984 den Bundestagsvizepräsidenten Richard Stücklein als „Arschloch“, als dieser ihn wegen seines Verhaltens von einer Bundestagssitzung ausschließen wollte. Von 1998 bis 2005 war Fischer Außenminister.

M 3

Nina Schick: Wie viel Empörung verträgt die demokratische Debatte? (2022, Auszug)

„Die Öffentlichkeit", das ist längst nicht mehr das, was der Begriff vor 20 Jahren bezeichnete. Das Internet hat die redaktionelle Gesellschaft geschaffen. Alle, die mitmachen wollen, können nicht nur Nachrichten empfangen, sondern auch selbst senden. Auch Menschen, die keine klassischen Medien mehr konsumieren, können sich informiert fühlen. Doch es geht nicht nur um Information. Die sozialen Netzwerke verknüpfen die Akteurinnen und Akteure. Ihr Geschäftsmodell ist die Emotionalisierung: Wer polarisiert, erregt Aufmerksamkeit, und Aufmerksamkeit ist die Währung der Internet-Ökonomie. Die Algorithmen der Tech-Unternehmen befeuern die Erregung. Der Mensch lebt mit dem Smartphone in der Hand, am Puls der Zeit, am Puls der Entrüstung. Der Tübinger Medienwissenschaftler Bernhard Pörksen spricht deshalb von einer „Empörungsdemokratie".

„Die sozialen Medien sind keine Kommunikationsräume, die für eine rationale Debatte designt wurden", sagt Tobias Rothmund, Professor für Kommunikationspsychologie an der Universität Jena. Wer besonnen und ausgewogen argumentiert, bekommt weniger Likes. Dabei sind Likes, die Beifallsbekundungen, das Wesen der sozialen Netzwerke: Die Teilnehmenden buhlen um soziale Unterstützung, Zustimmung schafft Hochstimmung – und Verbindung. Menschen finden zusammen, können Interessen gemeinsam artikulieren, auch gesellschaftlichen Wandel voranbringen. „Soziale Bewegungen speisen sich aus Empörung und sozialer Identität. Beides wird durch Social Media verstärkt. So sind viele soziale Bewegungen in Schwung gekommen, etwa *Fridays for Future*. Wir sehen also auch Dinge, die für die Demokratie sinnvoll und konstruktiv sind", sagt Rothmund. Die unmittelbare Öffentlichkeit des Internets, sie kann ein Korrektiv sein, der Macht und den Mächtigen gegenüber. Marginalisierte Gruppen, die sich früher kein Gehör verschaffen konnten, finden im Netz Plattformen und Gleichgesinnte. Normverletzungen, Grenzüberschreitungen, Respektlosigkeiten, die noch vor zwei Jahrzehnten – wenn von privilegierten Personen geäußert – keinerlei Aufsehen erregt hätten, werden nun sofort, laut und oft zu Recht kritisiert.

Aber auch viel von dem Hass, der sich tatsächlich gewaltsam entlädt, wird im Netz vorbereitet. An Schreibtischen, auf Sofas, in der U-Bahn. Mit einem Laptop auf dem Schoß oder dem Handy in der Hand.

Quelle: Nina Schick: Wie viel Empörung verträgt die demokratische Debatte? Perspektiven. Ausgabe 01/2022. Link: https://www.bwstiftung.de/fileadmin/bw-stiftung/Publikationen/Perspektive/Perspektive_1_2022/BWS_Magazin_2022_1_Recht_3.5.pdf.

M 4

Broschüre der AJS und der Landesanstalt für Medien NRW (2019, Auszug)

Hate Speech – Hass im Netz

Ein respektvolles Miteinander ist auch im Internet unverzichtbar. Zu beobachten ist aber gegenwärtig, dass dort Hetze, Hass und Diskriminierung immer mehr Verbreitung finden – besonders in Sozialen Netzwerken, Foren und Kommentarspalten. […]

Für das Phänomen der Verbreitung von Hassbotschaften im Internet hat sich auch im deutschen Sprachgebrauch der Begriff Hate Speech (englisch für „Hassrede“) durchgesetzt. Er beschreibt abwertende, menschenverachtende und volksverhetzende Sprache und Inhalte, durch die die Grenzen der Meinungsfreiheit überschritten werden. Denn, so Artikel 1 des Grundgesetzes, „die Würde des Menschen ist unantastbar“. Das gilt auch im Internet. […]

Hate Speech ist kein reines Netzphänomen

Hass im Netz existiert nicht losgelöst vom analogen Leben, sondern greift reale Macht- und Diskriminierungsstrukturen auf, aus denen er sich speist. Zusätzlich lässt sich im Internet eine Art Enthemmungseffekt beobachten. Meinungen, die im realen Leben oft nur von einer Minderheit offen vertreten werden, sind mit wenigen Klicks veröffentlicht und finden im Internet eine große Bühne. Dahinter stehen nicht selten rechtsextreme Gruppen und Personen, die die Möglichkeiten des Internets für ihre Propaganda nutzen. Das fehlende direkte Gegenüber, die Möglichkeit, anonym zu bleiben, und das Wissen, kaum zur Rechenschaft gezogen zu werden, tragen weiter zur Enthemmung bei. Dabei wird nicht nur anonym gehetzt, sondern häufig auch ganz offen mit Klarnamen.

Quelle: Matthias Felling / Nora Fritzsche / Silke Knabenschuh: Hate Speech – Hass im Netz. Informationen für Lehrkräfte und Eltern. Hrsg. v. d. Arbeitsgemeinschaft Kinder- und Jugendschutz und von der Landesanstalt für Medien NRW, 5. Aufl., 2019 (https://ajs.nrw/wp-content/uploads/2019/10/Hate_Speech_AJS_LFM_2018.pdf).

M 5
Interview mit Henning Lobin – Medienrevolution und Sprache (2019, Auszug)

Es scheint schlimm zu stehen um den Sprachgebrauch, besonders den politischen, wenn sich Lehrerverbände, Schriftsteller und selbst der Bundespräsident besorgt äußern. Von „Sprachverrohung“ ist allenthalben die Rede. Inwieweit ist diese Besorgnis durch die Forschung gedeckt?

Henning Lobin: Die internetbasierten Medien lassen erstmals fassbar werden, was zuvor zumindest wissenschaftlich nicht wahrgenommen werden konnte: die Art und Weise, wie sich Menschen spontan zu bestimmten Themen austauschen. Dieser Austausch findet in Gesprächen, etwa am viel zitierten Stammtisch, seit jeher statt. Aber erst unter den neuen Kommunikationsbedingungen besteht die Möglichkeit, dabei gewissermaßen mitzuhören. Insofern gibt es bei der Frage, ob Tendenzen einer sogenannten „Sprachverrohung“ erkennbar sind, das methodische Problem einer fehlenden Vergleichsgröße.

„Hate Speech“ wäre demnach möglicherweise gar nichts Neues?

Henning Lobin: „Hate Speech“ hat es schon immer gegeben. Aber ihre Wahrnehmbarkeit ist heute eine andere. Mit den vernetzten digitalen Medien ist es möglich, sich mit anderen, die ähnliche Meinungen vertreten, zu verbinden und Gruppeneffekte zu erzeugen. So werden ganze kommunikative Lawinen ausgelöst.

Würden Sie Durs Grünbein[1] widersprechen, der eine „ganz klare Radikalisierung" erkennt?

Henning Lobin: Was die mediale Seite betrifft, würde ich keine klare Radikalisierung sehen. Mit Blick auf parlamentarische Debatten ist aber durchaus nachweisbar, dass sehr polarisierende Äußerungen viel häufiger getätigt werden und mit dem Instrument der Provokationen gearbeitet wird. Auch das hat es schon früher gegeben, wenn Sie etwa an Herbert Wehner, Franz Josef Strauß oder Joschka Fischer denken. Aber es verband sich mit bestimmten Persönlichkeiten. Heute ist es oftmals bereits auf der mittleren politischen Ebene eine Methode der Positionierung und des Sammelns der eigenen Truppen, der Konfrontation mit dem Gegner.

Bei all den Schmähungen und Beleidigungen in den Sozialen Medien liegt der Eindruck einer Radikalisierung doch nahe. Deshalb die Nachfrage: Ist das Netz nicht doch weit mehr als ein Ventil altbekannter Wut und Aggression – ist es nicht eher ein Katalysator für immer neue Empörungsspiralen?

Henning Lobin: Ich bin keineswegs der Meinung, dass alles schon da gewesen und harmlos ist, was dort passiert. Aber mit den Sozialen Medien gibt es zunächst einmal eine neue Qualität der Kommunikation: nämlich die durchaus positiv zu beurteilende Möglichkeit der Vernetzung, die es beispielsweise erlaubt, einzelnen Äußerungen eine sehr große Reichweite zu verleihen. In Vor-Internetzeiten war es vielleicht Zeitungsjournalisten vorbehalten, ähnliche publizistische Wirkungen zu erzielen. Erst kürzlich konnten wir sehen, was für einen Einfluss ein YouTube-Video[2] auf den Europawahlkampf gewinnen konnte. Für die Linguistik stellt sich dabei die sehr interessante Frage, ob sich Sprachwandelphänomene in solchen vernetzten Gemeinschaften womöglich anders darstellen.

Die Debatten für jeden Einzelnen zu öffnen, klingt demokratisch. Aber eine partikularisierte Öffentlichkeit könnte ja auch den Zerfall derselben bedeuten. Was bleibt am Ende, wenn die strukturierende, qualitätssichernde und somit filternde Funktion beispielsweise des Journalismus entfällt – einer Profession, die man ja nicht grundlos über Jahre erlernen muss? Oder einfacher gefragt: Droht in einer partikularisierten Öffentlichkeit der Verlust der „gemeinsamen Sprache"?

Henning Lobin: Da ist eine aus meiner Sicht naheliegende Veränderung im Gange, nachdem bestimmte „Gatekeeper" die öffentliche Kommunikation lange geprägt haben. Die „gemeinsame Sprache" fehlt doch schon heute, denn wir haben es mit einer Reihe von Teilöffentlichkeiten zu tun, die ihre eigenen Kommunikationsformen entwickelt haben. Was sich an Rezos Video sehr gut beobachten lässt, ist, dass eine neue Art der Sprache in die politische Kommunikation Einzug hält. Das irritiert manchen, weil wir sehr stark dadurch geprägt sind, wie öffentlich-rechtliche Medienangebote und große, renommierte Tageszeitungen über Politik berichten. Rezo spricht seine Zuhörer mit „Du" an und bringt Wertungen so zum Ausdruck, dass sie die Zuhörer tangieren: Von „krassen Problemen" ist die Rede, und er macht deutlich, welchen Einfluss bestimmte politische Themen auf die unmittelbare Lebenswelt haben. Abstrakte Begriffe wie „soziale Gerechtigkeit" übersetzt er griffig: „Wenn du aus einer ärmeren Familie kommst, dann solltest du doch genau die gleichen Chancen haben wie jemand, der reiche Eltern hat.“ Insofern sehe ich vor allem die Möglichkeiten – auch für eine große Volkspartei, die über neue Kanäle mit einer anderen Sprache auch andere Wählergruppen ansprechen kann. Doch ist das eine langfristige Aufgabe, denn es müsste eine Plattform geschaffen werden, in der sich die authentische Vermittlung eigener Themen entwickeln kann. […]

Aus: Die Politische Meinung. Konrad Adenauer Stiftung. 20. 05. 2019. Das Interview führte Bernd Löhmann. https://www.kas.de/de/web/die-politische-meinung/artikel/detail/-/content/interview-medienrevolution-und-sprache.

Anmerkungen:
1 Durs Grünbein (*1962) ist ein deutscher Schriftsteller.
2 Im Vorfeld der Europawahl 2019 veröffentlichte der Youtuber Rezo das Video „Die Zerstörung der CDU“, das immense Klickzahlen erhielt und Teil der landesweiten politischen Debatte wurde.

Henning Lobin: Professor für Germanistische Linguistik an der Universität Mannheim, Direktor des Leibniz-Instituts für Deutsche Sprache

M 6
Jan Rieckhoff: Karikatur „Shitstorm“ (2020)

© Jan Rieckhoff / toonpool

Hinweise und Tipps

Welche Aufgabenart liegt vor?

Diese Übungsaufgabe entspricht der ***Aufgabenart IV: Materialgestütztes Verfassen eines Textes mit fachspezifischem Bezug****. Die Aufgabenanlage und der in der Aufgabenstellung verwendete Begriff „argumentierend" weisen den* ***argumentierenden Schwerpunkt*** *aus. Wie bei dieser Aufgabenart üblich, gibt es keine Unterteilung in Teilaufgaben.*

Was verlangt die Aufgabenstellung von mir?

Ihre Aufgabe besteht darin, einen ***Kommentar*** *zu verfassen. Es wird dafür ein* ***fiktiver Schreibanlass*** *vorgegeben, und zwar der Aufruf einer regionalen* ***Tageszeitung****, Kommentare einzureichen. Es werden Ihnen drei Bezugspunkte gegeben, die die* ***thematische Ausrichtung*** *des Kommentars bestimmen:*

- *das* ***Thema*** *des einzureichenden Kommentars:* ***„Die sozialen Medien – eine Gefahr für unsere öffentliche Debattenkultur?"****,*
- *der Kontext, in dem der Kommentar veröffentlicht werden soll, d. h. die Themenwoche* ***„Demokratie und Medienwandel"****,*
- *die Aufforderung, sich in dem Kommentar* ***argumentierend*** *mit den* ***Gefahren und Chancen*** *auseinanderzusetzen, die die* ***sozialen Medien*** *für die* ***gesellschaftlich-politische Kommunikation*** *mit sich bringen.*

Es geht also um den Einfluss, den die sozialen Medien auf die Art und Weise haben, wie wir im öffentlichen Raum über gesellschaftlich-politische Themen diskutieren, und dabei insbesondere um die Frage, ob dies ein positiver oder ein negativer Einfluss ist. Da die Berücksichtigung von Chancen und Gefahren verlangt ist, sind neben Argumenten für Ihre Position auch Argumente gegen Ihre Position zu formulieren.

Ihre Ausführungen sollten dabei auch in ***Form und Stil*** *der* ***meinungsbildenden Zieltextsorte*** *des Kommentars gerecht werden. Machen Sie sich also bewusst, welche Anforderungen damit verbunden sind. So ist im Kommentar (z. B. im Unterschied zur Erörterung) durchaus eine* ***ausdrucksvolle Rhetorik*** *angebracht, die den Leser packt und die eigene Meinung klar herausstellt.*

Die Aufgabe fordert, dass Sie für Ihre Ausarbeitung die beigegebene ***Materialsammlung*** *sowie Ihre Unterrichtskenntnisse und darüber hinausgehendes eigenes Wissen nutzen.*

Wie gehe ich bei der Bearbeitung der Aufgabe sinnvollerweise vor?

Nachdem Sie sich die Anforderungen der Aufgabe vor Augen geführt haben, wenden Sie sich am besten zunächst den Materialien zu. Da keine Analyse der Materialien gefordert ist, sondern nur deren Nutzung für den eigenen Zieltext, lesen Sie die Materialen mit dem ***Fokus auf Informationen, Argumente und Zitate****, die Sie in Ihrem Kommentar verwenden könnten. Markieren Sie diese, um sie schneller wiederfinden zu können. Anschließend fertigen Sie auf dieser Grundlage – z. B. in Form einer Mindmap – eine* ***Stoffsammlung*** *an, in die Sie auch Unterrichtswissen und weitere Kenntnisse einfließen lassen. Um den Aufbau des Aufsatzes zu planen, können Sie dann die einzelnen Punkte in der Stoffsammlung nummerieren.*

Wie kann ich meinen Aufsatz strukturieren?
Wie auch die Aufgabenstellung deutlich macht, steht am Anfang Ihres Textes eine ***Überschrift****. Diese sollte zum Lesen anregen und darf daher ruhig etwas überspitzt sein. In Zeitungskommentaren ist es dann oft üblich, einen kurzen* ***Vorspann*** *(= Lead) zu formulieren, der knapp die Ausrichtung des Kommentars beschreibt. Der vorliegende Musteraufsatz enthält einen solchen, verpflichtend ist er nicht. In einer* ***Einleitung*** *sollten Sie dann zum Thema hinführen. Auch hier gilt es, die Leserinnen und Leser zur Lektüre des gesamten Textes zu animieren. Im* ***Hauptteil*** *folgt die Auseinandersetzung mit dem Thema des Kommentars. Hier müssen Sie entscheiden, ob Sie Pro- und Kontra-Argumente eher im Wechsel oder blockbildend nacheinander anführen wollen (der vorliegende Aufsatz verfährt blockbildend). Am Schluss Ihres Kommentars sollte ein* ***Fazit*** *stehen, in dem Sie Ihre Meinung klar benennen.*

Was gibt es bei der Aufgabe sonst noch zu beachten?
Die Aufgabenstellung nennt als Orientierungsgröße für die Länge Ihres Aufsatzes die ***Wörterzahl 1 000****. Um nicht in der Abiturprüfung Wörter zählen zu müssen, sollten Sie im Vorfeld prüfen, wie viele Wörter Sie in Ihrer Schrift auf einer Seite der Abiturbögen in etwa unterbringen. Es geht im Übrigen nicht darum, der genannten Wörterzahl möglichst nahezukommen – aber eine beträchtliche Über- oder Unterschreitung sollten Sie möglichst vermeiden.*

Lösungsvorschlag

Stirbt der öffentliche Diskurs den digitalen Tod? Nein!

Titel

Das Image der sozialen Medien als Ort des politischen Gesprächs ist schlecht. Warum sie trotzdem ein Teil unserer Debattenkultur sein sollten.

Lead / Vorspann

Einleitung
Der Shitstorm als Form der Anprangerung (Bezug zu M 6)

In einer Karikatur von Jan Rieckhoff steht ein armer Mensch auf dem Marktplatz am Pranger und wird vom Publikum mit Gemüse und Eiern beworfen. Da kommt einer der Wächter begeistert mit einem Laptop herbeigelaufen, auf dem das Facebook-Logo zu sehen ist, und ruft seinem danebenstehenden Kollegen zu: „Vergiss das alte Ding, Wentzel, ich hab hier was Besseres." Mit dem „alten Ding" ist der Pranger gemeint, mit dem „Besseren" die sozialen Medien. Die Karikatur trägt den Titel „Shitstorm" und will uns sagen, dass die sozialen Medien ein äußerst „effektives" Mittel sind, wenn es um die **öffentliche Anprangerung** von Personen geht – und dass sie die gleichen Gelüste der Masse nach **Empörung** bedienen wie im Mittelalter der Pranger. Mit dem Siegeszug der Moderne und der Herausbildung der Demokratie glaubten wir das Mittelalter überwunden zu haben – kehrt jetzt mit den sozialen Medien etwas davon zurück? **Gefährden** sie gar unsere **demokratische, an Vernunft und Argument orientierte Debattenkultur**?

Hinleitung zum Thema

Schon vor einigen Jahren hat Bernhard Pörksen mit dem Begriff „**Empörungsdemokratie**“ eine Gegenwartsdiagnose formuliert, die als zentrale Merkmale öffentlicher Diskurse eine „große Gereiztheit“ und „kollektive Erregung“ identifiziert und dafür das Internet und insbesondere die sozialen Medien verantwortlich macht. Verbringt man auch nur kurze Zeit damit, in die (Un-)Tiefen von Twitter, Facebook oder Telegram (oder anderen Diensten) einzutauchen, so zeigt sich schnell, was der Medienwissenschaftler damit meint. Statt abwägenden, wohlformulierten Argumentationen beherrschen hitzige, ja überhitzte Beiträge den (man will ihn eigentlich gar nicht so nennen) „Austausch“ – bis hin zur Hatespeech. Hassrede und grobe Sprüche sind sicherlich kein reines Internetphänomen, aber die **Reichweite** ist hier und heute einfach eine andere: Man äußert sich nicht mehr im kleinen Kreis der meist gleichgesinnten Stammtischler, sondern – zumindest potenziell – im großen Kreis der Weltöffentlichkeit. In einer Broschüre der AJS und der Landesanstalt für Medien NRW zum Thema „Hatespeech“ werden die Gründe dafür beschrieben, warum Hasskommentare im Internet so häufig sind: „Das fehlende direkte Gegenüber, die Möglichkeit, anonym zu bleiben, und das Wissen, kaum zur Rechenschaft gezogen zu werden“, sorgen für einen „**Enthemmungseffekt**“. Diese Tendenz zur Enthemmung gilt indes sicherlich nicht nur für Hassrede, sondern insgesamt für die Kommunikation im Internet: Sie befördert eine Gesprächskultur, die weniger auf Verständigung und Ausgleich, sondern mehr auf **Konfrontation und Polarisierung** angelegt ist.

Hauptteil

Gefährdung der Debattenkultur

Empörung und Aufregung

(Rückgriff auf Unterrichtswissen und Bezug zu M 3)

(Bezug zu M 5)

(Bezug zu M 4)

Die **Niedrigschwelligkeit** der sozialen Medien tut ihr Übriges: Wollte sich der Normalbürger in der „alten Mediendemokratie“ öffentlich äußern, musste er es irgendwie in die Zeitung schaffen – heute genügt es, auf dem Smartphone ein paar Worte (oder auch nur ein Emoji) einzutippen. Das verführt zu **unüberlegten**, vielleicht **übertriebenen Äußerungen**, die dann aber oft den Ärger anderer auf sich ziehen – eine Empörungsspirale kommt in Gang, die die **Polarisierung** der Positionen vorantreibt. Und auch ein weiteres strukturelles Merkmal der sozialen Medien trägt zur Polarisierung bei: Was man hier zu sehen bekommt, wird von **Algorithmen** gesteuert, die aus dem bisherigen Klickverhalten Leseinteressen ableiten. Das Resultat sind Filterblasen, in denen andere Meinungen wenig vorkommen und die **eigene Meinung verstärkt** wird.

Polarisierung durch Niedrigschwelligkeit und Algorithmen

Mit dem Bedeutungsverlust der „alten Medien“, die als Gatekeeper mit journalistischen Grundsätzen die Wahrheit des Berichteten garantieren sollten, und dem Aufstieg der sozialen Medien wurden zudem den **Fake News** Tür und Tor geöffnet. Diese können sich rasant verbreiten und sind in der Regel auf „**Stimmungsmache**“ angelegt. Wie Nina Schick in ihrem Artikel „Wie viel Empörung

Fake News und Aufmerksamkeitskonkurrenz

(Bezug zu M 5)

(Bezug zu M 3)

verträgt die demokratische Debatte?" ganz richtig bemerkt, ist zudem „Aufmerksamkeit [...] die Währung der Internet-Ökonomie" – und Aufmerksamkeit wird wiederum insbesondere durch **polarisierende und emotionalisierende Beiträge** erregt.

Überleitung

Diese Überlegungen malen ein düsteres Bild von der Kommunikation in den sozialen Medien und mögen dazu verführen, in die Warnrufe einzustimmen, dass der Debattenkultur der Niedergang drohe. Und doch ist das nicht die ganze Wahrheit:

Chancen für die Debattenkultur

Demokratisierung durch Medienwandel

(Rückgriff auf Unterrichtswissen und Bezug zu M 3)

Denn in dem Siegeszug der sozialen Medien liegt ein großes Potenzial zur **Demokratisierung** der öffentlichen Kommunikation. Pörksen nennt die digital vernetzte Öffentlichkeit gar die „fünfte Gewalt" im Staat. Wenn sich jeder Mensch öffentlich äußern kann, dann wird dadurch die hierarchische Medienstruktur von Sender (Politik und Massenmedium) und Empfänger (Bürger) aufgelöst. Die „unmittelbare Öffentlichkeit des Internets" kann daher – so Nina Schick – ein „Korrektiv" gegenüber der „Macht und den Mächtigen" sein, gerade auch wegen der zuvor ungekannten Möglichkeiten, sich zu **vernetzen**. Ein gutes Beispiel dafür ist die Bewegung „Fridays for Future", wie der Kommunikationspsychologie Tobias Rothmund feststellt. Von den sozialen Medien können also auch Impulse für öffentliche Debatten ausgehen. Das unterstreicht auch der Erfolg von Rezos YouTube-Video „Die Zerstörung der CDU" von 2019, das landesweite Aufmerksamkeit erlangte.

Erreichen bisher unerreichbarer Gruppen

(Bezug zu M 5)

Ein Grund für diesen Erfolg ist nach dem Linguisten Henning Lobin auch eine **andere Sprache und Ansprache** in solchen Videos: Rezo duzt seine Zuschauerinnen und Zuschauer, nutzt umgangssprachliche Wendungen und wählt lebensnahe Beispiele, anstatt mit ebenso abstrakten wie abgenutzten Begriffen zu hantieren. Für den Wissenschaftler Lobin können auf diese Weise über die sozialen Medien **andere Gruppen** angesprochen werden, die bisher nicht erreicht werden konnten – und das darf man sicherlich als eine **Bereicherung der Debattenkultur** werten.

Infragestellung der These, dass früher die Debattenkultur besser war

(Bezug zu M 2)

Man darf aber auch fragen, ob denn **früher Debatten** in jedem Falle so viel **kultivierter** geführt worden sind. Margarete Stokowski gibt in ihrem SPIEGEL-Artikel „Schlimm, oder?" Beispiele für eklatante Provokationen wie die von Nikel Pallat, der in einer Talkshow mit einer Axt einen Tisch zerschlagen wollte, und wie die von Joschka Fischer, der den Bundestagsvizepräsidenten als „Arschloch" titulierte. Auch wenn solche Äußerungen eher Ausnahmen gewesen sein mögen, so zeigen sie doch, dass „früher nicht alles besser war". Und dass heute polarisierende oder provokative Beiträge im Parlament zu einer gängigen „Methode der Positionierung" „auf der mittleren politischen Ebene" – so der bereits zitierte Lobin – geworden sind, mag nachdenklich stimmen, kann aber **nicht** so ohne Weiteres als **Folge der sozialen Medien** verbucht werden.

(Bezug zu M 5)

Daher sollte man die **sozialen Medien als Medium politischer Debatten nicht vorschnell verloren geben** – ohnehin werden sie nicht wieder verschwinden. Ein Rückzug aus den sozialen Medien wie der von Robert Habeck im Jahr 2019 mag persönlich verständlich sein, wird aber keine Lösung sein. Es kommt darauf an, dass wir uns eine verantwortungsvolle Nutzung zu eigen machen. Hält man es mit Bernhard Pörksen, so befindet sich unsere Gesellschaft gerade in der digitalen Pubertät, den erwachsenen Umgang mit den sozialen Medien können wir aber noch lernen. Deren Potenziale für unser demokratisches Miteinander – so dürfen wir hoffen – werden wir dann **ausschöpfen** können. Dann können die drei Funktionen, die Andrea Römmele in ihrem „Cicero"-Artikel „Demokratie braucht Streit" politischen Debatten attestiert, auch in den sozialen Medien zum Tragen kommen: „Debatten bilden Meinung" (da wir verschiedene Perspektiven kennenlernen), „Debatten inspirieren" (weil wir in der Auseinandersetzung mit anderen dazulernen), „Debatten verbinden" (da wir uns zum Gespräch auch mit Andersdenkenden bereit zeigen). Der öffentliche Diskurs ist also noch lange nicht tot! Trotz – oder vielleicht sogar wegen – der sozialen Medien.

Fazit

(Bezug zu M 1)

(Rückgriff auf Unterrichtswissen)

(Bezug zu M 1)

Rahmender Bezug zur Überschrift

Grundkurs Deutsch (Nordrhein-Westfalen): Abiturprüfung 2020
Vergleichende Analyse literarischer Texte

Materialgrundlage

Nikolaus Lenau: Wandel der Sehnsucht. In: Ders.: Sämtliche Werke. Briefe. Hrsg. v. Hermann Engelhard. Stuttgart: J. G. Cotta'sche Buchhandlung Nachf. 1959, S. 22.
Hilde Domin: Ziehende Landschaft. In: Dies.: Gesammelte Gedichte. Frankfurt am Main: Fischer 1987, S. 13.

Aufgaben

	Punkte
1. Analysieren Sie das Gedicht „Wandel der Sehnsucht“ von Nikolaus Lenau.	39
2. Analysieren Sie in Grundzügen das Gedicht „Ziehende Landschaft“ von Hilde Domin. Vergleichen Sie es anschließend mit dem Gedicht „Wandel der Sehnsucht“ im Hinblick auf das Unterwegs-Sein und die damit verbundene Bedeutung von Heimat.	33

Zugelassene Hilfsmittel:
– Wörterbuch zur deutschen Rechtschreibung

Nikolaus Lenau
Wandel der Sehnsucht (1833/34)

Wie doch dünkte mir die Fahrt so lang,
O wie sehnt' ich mich zurück so bang
Aus der weiten, fremden Meereswüste
Nach der lieben, fernen Heimatküste!

Endlich winkte das ersehnte Land,
Jubelnd sprang ich an den teuern Strand,
Und als wiedergrüne Jugendträume
Grüßten mich die heimatlichen Bäume.

Hold[1] und süßverwandt wie nie zuvor
Klang das Lied der Vögel an mein Ohr;
Gerne, nach so schmerzlichem Vermissen,
Hätt' ich jeden Stein ans Herz gerissen.

Doch da fand ich dich, und – todesschwank
Jede Freude dir zu Füßen sank,
Und mir ist im Herzen nur geblieben
Grenzenloses, hoffnungsloses Lieben.

O wie sehn' ich mich so bang hinaus
Wieder in das dumpfe Flutgebraus!
Möchte immer auf den wilden Meeren
Einsam nur mit deinem Bild verkehren!

Quelle: Nikolaus Lenau: Wandel der Sehnsucht. In: Ders.: Sämtliche Werke. Briefe. Hrsg. v. Hermann Engelhard. Stuttgart: J. G. Cotta'sche Buchhandlung Nachf. 1959, S. 22

Anmerkungen:
1 *hold:* anmutig, lieblich

Anmerkung zum Autor:
Der Dichter Nikolaus Lenau wurde 1802 in Ungarn geboren, lebte vorwiegend in Deutschland und Österreich. 1832 versuchte er vergeblich, sich in den USA eine neue Existenz aufzubauen. Das Gedicht hat er nach seiner Rückkehr nach Europa verfasst. Er starb 1850 in Wien.

Hilde Domin
Ziehende Landschaft (1955)

Man muß weggehen können
und doch sein wie ein Baum:
als bliebe die Wurzel im Boden,
als zöge die Landschaft und wir ständen fest.
Man muß den Atem anhalten,
bis der Wind nachläßt
und die fremde Luft um uns zu kreisen beginnt,
bis das Spiel von Licht und Schatten,
von Grün und Blau,
die alten Muster zeigt
und wir zuhause sind,
wo es auch sei,
und niedersitzen können und uns anlehnen,
als sei es an das Grab
unserer Mutter.

Quelle: Hilde Domin: Ziehende Landschaft. In: Dies.: Gesammelte Gedichte. Fischer, Frankfurt/Main 1987, S. 13

Anmerkung zur Autorin:
Hilde Domin, geborene Löwenstein, wurde 1909 als Kind jüdischer Eltern in Köln geboren. Seit Hitlers Machtergreifung 1933 lebte sie in wechselnden Exilländern, darunter seit 1940 in der Dominikanischen Republik. 1946 begann sie zu schreiben. 1954 kam sie nach Deutschland zurück und veröffentlichte ihre Gedichte in Anlehnung an den Namen ihres Exils in der Dominikanischen Republik unter dem Namen Domin. Das Gedicht „Ziehende Landschaft" wurde 1959 zum ersten Mal veröffentlicht. 2006 verstarb Domin in Heidelberg.

Teilaufgabe 1

Hinweise und Tipps

Welche Aufgabenart liegt vor und wie sind die Aufgaben gewichtet?
Bei der vorliegenden Abituraufgabe handelt es sich um die ***Aufgabenart I b*** *– gefordert ist eine „****Vergleichende Analyse literarischer Texte****“. Dazu soll erst das Gedicht von Nikolaus Lenau und dann das von Hilde Domin analysiert werden, um beide anschließend aspektgeleitet miteinander vergleichen zu können. Die vollständige Analyse des Lenau-Gedichtes wird mit 39 Punkten bewertet, für die knappere Analyse des Domin-Gedichtes und den Gedichtvergleich können Sie insgesamt 33 Punkte erhalten.*

Was verlangt die Aufgabenstellung von mir?
Die erste Teilaufgabe mit dem Operator „Analysieren“ fordert von Ihnen eine ***umfassende Beschreibung und Deutung*** *des Gedichts von Nikolaus Lenau. Zum einen sollten Sie die* ***Thematik*** *und die* ***Sprechsituation*** *beschreiben, zum anderen* ***Inhalt, Form, syntaktische und sprachliche Gestaltungsmittel*** *untersuchen, um zu einer kohärenten Gesamtdeutung zu gelangen. Da Ihre Analyse Basis für den sich anschließenden Gedichtvergleich ist, empfiehlt es sich, schon zu Beginn auch das zweite Gedicht im Blick zu haben, um unter Umständen erste Unterschiede wahrnehmen zu können.*

Wie gehe ich bei der Bearbeitung der Aufgabe sinnvollerweise vor?
Da der zugrunde liegende Operator komplexe Interpretationsleistungen erfordert, sollten Sie sich zunächst bewusst machen, welche Aspekte bei einer Gedichtanalyse beachtet werden sollten und wie sie miteinander zusammenhängen können. Lesen Sie dann das Lenau-Gedicht und notieren Sie Ihre ersten Eindrücke. Beim zweiten Lesen ***markieren*** *und* ***unterstreichen*** *Sie* ***wichtige Stellen*** *und* ***notieren*** *am Rand oder im Text* ***relevante Beobachtungen*** *– und zwar jeweils den zu untersuchenden Aspekten entsprechend. Bevor Sie Ihre Untersuchungsergebnisse in der schriftlichen Analyse darlegen, vergegenwärtigen Sie sich am besten noch einmal die im Unterricht erlernten Möglichkeiten, eine Textanalyse zu strukturieren – so haben Sie eine gute Basis, um eine in sich schlüssige und kohärente Deutung verfassen zu können.*

Wie kann ich meinen Aufsatz strukturieren?
Beginnen Sie mit einer ***Einleitung****, in der Sie wichtige Informationen (Autor, Textsorte, Titel und Erscheinungsjahr) sowie zur ersten Orientierung die Thematik des Gedichtes angeben. Im* ***Hauptteil*** *sollten Sie systematisch Ihre Untersuchungsergebnisse darlegen. Entscheiden Sie sich, ob Sie linear vorgehen wollen, d. h. die relevanten Aspekte in* <u>*einem*</u> *Textdurchgang abhandeln wollen, oder ob Sie diese Aspekte (also z. B. die sprachlichen Mittel etc.) in einem je eigenen Teil untersuchen wollen. Im* ***Schlussteil*** *können Sie dann zu einem Fazit im Sinne einer reflektierten Gesamtdeutung gelangen.*

Was gibt es bei dieser Aufgabe sonst noch zu beachten?
Eine besonders gute Leistung liefern Sie ab, wenn Sie das Gedicht in seine literarische Epoche einordnen. Einen solchen Bezug können Sie aber auch erst in Teilaufgabe 2 herstellen, z. B. in der Überleitung zu Domins Gedicht oder aber nach dem Gedichtvergleich im Schlussteil.

Lösungsvorschlag

Einleitung
Grundinformationen zum Gedicht und seine Thematik

Nikolaus Lenau zeigt in seinem Gedicht „Wandel der Sehnsucht", das er 1833/34 nach seiner Rückkehr aus den USA nach Europa verfasste, ein lyrisches Ich, dessen **herbeigesehnte Heimkunft** aus der Ferne zur **Enttäuschung** gerät.

Hauptteil
Sprechsituation

Rückblickend betrachtet das lyrische Ich seine Gefühlsveränderung: von der Sehnsucht über die erste Freude bei der Ankunft bis hin zur **desillusionierenden Wiederbegegnung** mit einem angesprochenen Du, die in ihm den Wunsch weckt, zurück in die weite Welt zu flüchten. Trotz der Du-Ansprache wirkt das Gedicht eher **wie ein innerer Monolog:** Es ist mehr eine Auseinandersetzung mit den eigenen Empfindungen als mit einem Gegenüber.

Inhalt

In den fünf Strophen des Gedichtes kann der Leser den **Wandel in der Stimmungslage** des lyrischen Ichs mitverfolgen. Die **erste Strophe** drückt die **sehnsuchtsvolle Erwartung** des lyrischen Ichs aus, nach langer Zeit in die Heimat zurückzukehren. In der **zweiten Strophe** wird die **Freude bei der Ankunft** deutlich, der Anblick der Landschaft weckt Jugenderinnerungen. Die **dritte Strophe** stellt eindrücklich dar, welch **euphorisierende Wirkung** die **heimatliche Natur** – der Vogelgesang und sogar die Steine – auf das lyrische Ich hat. Doch die **vierte Strophe** schildert die **große Enttäuschung** beim schicksalhaften Wiedersehen mit dem geliebten Menschen, der sich offenbar weder freut noch diese Liebe erwidert. Diesen **Wandel von großer Freude hin zu schmerzlichem Kummer** betrachtet das lyrische Ich im Rückblick, erkennbar am Gebrauch des Präteritums. In der **fünften Strophe** wird – nun im Präsens – die Reaktion auf diese veränderte Gefühlslage gezeigt: Die **Sehnsucht kehrt sich um** – das lyrische Ich möchte sich einsam in die Ferne flüchten, sich umhertreiben lassen, nur mit dem Bild des geliebten Menschen im Herzen.

Form

Zu dieser aufgewühlten Gefühlslage steht der so regelmäßige **Strophenaufbau** im **Kontrast**. Alle **fünf Strophen** des Gedichtes bestehen aus **vier Versen**, die sich jeweils paarweise reimen und einen **regelmäßigen fünfhebigen Trochäus** aufweisen. Die beiden ersten Verse enden jeweils mit männlichen Kadenzen, sind also um eine Senkung verkürzt. Der dritte und der vierte Vers der Strophen weisen jeweils weibliche Kadenzen auf und sind häufig von Enjambements geprägt. Der offensichtliche **Kontrast** zwischen hochemotionalem Inhalt, nämlich der Ruhe- und Heimatlosigkeit des lyrischen Ichs, und der nahezu beruhigend wirkenden äußeren Form des Gedichts erzeugt eine **gewisse Spannung**.

Syntaktische Gestaltungsmittel

Sehr lebendig und authentisch vermitteln die **syntaktischen und sprachlichen Gestaltungsmittel** den sich ändernden Gemütszustand des lyrischen Ichs. Es fällt die ungewöhnliche Satzstellung auf, bei der wiederholt **adverbiale Bestimmungen vorangestellt** sind, um **Seelenzustand und Aktivitäten** des lyrischen Ichs besonders zu **betonen**. So unterstreichen die Versanfänge „Endlich“ (V. 5), „Jubelnd sprang ich“ (V. 6), „Hold und süßverwandt“ (V. 9), „Gerne […]/ Hätt' ich“ (V. 11 f.) die ganze **Freude und Begeisterung** bei seiner Rückkehr in die Heimat. Das adversative „Doch“ (V. 13) markiert dann – auch in Verbindung mit dem gleich folgenden Gedankenstrich – überdeutlich den Einschnitt, den die Wiederbegegnung mit dem geliebten Du bedeutet. Die **Interjektion** „O wie“ (V. 2, 17) bekräftigt sowohl die **sehnsuchtsvolle Erwartung** bei der Heimfahrt als auch die **ganze Resignation** und den **Wunsch nach Einsamkeit** den das desillusionierende Wiedersehen im lyrischen Ich weckt. Durch den **nahezu identischen Wortlaut der Ausrufe** in Vers 2 und 17, in denen lediglich das Tempus verändert und „zurück“ durch „hinaus“ ersetzt ist, wirken die erste und die letzte Strophe wie eine Art **Rahmen**, der die Veränderung der Gefühlslage des lyrischen Ichs umschließt. Die Wiederholung der Fügung bei veränderter Aussage – Sehnsucht nach Heimat zu Beginn, nach der weiten Welt am Ende – hebt die **Umkehrung der Sehnsucht** hervor. Gleich zwei Ausrufezeichen betonen hier die Intensität der Empfindungen (V. 18, 20).

Sprachliche Gestaltungsmittel

Die **Fügung** „der weiten, fremden Meereswüste“ (V. 3) macht ganz deutlich, wie **verloren** das lyrische Ich sich auf der Heimfahrt fühlte: Die **Adjektive** und die **Metapher** „Wüste“ wecken die Vorstellung einer unendlichen Einöde. Die **parallele Wortstellung** von Vers 3 und 4 akzentuiert dann den Gegensatz zur herbeigesehnten „Heimatküste“ (V. 4). Dementsprechend fühlt sich das lyrische Ich dort **begrüßt**. Diesen Eindruck vermitteln die **Personifikationen** – „Endlich winkte das ersehnte Land“ (V. 5) und „Grüßten mich die heimatlichen Bäume“ (V. 8). Dass es das lyrische Ich trotz dieser positiven Eindrücke am Ende wieder hinaus in die Ferne zieht, die zudem auch hier keine positiven Assoziationen weckt (vgl. „das dumpfe Flutgebraus“, „wilden Meeren“, V. 18 f.), unterstreicht, wie **bitter seine Liebesenttäuschung** gewesen sein muss. Die innere Spannung, der das lyrische Ich ausgesetzt ist, spiegelt sich auch in der Entgegensetzung semantischer Felder wie „fremd“ und „lieb“ (vgl. V. 3 f.), „Schmerz“ und „Herz“ (vgl. V. 11 f.) sowie „Tod“ und „Freude“ (V. 13 f.) wider. Besonders **ausdrucksstark** sind in diesem Gedicht die **Adjektive** und vor allem die **Neologismen**. Gewöhnliche Worte scheinen nicht mehr auszureichen, um die so starken Empfindungen zu vermitteln. Die Fügungen „wiedergrüne Jugendträume“ (V. 7) und „süßverwandt“ (V. 9) zeugen von der **Euphorie** bei der Rückkehr in die Heimat, das Schlüsselwort „todesschwank“ (V. 13) von der zutiefst **enttäuschenden Wiederbegegnung**.

In dem Wunsch, „auf den wilden Meeren / Einsam nur mit deinem Bild [zu] verkehren" (V. 19 f.), darf der Lesende dabei eine **Abkehr von der Realität** mitlesen: Die Liebe (vgl. V. 15 f.) des lyrischen Ichs richtet sich nicht mehr auf die reale Person, sondern auf ein Bild, eine Vorstellung von ihr – eine realitätsabgewandte Verinnerlichung der Liebe.

Schluss
Abschließende Deutung

Somit lässt sich abschließend festhalten, dass Lenaus Gedicht „Wandel der Sehnsucht" auf eindrückliche Weise die **sich verändernde Einstellung des lyrischen Ichs seiner Heimat gegenüber** veranschaulicht. Die positive Erwartung bei der Rückkehr in die Heimat, nach der es sich so gesehnt hatte, schlägt durch das Wiedersehen mit dem geliebten Du und die damit verbundene tiefe Enttäuschung in den Wunsch nach unwiderruflicher **Abkehr von der Heimat** um: Sie wird zur **Sehnsucht nach der Ferne**. Die unerfüllte Liebe treibt das lyrische Ich hinaus, das **rastlose Unterwegs-Sein** in der Fremde wird zu der Lebensform, die es angesichts der Liebesenttäuschung favorisiert – und an die Stelle der in der Wirklichkeit nicht möglichen Liebe tritt die illusionäre Liebe zu einem Bild, zu einer Vorstellung.

Teilaufgabe 2

Hinweise und Tipps

Was verlangt die Aufgabenstellung von mir?
*Die zweite Teilaufgabe enthält zwei Arbeitsaufträge. Sie fordert von Ihnen zunächst die **Analyse** des Gedichts von Hilde Domin, allerdings lediglich in **Grundzügen**. Auch hier müssen Sie daher den Inhalt, die formale und die sprachlich-stilistische Gestaltung untersuchen – allerdings nicht in der Ausführlichkeit wie beim ersten Gedicht. Der anschließende **Vergleichsauftrag** gibt **zwei Aspekte** vor: das **Unterwegs-Sein** und die **Bedeutung von Heimat**. Die Aufgabe enthält also zwei Schwerpunkte, die Sie unbedingt beachten sollen.*

Wie gehe ich bei der Bearbeitung der Aufgabe sinnvollerweise vor?
*Die Vorgehensweise unterscheidet sich hier zunächst kaum von der in der ersten Teilaufgabe. Wieder ist es sinnvoll, zunächst die ersten Eindrücke zu **notieren** und im Text sodann zu **markieren**, zu **unterstreichen** und zu **kommentieren**, was Ihnen **für die Analyse bedeutsam** erscheint. Denken Sie daran, dass das Gedicht lediglich in Grundzügen analysiert werden soll – versuchen Sie daher, die **wichtigsten Aspekte herauszufiltern**, um sie dann beim Ausformulieren in geraffter Form darlegen zu können.*
*Im Hinblick auf den geforderten **Vergleich** ist es ratsam, stichpunktartig **Unterschiede und Gemeinsamkeiten** hinsichtlich des Unterwegs-Seins und der Bedeutung von Heimat zu vermerken – z. B. in einer kleinen Tabelle. Gliedern Sie Ihre Notizen, bevor Sie Ihre Untersuchungsergebnisse ausformulieren.*

Wie kann ich meinen Aufsatz strukturieren?
*Beginnen Sie mit einer **aufgabenbezogenen Überleitung**, in der Sie am besten das beide Gedichte verbindende **Motiv des Unterwegs-Seins** aufgreifen, aber auch **Hilde Domins Gedicht** mit den erforderlichen Informationen (Textsorte, Autor, Titel, Entstehungszeit) **vorstellen**. Für den **Hauptteil** gibt die Aufgabenstellung bereits die Grobstruktur vor: zunächst die **Analyse**, dann der **Vergleich**. Um die Analyse nicht ausufern zu lassen, ist es bei diesem Gedicht ratsam, die Inhalts- und die Sprachuntersuchung miteinander zu verbinden und auch wirklich nur auf die zentralen Gesichtspunkte einzugehen.*
*Beim Gedichtvergleich müssen Sie entscheiden, ob Sie **blockbildend** verfahren, also zunächst noch einmal auf das erste Gedicht eingehen, um diesem dann das zweite gegenüberzustellen, oder ob Sie an geeigneten Stellen **zwischen den Gedichten hin und her wechseln**. Das erstgenannte Vorgehen birgt die Gefahr der Wiederholung, weshalb der unten stehende Lösungsvorschlag der anderen Struktur folgt.*

Was gibt es bei dieser Aufgabe sonst noch zu beachten?
Da hier eine Analyse und ein Gedichtvergleich gefordert sind, ist es besonders wichtig, konzentriert und zielgerichtet zu arbeiten, um pointiert die Unterschiede beider Gedichte herausstellen zu können. Der Rückgriff auf Untersuchungsergebnisse der ersten Teilaufgabe sollte dabei nicht zu bloßen Wiederholungen führen. Denken Sie auch daran, Ihre Ergebnisse der einzelnen Arbeitsschritte schlüssig miteinander zu verbinden.

Lösungsvorschlag

Aufgabenbezogene Überleitung
Grundinformationen zu Domins Gedicht und thematische Parallele zu Lenaus Gedicht

Das 1959 erstmals veröffentlichte Gedicht „Ziehende Landschaft“ verfasste Hilde Domin im Jahre 1955, und zwar, wie Lenau auch, nach ihrer Rückkehr nach Deutschland. Es thematisiert die Frage, wie der Mensch auch **in der Fremde ein Gefühl der Heimat** entwickeln kann. Auch wenn beide Gedichte das Thema des „Unterwegs-Seins“ verbindet, so zeigt das Domin-Gedicht doch eine ganz andere, eher **reflektierende Haltung** gegenüber **der Nähe und Ferne**.

Hauptteil (Teil 1) – Analyse
Form

Das Gedicht besteht aus einem Textblock mit zwei Sätzen; auf ein Versmaß und Reime wird verzichtet. Die **freien Verse** und die prosanahe Syntax stützen den reflektierenden Ton des Textes. Gleichwohl wird das Gedicht durch die Zeilenumbrüche, die in fast allen Fällen mit dem Abschluss einer syntaktischen Einheit zusammenfallen, durch Anaphern (z. B. „Man“, V. 1, 5; „bis“, V. 6, 8) und Reihungen (vgl. „und“, V. 7, 11, 13) strukturiert und rhythmisiert.

Sprechsituation, Inhalt und sprachlich-stilistische Gestaltung

In diesem Gedicht tritt **kein lyrisches Ich** konkret in Erscheinung – der Sprechgestus ist **verallgemeinernd**, wie unter anderem das unspezifische „Man“ (V. 1, 5) und das Pronomen „wir“/„uns“ (V. 4, 7, 11, 13) zeigen. Die allgemeine Perspektive verdeutlicht schon der erste Satz, der eine Art Lebensweisheit verkündet: Wer seine Heimat verlässt, sollte – so lässt sich der **erweiterte Vergleich** mit einem Baum (vgl. V. 2–4) deuten – sich eine feste und **tiefe Verwurzelung** mit seiner Heimat bewahren und eine **innere, persönliche Stärke** haben, ohne die ein Ankommen an einem neuen Ort nicht gelingen kann.

Der zweite Satz bringt zum Ausdruck, wie dieses Ankommen genauer gelingen kann. Seine Länge spiegelt dabei die Dauer des Prozesses wider. In **einfachen Bildern** und mit **verknappter Sprache** macht Domin deutlich, worauf es ankommt: Der Teilsatz „Man muß den Atem anhalten, / bis der Wind nachläßt" (V. 5 f.) setzt die **notwendige Geduld und das Durchhaltevermögen** ins Bild, die es ermöglichen, den Gegenwind unterwegs und in der Fremde auszuhalten, bis man ihn nicht mehr als Gegenwind wahrnimmt. Dann – so suggeriert das Gedicht – könne man im Fremden „die alten Muster" (V. 10), also das **Bekannte und Vertraute**, sehen. Dabei könnten die Fügungen „Licht und Schatten" (V. 8) und „Grün und Blau" (V. 9) für grundsätzliche Lebensvoraussetzungen (Tag und Nacht, Landschaften und Gewässer) stehen, die eine **Neu-Verortung** auch in der Fremde (V. 11 f.: „zuhause sind, / wo es auch sei") erlauben. Mit der Zeit werde es so möglich, irgendwann zur Ruhe zu kommen: „niedersitzen können und uns anlehnen, / als sei es an das Grab / unserer Mutter" (V. 13 ff.). Die Mutter erscheint an dieser Stelle wie der Inbegriff von **Heimat, Herkunft und Geborgenheit**, der Begriff des Grabes allerdings vermittelt den Eindruck, dass das Ankommen vom bleibenden Gefühl eines **Verlusts** begleitet wird.

Fazit aus Analyse

Das Gedicht beschreibt also die Bedingung dafür, dass man **in der Fremde heimisch** werden kann: eine von der **Verwurzelung** in der Heimat genährte **persönliche Stärke** und ein **geduldiges Vertrauen** darauf, dass sich im Fremden irgendwann das Bekannte offenbaren wird.

Biografische Lesart

Berücksichtigt man die Biografie von Hilde Domin, die vor den Nationalsozialisten ins Ausland fliehen musste, darf man dieses Gedicht als **Verarbeitung der Exilerfahrung** der Autorin verstehen.

Hauptteil (Teil 2) – Vergleich

Die beiden so unterschiedlichen Gedichte lassen sich vor allem unter dem **Aspekt des Unterwegs-Seins** und der damit verbundenen **Bedeutung von Heimat** miteinander vergleichen. Die Motive für die Reise und die Art des Ankommens sind zwar recht unterschiedlich, der Wunsch und die **Sehnsucht nach dem Vertrauten**, nach einer **inneren Heimat** und damit **verbundener Geborgenheit** allerdings finden sich in beiden Gedichten.

Zentrale Deutungsaspekte bei Lenau

In Lenaus Gedicht erlebt ein explizit in Erscheinung tretendes lyrisches Ich seine Rückkehr in die **ersehnte Heimat** zunächst mit Euphorie, doch die **unerwiderte Liebe desillusioniert** den Ankommenden so sehr, dass er erneut in die Fremde aufbrechen will, um sich einsam und allein umhertreiben zu lassen. So sehr es sich auch nach der Heimat sehnte und so sehr es sich an der **heimischen Natur** begeistert, so sehr möchte es sie nur noch hinter sich lassen und sehnt sich aufgrund seiner unerfüllten Liebe **in die Welt hinaus**. Auf diesen Umschwung von der Sehnsucht nach der Heimat hin zur Sehnsucht in die Ferne weist schon der Titel „Wandel der Sehnsucht" voraus.

Zentrale Deutungsaspekte bei Domin mit vergleichenden Bezügen zu Lenau

In Domins Gedicht dagegen erlebt nicht ein einzelnes Wesen ganz subjektiv den Verlust von Heimat – vielmehr wird in Form einer **verallgemeinernden und reflektierenden** Betrachtung dargelegt, wie es gelingen kann, sich in der Fremde zu Hause zu fühlen. Dem **scheiternden Ankommen in der Heimat** bei Lenau steht insofern bei Domin das **gelingende Ankommen in der Fremde** gegenüber. Das Unterwegs-Sein ist bei ihr mit einem längeren Prozess verbunden, in dem der Mensch **im Fremden das Vertraute zu erkennen lernt**, um eine neue (innere) Heimat finden zu können. Voraussetzung dafür ist die Haltung desjenigen, der weggeht: Verwurzelung, innere Stärke und Geduld sind entscheidend für das gelingende Ankommen, sodass am Ende die Spannung von Vertrautem und Unvertrautem aufgelöst und der Gegensatz von Heimat und Fremde aufgehoben ist. Insofern verändert sich vielleicht die Landschaft (vgl. Titel „Ziehende Landschaft"), aber im Bewusstsein der eigenen Verwurzelung kann **der Mensch stabil bleiben** und sich so auch **woanders heimisch fühlen**.

Dem lyrischen Ich in Lenaus Gedicht ist diese Erfahrung verwehrt. Das **Unterwegs-Sein** wird als **Fremdsein** empfunden. Der angestrebte Aufbruch ist dabei eine Art Flucht – eine **Flucht vor der Realität einer unerfüllten Liebe**. In Domins Text bleibt der Grund für den Aufbruch im Dunkeln – liest man ihn jedoch biografisch, dann darf man auch hier von einer Flucht ausgehen, allerdings einer **Flucht vor den politischen Umständen**.

Schluss

Literaturhistorische Einordnung

Während also Domins Gedicht der **Nachkriegslyrik** zuzurechnen ist und den Schwerpunkt auf die **Exilerfahrungen** legt, vereint Lenau in seinem Gedicht **Natur- und Liebeslyrik**, sprachlich ganz im Stil der **Spätromantik**. Insofern weisen beiden Gedichte eine starke Bindung an den jeweiligen (literatur-)historischen Kontext auf.

Grundkurs Deutsch (Nordrhein-Westfalen): Abiturprüfung 2021
Analyse eines literarischen Textes mit weiterführendem Schreibauftrag

Materialgrundlage

Ludwig Uhland: Reisen. In: Ders.: Gedichte und Reden. Eingeleitet und hrsg. von Hermann Bausinger. Tübingen: Klöpfer und Meyer 2010, S. 66 f.
Novalis: Blüthenstaub. Auszug aus Fragment Nr. 16. In: Ders.: Werke, Tagebücher und Briefe Friedrich von Hardenbergs. Hrsg. von Hans-Joachim Mähl und Richard Samuel. Bd. 2. München: Hanser 1978, S. 233

Aufgaben

Punkte

1. Analysieren Sie das Gedicht „Reisen" von Ludwig Uhland. Berücksichtigen Sie dabei insbesondere die Bedeutung des Verhältnisses von Innen- und Außenwelt. 42
2. Der Schriftsteller der Frühromantik Novalis (1772–1801) schreibt:

   „Wir träumen von Reisen durch das Weltall: ist denn das Weltall nicht in uns? Die Tiefen unseres Geistes kennen wir nicht. – Nach Innen geht der geheimnißvolle Weg."

   Erläutern Sie das Zitat von Novalis. Setzen Sie seine Gedanken im Hinblick auf das Verhältnis von Innen- und Außenwelt zu Uhlands Gedicht in Beziehung. Erläutern Sie, inwiefern sich im Gedicht und im Zitat unterschiedliche Arten des „Unterwegsseins" zeigen. 30

Zugelassene Hilfsmittel:
– Wörterbuch zur deutschen Rechtschreibung

Ludwig Uhland
Reisen (1834)

Reisen soll ich, Freunde! reisen,
Lüften soll ich mir die Brust?
Aus des Tagwerks[1] engen Gleisen
Lockt ihr mich zu Wanderlust?
Und doch hab ich tiefer eben
In die Heimat mich versenkt,
Fühle mich, ihr hingegeben,
Freier, reicher, als ihr denkt.

Nie erschöpf ich diese Wege,
Nie ergründ ich dieses Tal,
Und die altbetretnen Stege
Rühren neu mich jedes Mal;
Öfters, wenn ich selbst mir sage,
Wie der Pfad doch einsam sei,
Streifen hier am lichten Tage
Teure Schatten mir vorbei.

Wann[2] die Sonne fährt von hinnen,
Kennt mein Herz noch keine Ruh,
Eilt mit ihr von Bergeszinnen[3]
Fabelhaften Inseln zu;
Tauchen dann hervor die Sterne,
Drängt es mächtig mich hinan,
Und in immer tiefre Ferne
Zieh ich helle Götterbahn[4].

Alt' und neue Jugendträume,
Zukunft und Vergangenheit,
Uferlose Himmelsräume
Sind mir stündlich hier bereit.
Darum, Freunde! will ich reisen;
Weiset Straße mir und Ziel!
In der Heimat stillen Kreisen
Schwärmt[5] das Herz doch allzu viel.

Quelle: Ludwig Uhland: Reisen. In: Ders.: Gedichte und Reden. Eingeleitet und hrsg. von Hermann Bausinger. Tübingen: Klöpfer und Meyer 2010, S. 66 f.

Anmerkungen:
1 *Tagwerk:* hier: die innerhalb eines Tages zu erledigende Arbeit, die an einem Tag zu erfüllenden Aufgaben
2 *Wann:* wenn
3 *Zinne:* Felszacke, Spitze eines Berges im Hochgebirge
4 *Götterbahn:* Weg der Götter in einem den Menschen eigentlich nicht zugänglichen Raum
5 *schwärmen:* sich für jemanden oder etwas – mitunter wirklichkeitsfern – begeistern

Anmerkung zum Autor:
Johann Ludwig Uhland (1787–1862) war ein deutscher Dichter, Jurist und Politiker.

Teilaufgabe 1

Hinweise und Tipps

Welche Aufgabenart liegt vor und wie sind die Teilaufgaben gewichtet?
*Die vorliegende Abituraufgabe entspricht dem **Aufgabentyp I a, der Analyse eines literarischen Textes mit weiterführendem Schreibauftrag**. Die erste Teilaufgabe, die eigentliche Gedichtanalyse, geht mit 42 Punkten in die Bewertung ein, für die zweite Aufgabe können Sie bis zu 30 Punkte erzielen.*

Was verlangt die Aufgabenstellung von mir?
*Die Aufgabe zielt auf eine **intensive Auseinandersetzung** mit dem Gedicht „Reisen" von Ludwig Uhland ab. Der komplexe Operator „Analysieren" verlangt hier, dass Sie ein Ihnen wahrscheinlich unbekanntes Gedicht erschließen und interpretieren. Dabei müssen Sie sowohl die **formalsprachliche Gestaltung** als auch den **Inhalt** analysieren, um auf dieser Basis zu einer schlüssigen Deutung zu gelangen. Eine Konkretisierung in der Aufgabenstellung weist Sie darauf hin, dass Sie bei Ihrer Analyse einen Fokus auf das **Verhältnis von Innen- und Außenwelt** legen müssen.*

Wie gehe ich bei der Bearbeitung der Aufgabe sinnvollerweise vor?
*Lesen Sie das Gedicht aufmerksam durch und lassen Sie es auf sich wirken. Notieren Sie bereits erste Eindrücke und Gedanken. Beim erneuten Lesen sollten Sie **prägnante Verse und Textstellen markieren** und **sprachliche Mittel unterstreichen**. Verschaffen Sie sich einen Überblick, indem Sie sich mit den einzelnen Strophen auseinandersetzen: Gehen Sie das Gedicht chronologisch durch und machen Sie sich den Inhalt der jeweiligen Strophe bewusst. Daran anknüpfend können Sie eine sinnvolle Einteilung in **Sinnabschnitte** vornehmen. Lassen Sie sich dabei u. a. von folgenden Fragen leiten: Welche Bedeutung hat das Thema „Reisen" für das lyrische Ich? Welche inhaltlichen **Schwerpunkte** lassen sich den einzelnen Strophen zuordnen? Welchen **Entwicklungsprozess** durchläuft das lyrische Ich innerhalb des Gedichts? Was veranlasst es dazu, sich am Ende für den Aufbruch zu entschließen? Markieren Sie mit zwei verschiedenfarbigen Stiften einerseits diejenigen Passagen oder Wendungen, die sich auf äußere Erlebnisse des lyrischen Ich beziehen, bzw. solche, die sich eher seiner Innenwelt, also seinen Gedanken und Gefühlen zuordnen lassen.*

Wie kann ich meinen Aufsatz strukturieren?
*Beginnen Sie Ihren Text mit einer **Einleitung**, in der Sie wesentliche Informationen zum Gedicht präsentieren: Autor, Titel, Gattung, Entstehungsjahr sowie das Thema. Es bietet sich an, nach einer kurzen Zusammenfassung des Inhalts den Aufbau und die formale Gestaltung zu beleuchten. Dass das lyrische Ich eine Entwicklung vollzieht, lässt sich dann im **Hauptteil** am besten mit einem chronologischen Durchgang herausarbeiten, bei dem Sie Strophe für Strophe die **Verbindung zwischen Inhalt und sprachlicher bzw. formaler Gestaltung** untersuchen. Benennen Sie die jeweiligen rhetorischen Mittel nicht nur, sondern zeigen Sie auch ihre Funktion auf. Ihre Aussagen sollten Sie immer am Text durch direkte Zitate oder Verweise belegen. Am **Schluss** der Analyse können Sie noch einmal zusammenfassen, wie Innen- und Außenwelt aufeinander bezogen sind und inwiefern es mit dem Entschluss zur Reise der Außenwelt den Vorzug gibt.*

Lösungsvorschlag

Das Gedicht *Reisen* von Ludwig Uhland, das im Jahr 1834 verfasst wurde, befasst sich mit dem Themenkomplex „Reisen und Unterwegssein“. Dabei stellt es der Heimatverbundenheit das Reisen in die Ferne und die jeweils damit einhergehenden Gefühle gegenüber.

Einleitung

Autor, Titel, Gattung, Entstehungsjahr, Thema

Ein lyrisches Ich wird mit der **Verlockung des Reisens** konfrontiert. Es reagiert zunächst **skeptisch** und ablehnend auf den Appell seiner Freunde, sich auf eine Reise zu begeben. Im Verlauf des Gedichtes überdenkt es seine Einstellung und Gefühle. Zwar wird die starke Verbundenheit zur Heimat deutlich, doch entwickelt sich zunehmend eine Sehnsucht nach **Überschreitung des Bekannten**. Während das lyrische Ich anfangs der Auffassung ist, dass die Heimat der Ort sei, an dem man dauerhaft glücklich sein könne, gelangt es schließlich zu der **Erkenntnis**, dass es sich zu Hause nur der Schwärmerei hingebe und es stattdessen neue Erfahrungen in der Ferne machen möchte. Am Ende des Gedichtes fasst das lyrische Ich den **Entschluss, aufzubrechen** und die Heimat zu verlassen.

Hauptteil

Interpretation des Gedichts

Kurze Zusammenfassung des Inhalts

Das Gedicht ist in vier Strophen mit jeweils acht Versen strukturiert, die durch einen regelmäßigen **Kreuzreim** verbunden sind. Das Metrum ist ein vierhebiger **Trochäus**. Die Verse enden alternierend mit weiblichen und männlichen Kadenzen und haben dementsprechend abwechselnd sieben und acht Silben. Durch die regelmäßige Strophenform und die einfache, stilisierte Sprache wird die Nähe zum **Volkslied** deutlich. Der klaren äußeren Form entspricht der gut verständliche Inhalt.

Aufbau und Form

Der Zwiespalt des lyrischen Ich wird auch durch ein Gleichgewicht der formalen Struktur erkennbar: Auf zwei Strophen, die das Daheimbleiben verteidigen, folgen zwei Strophen, die das Fernweh heraufbeschwören und in die Entscheidung zum Reisen münden.

Das Gedicht scheint Teil eines Gesprächs zu sein: Die **erste Strophe** beginnt mit zwei **Fragen**, mit denen das lyrische Ich auf eine Aufforderung seiner Dialogpartner reagiert. Das lyrische Ich „soll[e]“ reisen (V. 1) – das wiederholte Modalverb verrät, dass dieser Impuls nicht aus ihm selbst herauskommt. Es sind seine „**Freunde**“ (V. 1), die den Anstoß geben. Mit der Frage, ob sie das lyrische Ich „zu[r] Wanderlust“ (V. 4) locken würden, spricht das lyrische Ich die Freunde direkt an. Bei dieser Personengruppe könnten andere romantische Dichter der damaligen Zeit gemeint sein, welche die „Wanderlust“ (V. 4) vermitteln wollen und zum Verlassen des Heimatortes auffordern. Dem lyrischen Ich wird dazu geraten, aufzubrechen und sich die Brust zu lüften (vgl. V. 2). Diese metaphorische Formulierung verdeutlicht, dass eine Reise die Möglichkeit bietet, **neue Erfahrungen** zu sammeln, Platz für neue Gedanken zu schaffen sowie den eigenen **Horizont zu erweitern**. Dabei wird der Neologismus

Strophenweise Interpretation

1. Strophe: Appell der Freunde zum Reisen

„Wanderlust" kontrastiert mit „des Tagwerks engen Gleisen" (V. 3); die Metapher umschreibt aus Sicht der Freunde den **beschränkten Alltag**, der wie auf Schienen laufe und kein Ausscheren zulasse.

Zäsur: Gegenposition des lyrischen Ich

Auf diesen Appell der Freunde erfolgt jedoch eine **kritische Reaktion des lyrischen Ich**, das in den nächsten Versen **Motive für das Verweilen** in der Heimat nennt. Auf die beiden Fragen folgt somit die Gegenposition des Ich, was die erste Strophe in zwei Teile trennt. Eingeleitet wird seine Antwort mit einem adversativen „Und doch" (V. 5). Gerade jetzt habe es sich tief in seine angestammte Umgebung „versenkt" (V. 6), fühle sich also **fest verankert**. Das Partizip deutet darauf hin, dass es sich aktiv mit der Heimat beschäftigt hat. Das lyrische Ich hält somit seine gewachsene Heimatliebe der Aufforderung, loszuziehen, entgegen. Und es verteidigt seine Position damit, dass die **Heimat mehr Erfahrungen und mehr Reichtum** bereithalte und dass es sich dort „[f]reier" und „reicher" (V. 8) fühle, als die Freunde es für möglich halten würden. Dem Einwand, das alltägliche Dasein daheim bedeute Enge und Zwang (vgl. V. 3), widerspricht das lyrische Ich folglich.

2. Strophe: Lob der Heimat

Das Gefühl der **Heimatverbundenheit** ist auch das zentrale Thema der **zweiten Strophe**, mit der das lyrische Ich seine Argumentation weiter ausführt. Auch die Heimat biete die Möglichkeit, neue Orte zu erkunden und neue Erfahrungen zu machen (vgl. V. 9–12). Mit zwei anaphorisch einsetzenden Versen („Nie", V. 9 f.) beschreibt das lyrische Ich den **Reichtum seiner angestammten Umgebung**. So gebe es dort Wege und Täler, die es nie vollständig „ergründ[en]" (V. 10) könne. Für **positive Erinnerungen** stehen die „altbetretnen Stege" (V. 11), wobei das Adjektiv als Neologismus die wohlbekannten Orte heraufbeschwört. Während seiner Wanderungen durch die Heimat schöpft das lyrische Ich **Trost aus der Vertrautheit mit der Umgebung**. Selbst in einsamen Stunden fühlt es sich nicht verloren (vgl. V. 13–16), denn die Gedanken und Erinnerungen, die als „[t]eure Schatten" (V. 16) vorbeistreifen, erzeugen in ihm ein Gefühl von Sicherheit und **Geborgenheit**. Die Schatten am „lichten Tage" (V. 15) sorgen für einen **Hell-Dunkel-Kontrast**. Doch während in der Literatur das Motiv des personifizierten Schattens oft etwas Bedrohlich-Unheimliches hat und ans Schatten-, also Totenreich erinnern kann, ist es hier rein positiv als Quelle des Trostes gedeutet.

3. Strophe: aufkommendes Fernweh

In der **dritten Strophe** erfolgt ein **Umdenken**, denn das lyrische Ich räumt das Gefühl einer **inneren Unruhe** ein („Kennt mein Herz noch keine Ruh", V. 18). Mit der Abendstimmung („Sonne fährt von hinnen", V. 17) entsteht bei ihm eine zunehmende Sehnsucht nach der Ferne und nach Fantasiewelten (vgl. V. 20). Sein **Herz**, Inbegriff geheimer Wünsche, geht **mit der sinkenden Sonne auf Wanderschaft im Imaginären**, wobei ein Enjambement den Übergang **vom Realen ins Fantastische** formal widerspiegelt. Das lyrische Ich artikuliert hier eine **Entgrenzungserfahrung:** Beim Auftauchen der Sterne (vgl. V. 21) entflieht das lyrische Ich in eine „immer tiefre Ferne“ (V. 23), versinkt gleichsam in der Tiefe des Nachthimmels und wählt schließlich die „helle Götterbahn“ (V. 24). Dieser Neologismus spielt auf die Umlaufbahn der Sonne an und erinnert zudem an den Sonnenwagen aus der griechischen Mythologie, den nur der Gott Helios steuern konnte. Das Reisen erscheint so als geradezu **göttliches Vorrecht**. Die Freiheit der „Götterbahn“ wirkt wie ein Gegenentwurf zu „des Tagwerks engen Gleisen“ (V. 3). Eine unbestimmte Macht (vgl. V. 22) wirkt auf das lyrische Ich ein und zieht es „hinan“ (V. 22), also in die Höhe.

4. Strophe: Bereicherung durch Reisen und Entschluss aufzubrechen

Die **letzte Strophe** weitet die Möglichkeiten unbegrenzter Traumwelten hyperbolisch zu „[u]ferlose[n] Himmelsräume[n]“ (V. 27) aus. Das gedankliche Reisen verheißt eine **Steigerung der in der realen Welt möglichen Erfahrungen:** Nicht nur frühere, auch künftige Wünsche werden dadurch ermöglicht, was die chiastische Aufzählung „Alt’ und neue Jugendträume, / Zukunft und Vergangenheit“ (V. 25 f.) verdeutlicht. Dabei deutet die paradoxe Wendung, dass das (vermutlich schon ältere) Sprecher-Ich „neue Jugendträume“ erleben soll, auf die **Zeitenthobenheit** seiner Träume hin. Die Aussicht, sich in himmlische Orte zu verlieren sowie in raum-zeitlicher Hinsicht eine Entgrenzung zu erleben, wirkt zwar vage und abstrakt, doch wird sie vom **enthusiastischen** Ich als Begründung angeführt, warum es seine Meinung geändert hat (vgl. V. 25–28). Es schließt sich der Kreis zur **Gesprächssituation der ersten Strophe:** In einer direkten Ansprache an die „Freunde“ (V. 29) erfolgt der Ausruf des lyrischen Ich, dass es reisen wolle (vgl. V. 29). In seiner Begründung für diese Entscheidung wertet das Ich die von der Heimat ausgelöste **Selbsterweiterung ins Imaginäre**, die bisher in positivem Licht erschien, pointenhaft als **übermäßige Schwärmerei** („Schwärmt das Herz doch allzu viel“, V. 32) und als Gegenteil einer wahren Horizonterweiterung: Selbstkritisch scheint das Ich zu erkennen, dass das Bleiben einer **illusionsfördernden Selbstbeschränkung** gleichkommt. Es entscheidet sich daher für die **reale Erfahrung des Reisens** und fordert die Freunde mit einem Imperativ auf, das Reiseziel zu nennen, womit es seiner Offenheit und Bereitschaft Ausdruck verleiht (vgl. V. 30).

Schluss
Gesamtdeutung

Am Schluss erfolgt somit eine **Hinwendung zur Außenwelt:** Trotz seiner Heimatverbundenheit wird die **Reiselust** des lyrischen Ich geweckt: Das reale Unterwegssein in der heimischen Natur ist der Auslöser für **imaginäre Reisen**, und diese wiederum wecken die **Sehnsucht nach realen Reisen**. Trotz der Anrede der Freunde vollzieht sich dieser Erkenntnisprozess nicht im Dialog, sondern in einer **Selbstaussprache**. Die Sehnsucht ist schließlich übermächtig, sodass das Ich dem Bleiben und der damit verbundenen Schwärmerei eine Absage erteilt und losziehen möchte. Zwar verlangt es ein genaues Ziel und will offenbar auch dort ankommen. Wer aber die Romantiker kennt, weiß, dass ein „Ziel“ (V. 30) für sie nie endgültig sein kann, sondern dass der Weg das Ziel ist.

Teilaufgabe 2

Hinweise und Tipps

Was verlangt die Aufgabenstellung von mir?
Die zweite Teilaufgabe nennt mehrere Schritte, die Sie absolvieren müssen. Sie bietet Ihnen damit auch eine Hilfestellung, um Ihre Lösung zur strukturieren. Zunächst müssen Sie das ***Novalis-Zitat erläutern****, d. h. in Ihren eigenen Worten wiedergeben und seine Bedeutung aufzeigen, indem Sie zum Verständnis nötige Zusatzinformationen darlegen. Danach sollen Sie den* ***Bogen zu Uhlands Gedicht*** *schlagen: Die Aufgabe fordert Sie auf, das Zitat zum Gedicht in Beziehung zu setzen – und zwar hinsichtlich des jeweils deutlich werdenden* ***Verhältnisses von Innen- und Außenwelt****. Im Grunde läuft diese Arbeitsanweisung auf einen* ***Vergleich*** *hinaus, wie dieser Aspekt in dem Gedicht und in dem Novalis-Zitat dargestellt wird. Der letzte Arbeitsauftrag fügt dann (auch wenn der Operator „Erläutern“ verwendet wird) als weiteren Vergleichsaspekt die Frage hinzu, inwiefern sich die* ***Arten des „Unterwegsseins“*** *in den beiden Texten unterscheiden.*

Wie gehe ich bei der Bearbeitung der Aufgabe sinnvollerweise vor?
Das Zitat von Novalis ist kurz, aber komplex. Lesen Sie es mehrfach genau. Wählen Sie unbedingt ***eigene Worte****, um seine Aussage zu paraphrasieren. Suchen Sie* ***motivische Parallelen*** *zwischen der Aussage von Novalis und dem Gedicht: So kann man das „Weltall“ zu den „[u]ferlose[n] Himmelsräume[n]“ (V. 27) in Beziehung setzen oder die „Schatten“ (V. 16), die dem lyrischen Ich über den Weg laufen, dem „geheimnißvolle[n] Weg“ bei Novalis gegenüberstellen. Ein Konzeptblatt mit einer* ***tabellarischen Übersicht*** *eignet sich, um Parallelen und Unterschiede zwischen den beiden Texten darzustellen. Notieren Sie darauf, ob der jeweilige Text sich eher für Erfahrungen der Außen- oder solche der Innenwelt ausspricht. Mithilfe passender Zitate können Sie diese Einschätzung begründen. Gerade im Falle Uhlands sollten Sie differenziert vorgehen, da sich das lyrische Ich umentscheidet und seine anfängliche Position revidiert. Von zentraler Bedeutung ist hier das Verb „schwärmen“.*

Wie kann ich meinen Aufsatz strukturieren?
Mit einer kurzen ***Überleitung*** *sorgen Sie für einen organischen Übergang von Ihrer Gedichtanalyse zur Untersuchung des Zitats, dessen* ***Paraphrase und Deutung*** *Sie dann ausführen sollten. Nun können Sie die von* ***Novalis genannten Aspekte*** *mit* ***Uhlands Gedicht abgleichen****. Der folgende Lösungsvorschlag zeigt zunächst die Gemeinsamkeiten auf, bevor er dann den Blick auf die Unterschiede richtet. Die Formen des Unterwegsseins können Sie in einem eigenen Abschnitt thematisieren oder – um Wiederholungen zu vermeiden – bei dem Abgleich der beiden Texte mit einfließen*

lassen. Als Schluss bietet es sich an, die Texte als Dokument für den Anfang bzw. das Ende einer Epoche zu lesen: Als Uhland sein Gedicht schrieb, war der Frühromantiker Novalis bereits 33 Jahre tot.

Was gibt es bei dieser Aufgabe sonst noch zu beachten?
Wenn Sie sich im Unterricht eingehender mit der Frühromantik und Novalis beschäftigt haben, können Sie auf dieses Wissen zurückgreifen.

Lösungsvorschlag

Aufgabenbezogene Überleitung
Kurze Vorstellung des Vergleichstextes

Sehnsucht und Aufbruch sind zentrale Motive romantischer Dichtung. Ludwig Uhlands 1834 entstandenes Gedicht „Reisen" steht am Ende der Epoche und variiert die altbekannten Themen, die auch schon von dem **Frühromantiker Novalis** behandelt wurden. Dieser bestimmt im vorliegenden Zitat mit einer bildhaften Sprache das Ziel, das Reisen haben sollen. Er wendet sich gegen das landläufige Verständnis von einer Reise und greift **tiefenpsychologischen Erkenntnissen** vorweg. Im Folgenden soll seine Position erläutert und in Beziehung zu Uhlands Gedicht gesetzt werden.

Hauptteil
Erläuterung des Zitats von Novalis

Statt von einer Erkundung des Weltalls zu träumen, solle man sich vielmehr dem eigenen **Innenleben zuwenden**. Statt in die äußersten, kosmischen Dimensionen vorzustoßen, solle man sich in das tiefste Innere versenken. Novalis rät dazu, sich den unbekannten „Tiefen unseres Geistes" zu widmen und sich **mit dem Unbewussten auseinanderzusetzen**. Der von ihm aufgezeigte Weg gehört somit nicht zu einer realen, sondern zu einer **gedanklichen Reise** im Sinne einer Selbsterkundung. Gerade deshalb ist er „geheimnißvoll[]" und verspricht die Begegnung mit Unbekanntem und Neuem.

Innen- und Außenwelt sowie Arten des Unterwegsseins im Zitat von Novalis und in Uhlands Gedicht
Parallelen

Von einem In-sich-Versenken erzählt auch **Uhlands Gedicht**. Das lyrische Ich taucht auf zwei Arten in sein Inneres ab: Einerseits hängt es bei seinen einsamen Wanderungen in der Heimat seinen **Erinnerungen** an Orte und Menschen nach und trifft so auf die „Schatten" (V. 16) der Vergangenheit. Trotz der oft beschrittenen Wege wirkt die Heimat unergründbar und berührt das Ich stets aufs Neue emotional (vgl. V. 9–12). Die **Wanderungen** durch die Umgebung finden zwar tatsächlich und in der Natur statt, sie greifen zwar reale sinnliche Reize auf, doch scheinen sie die äußere Entsprechung zu dem von Novalis beschriebenen „geheimnißvollen[n] Weg" zu sein, da sie nicht nur eine äußere Form des Unterwegsseins darstellen, sondern auch eine **gedankliche Bewegung anstoßen**. Andererseits geht die innere Reise nicht nur in die Vergangenheit: Abends und nachts **träumt** sich das lyrische Ich auf „[f]abelhaft[e] Inseln" (V. 20) und begleitet in seiner Fantasie die Sonne auf ihrem Lauf. Dieses imaginäre Vordringen in „[u]ferlose Himmelsräume" (V. 27) und „in immer tiefre Ferne" (V. 23) korrespondiert mit dem „Reisen durch das Weltall", das laut Novalis nicht auf äußere Welten, sondern auf die menschliche Psyche abzielen müsse. Im inneren Weltall sind alle Zeiten, „Zukunft und Vergangenheit" (V. 26), zugleich gegenwärtig, sind dem lyrischen Ich bei seinem Ausschweifen **keine Grenzen** gesetzt.

Unterschiede

Auf den ersten Blick scheint Uhlands **Gedicht motivisch und inhaltlich an die Position des Frühromantikers anzuschließen**. Doch schon der Umstand, dass Uhland die **realen Wanderungen** durch die heimatliche Natur als **Auslöser** für die Erkundungen des Inneren ausgestaltet, steht im Kontrast zum **Zitat**, das die **vollkommene Konzentration** auf die **eigene Subjektivität** zu fordern und die **Außenwelt für irrelevant** zu halten scheint. Zudem vollzieht das Gedicht in der letzten Strophe eine überraschende **Kehrtwende**. Das Schwelgen in Erinnerungen sowie das nächtliche Abdriften in Fantasiewelten werden hier als **Schwärmereien** und ein Sich-im-Kreis-Drehen abgewertet (vgl. V. 31 f.). Die Unruhe des Herzens lässt sich nicht durch Traumreisen stillen; daher wendet sich das lyrische Ich von der Einsamkeit ab und einem Gegenüber, seinen Freunden, zu. Es will nicht länger nur sich selbst und seine Innenwelten erforschen, sondern drängt nun darauf, eine **reale Reise mit realen Erfahrungen** zu machen. Damit steht das Gedicht dem **Novalis-Zitat** entgegen, in dem das **Reisen in der wirklichen Welt für unnötig** erklärt wird, weil die wahren Geheimnisse, die es zu ergründen gelte, im Inneren lägen.

Fazit

Gedicht als Relativierung frühromantischer Position

Die **frühromantische Position**, dass die wahre Welt im eigenen Inneren zu finden sei und man da die Ganzheitlichkeit des Seins erleben könne, scheint für das lyrische Ich also nicht aufzugehen und **defizitär** zu sein. Ihm fehlt eine Ergänzung durch eine **tatsächliche Horizonterweiterung und soziale Kontakte**. Zum Erleben der Innenwelt muss auch das Erkunden der Außenwelt hinzukommen. So wirkt das spätromantische Gedicht wie eine **Korrektur der These von Novalis**, wie ein Nein zur ewigen Tagträumerei und wie ein Ja zum konkreten Reisen. Denn nur wer tatsächlich unterwegs ist, kann sich „die Brust [lüften]" (V. 2).

Grundkurs Deutsch (Nordrhein-Westfalen): Abiturprüfung 2022
Analyse eines Sachtextes mit weiterführendem Schreibauftrag

Materialgrundlage
Roland Kaehlbrandt: Logbuch Deutsch. Wie wir sprechen, wie wir schreiben. Frankfurt a. M.: Klostermann 2016, S. 141–144.

Aufgaben Punkte

1. Analysieren Sie den vorliegenden Text von Roland Kaehlbrandt. Berücksichtigen Sie dabei den Gedankengang und die wesentlichen Inhalte, die sprachlich-stilistische Gestaltung sowie die Intention des Textes. 38
2. Stellen Sie die Sprachvarietäten „Dialekt“, „Soziolekt“ und „Jugendsprache“ jeweils in Abgrenzung zur Standardsprache dar. Setzen Sie sich vor diesem Hintergrund mit Kaehlbrandts Position gegenüber Sprachnormen einerseits und „Kiezdeutsch“ sowie Jugendsprache andererseits abwägend auseinander. 34

Zugelassene Hilfsmittel:
– Wörterbuch zur deutschen Rechtschreibung

Roland Kaehlbrandt
Logbuch Deutsch. Wie wir sprechen, wie wir schreiben (Textauszug, 2016)

Sprachliche Abgrenzungsjargons brauchen eine wirkungsvolle Sprachkultur als Korrektiv[1] – schon allein, damit sie überhaupt Gelegenheit zur Reibung haben. Sie wollen ja gar nicht zur vorherrschenden Sprachform werden. Daran erinnert eine Szene aus einem Band der schweizerischen Vontobel-Stiftung[2] über die „Sprache der Jungen“. Die Autorin, Angelika Overath, berichtet, wie einmal ihre Mutter bei einem Besuch eines Freundes gesagt habe: „Das ist mir zu viel Action.“ Sie habe sich vor ihrem Freund zu Tode geschämt, schreibt Frau Overath. „Mit zwei Silben hatte meine Mutter eine ebenso geheime wie sichere Grenze überschritten“. Derartige Überschreitungen sind aber heute an der Tagesordnung. „Einfach nur geil“ findet ein führender Politiker das von seiner Partei erzielte Wahlergebnis, „total uncool“ findet eine Enddreißigerin mit Erziehungsverantwortung den letzten Tatort, mit „dick gut“ bewertet ein jung gebliebener Mittdreißiger sein neues Smartphone, „echt nice“ bestätigt seine etwa gleichaltrige Begleiterin. Kaum noch ist es den Jugendlichen möglich, sich der Anbiederung von Seiten der Erwachsenen zu erwehren. Wie sollen sie sich nur wirkungsvoll von ihnen unterscheiden? Und jetzt wird auch noch Zuwandererjugendlichen ihre sprachliche Besonderheit genommen, indem das sogenannte Kiezdeutsch zu einem „neuen Dialekt“ aufgewertet und mit professoralen Weihen versehen wird.

Kiezdeutsch ist eine Entdeckung der Sprachwissenschaftlerin Heike Wiese. Es ist eine griffige Bezeichnung für eine Jugendsprache, in der sich das Deutsche mit Einsprengseln aus Zuwanderersprachen mischt. Für denjenigen, der korrektes Deutsch spricht, ist die Fehlerhaftigkeit dieses Jugendslangs sofort erkennbar. So fehlen Präpositionen, etwa bei „Wir gehen Wörlitzer Park“ oder „Heute muss isch wieder Solarium gehen“[3] (wobei es schlimmere Verpflichtungen gibt). Das Deutsche gilt als eine stark von Präpositionen mit den zugehörigen Kasus geprägte Sprache. Auf die Präposition zu verzichten bedeutet eine große Regelverletzung. Heike Wiese wertet den Verzicht jedoch anders, sie verweist auf eine Analogie zur korrekten Kurzform „Da müssen Sie Jakob-Kaiser-Platz umsteigen“. Hierbei handelt es sich jedoch um eine kontextabhängige Sonderform der Verkürzung im öffentlichen Nahverkehr, während die diskutierte Unterdrückung von Präpositionen vielmehr auf türkischen Einfluss zurückzuführen ist. Andere Formen dieses grammatik-vermeidenden Slangs werden beschönigend als „grammatische Innovationen“ bezeichnet, wie z. B. „Isch frag mein Schwester“, „Lassma Kino gehen“, „Machst du rote Ampel!“ und „Danach ich ruf dich an.“ Die Autorin sieht darin Parallelen zu deutschen Dialekten, indem sie von der Sprachnorm abweichende dialektale Formen oder auch Formen des gesprochenen Deutsch mit dem Slang der Jugendlichen vergleicht.

Ausgesprochen witzig ist dabei ein belauschtes Gespräch in einem Kaufhaus, bei dem es um den Hut einer Kundin geht. Junge: „Das ist meiner Mutter sein Hut!“ Kassiererin: „Meiner Mutter ihr Hut!“ (zustimmendes Gemurmel in der Warteschlange). Immerhin kann man in meiner Mutter auch einen Genitiv erkennen, jedenfalls einen Kasus mit gebeugtem Personalpronomen, was in „Isch frag mein Schwester“ nicht der Fall ist. Kurzformen wie „Isch mach dich Messer“ sind doch nur in der Parallelität von inhaltlicher und sprachlicher Grobheit bemerkenswert. Warum muss man gleich zeigen wollen, „dass es hier nicht um einen Sprachmangel geht, sondern dass wir Zeuge einer faszinierenden neuen Entwicklung in unserer Sprache werden: die Entstehung eines neuen deutschen Dialekts.“ Abgesehen davon ist Jugendsprache kein Dialekt, weil letzterer regional begrenzt ist, sondern ein Soziolekt. Es ist eins, sich sprachwissenschaftlich mit den Formen eines Jugendslangs zu befassen, etwas anderes ist es, aus dem Gegenstand nun ein für die ganze Sprachgemeinschaft wegweisendes Faszinosum[4] zu machen. Zwischen dem Untergang der Sprachkultur durch Jugendsprachen und ihrer Aufwertung zu einem neuen Dialekt gibt es noch Raum für harmlosere Deutungen. Symptomatisch[5] an der Aufwertung des Kiezdeutsch ist wieder einmal die Umwertung der Norm: Nicht die Einhaltung der Norm und der Hinweis auf zwar jugendgeprägtes, aber doch fehlerhaftes Deutsch – wenn auch vielleicht gewollt fehlerhaftes Deutsch – ist die Aussage, sondern eben gerade umgekehrt: Hier entsteht vermeintlich eine neue Sprache, und indirekt täten wir gut daran, sie rechtzeitig als solche anzuerkennen, weil wir ja sonst das Schlimmste tun, was man tun kann: ausgrenzen.

Jugendsprachen hat es immer gegeben und wird es immer geben. Dass sie sich von der Sprache der Erwachsenen unterscheiden, macht sie aus. Deshalb ist Besorgnis in diesem Falle unberechtigt. Allerdings nützt es der Jugendsprache nicht, wenn man sie mit bester Absicht aus der Erwachsenenperspektive kulturell und linguistisch erhöht, denn das will sie gar nicht. Sie will nicht als ausformulierte Sprache anerkannt werden, sondern sie kommt gut damit zurecht, wenn Erwachsene mit Naserümpfen reagieren. Sie legt keinen Wert darauf, als sprachliche Innovation hoffähig gemacht zu werden. Insofern ist es gut gemeint, wenn Frau Wiese sich dafür stark macht, das „Kiezdeutsch“ als „systematische sprachliche Weiterentwicklung“ in den sprachlichen Olymp[6] zu befördern – in den es überhaupt nicht hineinwill. Ob es hinein soll, darf aber doch gefragt werden. „Ich geh Arzt", oder „lassma Viktoriapark gehen" ist im Kontrast zum Hochdeutsch markant und vielleicht auch witzig, muss aber keine Anregung für eine neue Norm sein. Interessant wäre die weitergehende Frage, ob die 10 Millionen Mitbürger, die zuhause kein Deutsch sprechen, durch die Allgegenwart und Einfachheit des Kiezdeutsch dem Vorbild der Normsprache so weit entrückt werden, dass sie in einer gesellschaftlichen und beruflichen Sackgasse landen.

Quelle: Roland Kaehlbrandt: Logbuch Deutsch. Wie wir sprechen, wie wir schreiben. Frankfurt a. M.: Klostermann 2016, S. 141–144

Anmerkungen:
1 *Korrektiv:* Konzept, das dazu dienen kann, einen unerwünschten Zustand zu korrigieren bzw. zu beseitigen.
2 *Vontobel-Stiftung:* Die gemeinnützige Schweizer Stiftung unterstützt u. a. medizinische Forschungsprojekte sowie Projekte in den Bereichen Heimat- und Kulturpflege und Naturschutz.
3 Diese und die folgenden Zitate entnimmt der Autor einer Publikation der Sprachwissenschaftlerin Heike Wiese. Aus Gründen der besseren Lesbarkeit wurden die Fußnoten, die sich im Originaltext finden, nicht übernommen.
4 *Faszinosum:* etwas, das jemanden auf geheimnisvolle Weise fasziniert, anzieht
5 *symptomatisch:* hier: typisch, bezeichnend
6 *Olymp:* höchstes Bergmassiv Griechenlands und in der griechischen Mythologie Wohnsitz der olympischen Götter

Anmerkung zum Autor:
Roland Kaehlbrandt (geb. 1953) ist ein deutscher Sprachwissenschaftler.

Teilaufgabe 1

Hinweise und Tipps

Welche Aufgabenart liegt vor und wie sind die Teilaufgaben gewichtet?
*Die vorliegende Abituraufgabe entspricht dem **Aufgabentyp II a, Analyse eines Sachtextes mit weiterführendem Schreibauftrag**. Die erste Teilaufgabe wird etwas stärker (38 Punkte) als die zweite Teilaufgabe (34 Punkte) gewichtet.*

Was verlangt die Aufgabenstellung von mir?
*Die erste Teilaufgabe beginnt mit einer **offenen Aufgabenstellung:** „Analysieren Sie den vorliegenden Text […]". Der übergeordnete Operator „Analysieren" verlangt **Texterfassung, Textbeschreibung und Textuntersuchung**. Der zweite Satz konkretisiert, welche Aspekte dabei zu berücksichtigen sind:*
- *der **Gedankengang und die wesentlichen Inhalte,***
- *die **sprachlich-stilistische Gestaltung**,*
- *die **Intention** des Textes.*

Wie gehe ich bei der Bearbeitung der Aufgabe sinnvollerweise vor?
*Lesen Sie den Text von Roland Kaehlbrandt mindestens zweimal durch. Im **ersten Lesedurchgang** gewinnen Sie zunächst ein **grundlegendes Textverständnis**. Beim **zweiten Lesedurchgang** erarbeiten Sie sich den Text mithilfe von **Markierungen** und*

Randnotizen. *Achten Sie darauf, nicht zu viel zu markieren, weil Ihre Textuntersuchung sonst schnell unübersichtlich werden kann.*
Da auf der inhaltlichen Ebene nicht nur eine reine Textwiedergabe, sondern auch die ***Beschreibung des Gedankengangs*** *gefordert ist, sollten Sie auch schon bei der Erarbeitung des Auszugs überlegen, welche Funktion einzelne Textteile im Zusammenhang haben. Dafür sind besonders gut* ***Randnotizen*** *geeignet. Vermerken Sie also am Rand strukturell-funktionale Begriffe wie „Ausgangsthese", „Beispiel", „Erklärung", „Beleg", „Positionierung", „Kritik", „Argument", „Begründung" etc.*
Die ***sprachlich-stilistische Gestaltung*** *(z. B. Fachwörter, Metaphern usw.) erarbeiten Sie am besten mithilfe von Markierungen in einer anderen Farbe.*
Als Vorarbeit für den Aufsatz ist es dann sinnvoll, die wichtigsten Entdeckungen geordnet auf einem separaten Blatt zu notieren.

Wie kann ich meinen Aufsatz strukturieren?
Beginnen Sie Ihre Analyse mit einer Einleitung, in der Sie ***Autor***, ***Titel***, ***Textsorte***, ***Thema*** *und* ***Publikationsjahr des Textes*** *nennen. Im Anschluss bietet es sich an, zunächst die* ***inhaltliche Ebene*** *– also den Gedankengang und die wesentlichen Inhalte – in den Blick zu nehmen, um sich dann den zentralen Merkmalen der* ***sprachlich-stilistischen Ebene*** *zuzuwenden. Sie können aber auch beide Ebenen in gegenseitiger Verschränkung darstellen. Die Intention des Textes lässt sich gut in einem abrundenden Schlussteil beschreiben.*

Was gibt es bei dieser Aufgabe sonst noch zu beachten?
Die Teilaufgabe ist insofern komplex, als sie mehrere Arbeitsschritte erfordert. Daher ist es wichtig, dass Sie die Erarbeitung des Textes konzentriert und systematisch erledigen.

Lösungsvorschlag

Einleitung
Rahmendaten zum Sachtext

Der vorliegende Auszug stammt aus dem „Logbuch Deutsch. Wie wir sprechen, wie wir schreiben", das der Sprachwissenschaftler Roland Kaehlbrandt verfasst und 2016 veröffentlicht hat. In dem Auszug thematisiert er in kritischer Art und Weise zwei Aspekte, die miteinander in Verbindung stehen: zum einen die **Bewertung der Sprachvarietät „Kiezdeutsch"**, die die Sprachwissenschaftlerin Heike Wiese vornimmt, zum anderen die Frage, wie **mit Jugendsprachen umgegangen** werden sollte.

Hauptteil
Gedankengang und wesentliche Inhalte
Z. 1–17: Ausgangspunkt „Abgrenzung"

Kaehlbrandt entfaltet das Thema ausgehend von der These, „[s]prachliche Abgrenzungsjargons" (Z. 1) würden „eine wirkungsvolle Sprachkultur als Korrektiv" (Z. 1 f.) benötigen. Ohne anerkannte Sprachnorm, an der sich diese Jargons reiben, kann nach Auffassung des Autors auch **keine sprachliche Abgrenzung** stattfinden. Das Ziel der Sprecher sei es auch nicht, diese Sprachnorm durch den eigenen Jargon zu **ersetzen**. Der Verfasser benennt Beispiele jugendsprachlichen Jargons, der in Teilen von Erwachsenen übernommen würde, und wertet diese Übernahme als „Überschreitungen“ (Z. 8) und „Anbiederung“ (Z. 13 f.). Diese – so will er verdeutlichen – führen dazu, dass den jugendlichen Sprechern der **Raum für sprachliche Abgrenzung genommen** würde (vgl. Z. 13 ff.). Damit leitet er zu seinem eigentlichen Thema, dem „Kiezdeutsch“, über, dessen sprachwissenschaftlicher **Aufwertung zu einem Dialekt** (vgl. Z. 17) Kaehlbrandt offenbar einen **vergleichbaren Effekt** zuschreiben will. Die Sprachvarietät „Kiezdeutsch“ **definiert** Kaehlbrandt als eine deutsche **Jugendsprache** mit **Anteilen von Zuwanderersprachen** (vgl. Z. 17). Der Autor belegt anhand mehrerer Regelverletzungen, dass „Kiezdeutsch“ kein korrektes Deutsch sei. Dazu gehöre der Verzicht auf Präpositionen, den Kaehlbrandt im Gegensatz zu Wiese auf türkische Einflüsse zurückführt. Er weist die Erklärung der Sprachwissenschaftlerin zurück, dass dieser Verzicht eine „Analogie“ zu einer anderen, im Deutschen „korrekten Kurzform“ (Z. 26) sei, und **kritisiert** die **Einordnung von Grammatikvermeidung als Grammatikinnovation** als „beschönigend“ (Z. 30). Mithilfe der Wiedergabe eines Gesprächs in einem Kaufhaus will Kaehlbrandt zeigen, dass grammatische Regeln im „Kiezdeutsch“ geringer ausgeprägt sind als in Dialekten. Der Sprachwissenschaftler erkennt im Beispiel „Isch mach dich Messer“ (Z. 41) auf inhaltlicher und sprachlicher Ebene eine ausgeprägte **Derbheit**. Diese schreibt er implizit dem „Kiezdeutsch“ insgesamt zu, wenn er im direkten Anschluss Wieses Aufwertung dieser Sprachform als faszinierende Entwicklung infrage stellt (vgl. Z. 42–45, 48 f.).

Z. 18–45: Heike Wiese und das „Kiezdeutsch“

Aus fachwissenschaftlicher Sicht **bemängelt** der Verfasser Wieses **Einordnung des „Kiezdeutsch“ als Dialekt**, da ein Dialekt regional begrenzt sei, es sich aber um Jugendsprache handele, also um einen **Soziolekt**. Kaehlbrandt **kritisiert** Wieses Würdigung des „Kiezdeutsch“ als **unangemessene Aufwertung** (vgl. Z. 51) und problematisiert insbesondere ihre „Umwertung der Norm“ (Z. 52), indem sie es zu einer „neue[n] Sprache“ (Z. 55) erhebe, deren Nichtanerkennung Ausgrenzung bedeuten würde.

Z. 45–72: Kaehlbrandts Position

Im letzten Absatz des Auszugs **fasst** Kaehlbrandt seine Sicht **zusammen:** Er geht nochmals auf die Funktion von Jugendsprachen ein, indem er darauf hinweist, dass Jugendsprache sich bewusst von der Sprache der Erwachsenen unterscheide und **nicht** den **Anspruch einer sprachlichen Innovation** in der Erwachsenenwelt habe. Der Autor plädiert für eine **relativierende Bewertung** des „Kiezdeutsch“ zwischen den beiden Polen „Untergang der Sprachkultur“ (Z. 49) und „Aufwertung zu einem neuen Dialekt“ (Z. 50). Er sieht **weder Grund zur Besorgnis** (vgl. Z. 58 f.) noch **Anlass zur Euphorie** über „‚systematische sprachliche Weiterentwicklung‘“ (Z. 65). Der Textauszug schließt mit der weiterführenden Frage, ob „Kiezdeutsch“ möglicherweise dazu beitrage, diejenigen, die zu Hause kein Deutsch sprächen, in ihrer sprachlichen und damit auch sozialen Entwicklung weiter zu **benachteiligen**.

Sprachlich-stilistische Gestaltung

Roland Kaehlbrandt adressiert seinen Beitrag zum „Kiezdeutsch" offensichtlich an ein **akademisches, sprachwissenschaftlich interessiertes und gebildetes Publikum**. Davon zeugen Fremdwörter (wie „Korrektiv", Z. 1 f.; „symptomatisch", Z. 51), Metaphern („mit professoralen Weihen", Z. 17;„in den sprachlichen Olymp", Z. 65) sowie fachsprachliche Begriffe und Wendungen (wie „Kasus mit gebeugtem Personalpronomen", Z. 40; „Soziolekt" (Z. 46). Die Fachsprache dient offenbar auch dazu, die eigene wissenschaftliche **Kompetenz** zu belegen. Kaehlbrandts linguistischer, teilweise süffisanter Blick auf andere soziale Umgebungen und Lebensbereiche wie „eine Enddreißigerin mit Erziehungsverantwortung" (Z. 10 f.), „Zuwandererjugendliche[]" (Z. 15 f.), Kaufhausbesucher (vgl. Z. 36–38) und Solariumsgänger (vgl. Z. 22 f.) kann als weiterer Beleg für ein akademisch geprägtes Lesepublikum gedeutet werden, das ebenso wie der Autor in der Lage ist, in Distanz zu anderen sozialen Sphären zu treten. Kaehlbrandt nutzt einen stellenweise **ironischen Tonfall** als Mittel der **Distanzierung:** „Kiezdeutsch" betitelt er als „Entdeckung" (Z. 18) seiner Kollegin Wiese, die der Sprachvarietät zu „professoralen Weihen" (Z. 17) verholfen habe, sodass aus einem Untersuchungsgegenstand ein „für die ganze Sprachgemeinschaft wegweisendes Faszinosum" (Z. 48 f.) gemacht werde. Rhetorische Fragen wie „Wie sollen sie sich nur wirkungsvoll von ihnen unterscheiden?" (Z. 14 f.) dienen dazu, um die **Zustimmung** der Lesenden zu werben.

Aufwertung bzw. Überhöhung einerseits und Verteufelung als „Untergang der Sprachkultur" (Z. 49) andererseits stellen nach Kaehlbrandt zwei Extrempositionen im Umgang mit „Kiezdeutsch" dar. Zu diesen beiden Polen passen **antithetische Argumentationsstrukturen** im Text, mit denen Aspekte einander gegenübergestellt werden, etwa „Es ist eins […], etwas anderes ist es […]" (Z. 46 f.).

Die vielfache Verwendung von Sprachbeispielen sorgt in dem Text für **Anschaulichkeit** und hilft den Lesenden dabei, den Ausführungen des Verfassers zu folgen.

Resümee

Intention des Textes

Zusammenfassend lässt sich hinsichtlich der **Intention** des Textes festhalten, dass Roland Kaehlbrandt sich deutlich für eine Orientierung an der deutschen Standardsprache ausspricht. Er widerspricht Heike Wieses Einordnung von „Kiezdeutsch" als neuem deutschem Dialekt und plädiert mit dem Hinweis auf die Funktion sprachlicher Abgrenzungsjargons weder für sprachwissenschaftliche Euphorie noch für Besorgnis, sondern für eine Einordnung von „Kiezdeutsch" als **sprachlich defizitären Soziolekt**.

Teilaufgabe 2

Hinweise und Tipps

Was verlangt die Aufgabenstellung von mir?
Die zweite Teilaufgabe ist zweigliedrig angelegt:

1. *Sie verlangt zunächst von Ihnen, dass Sie die* ***Sprachvarietäten „Dialekt“, „Soziolekt“*** *und* ***„Jugendsprache“*** *darstellen und dabei jeweils* ***Abgrenzungen zur Standardsprache*** *vornehmen. Es gilt hier also zu beschreiben, was genauer unter den genannten Varietäten zu verstehen ist und wodurch sie sich von der Standardsprache unterscheiden.*
2. *In einem zweiten Schritt sollen Sie sich auf Grundlage der Ergebnisse des ersten Arbeitsschrittes* ***abwägend*** *mit* ***Kaehlbrandts Position*** *bezüglich Sprachnormen auf der einen Seite und „Kiezdeutsch“ sowie Jugendsprache auf der anderen Seite auseinandersetzen. Der Operator* ***„Auseinandersetzen“*** *fordert Sie dazu auf, eine Argumentation zu entwickeln, auf deren Grundlage Sie zu einem Urteil kommen. Sie sollen also* ***unterstützende und einschränkende Argumente*** *zur gegebenen Position Kaehlbrandts entwickeln und auf dieser Basis zu einer* ***reflektierten Schlussfolgerung*** *gelangen.*

Wie gehe ich bei der Bearbeitung der Aufgabe sinnvollerweise vor?
Ordnen Sie zunächst auf einem Notizblatt den Begriffen ***Dialekt, Soziolekt und Jugendsprache Merkmale*** *zu und nutzen Sie dafür gegebenenfalls auch Ergebnisse der ersten Teilaufgabe. Als Vorbereitung der* ***Auseinandersetzung*** *mit Kaehlbrandt bietet es sich an, eine* ***Tabelle*** *anzulegen, etwa in Form von zwei Spalten: „Argumente und Belege für die Position Kaehlbrandts“ und „Argumente und Belege gegen die Position Kaehlbrandts“. Damit leisten Sie wichtige Vorarbeiten für die* ***Strukturierung*** *Ihrer Argumentation und für Ihre* ***abwägende Positionierung****.*

Wie kann ich meinen Aufsatz strukturieren?
In einer ***aufgabenbezogenen Überleitung*** *schaffen Sie die Verbindung von der Texterschließung in der ersten Teilaufgabe zur zweiten Teilaufgabe. Anschließend erläutern Sie im* ***Hauptteil*** *die* ***Begriffe Dialekt, Soziolekt*** *und* ***Jugendsprache****, jeweils in Abgrenzung zur Standardsprache. Bei der anschließenden Argumentation haben Sie die Wahl, wie Sie unterstützende und einschränkende Argumente und Belege organisieren: Sie können* ***dialektisch*** *argumentieren, d. h. abwechselnd Pro- und Kontra-Argumente formulieren, oder zunächst* ***eine Seite argumentativ*** *ausführen und danach* ***die andere Seite****. Die vorliegende Lösung folgt der erstgenannten Vorgehensweise, da diese es erlaubt, angeführte Argumente direkt zu relativieren.*
Achten Sie in der abschließenden ***reflektierten Schlussfolgerung*** *darauf, dass Sie sich prägnant positionieren, ggf. im Sinne einer vermittelnden Position.*

Was gibt es bei dieser Aufgabe sonst noch zu beachten?
Wählen Sie eine solche Aufgabe im Abitur nur, wenn Sie über ausreichende Kenntnisse im Inhaltsfeld Sprache, insbesondere im Themenbereich „Dialekte und Soziolekte“, verfügen. Weiterführende Kenntnisse zum „Kiezdeutsch“ helfen Ihnen selbstverständlich ebenfalls sehr weiter.

Lösungsvorschlag

Aufgaben-bezogene Überleitung

Hinweise zum Vorgehen

Für eine angemessene Auseinandersetzung mit Kaehlbrandts Position ist eine **Klärung der Begriffe** „Dialekt“, „Soziolekt“ und „Jugendsprache“ im Vergleich zur Standardsprache zentral. Daher werden im Folgenden diese Varietäten zunächst erläutert, um dann hiervon ausgehend die **Position des Verfassers** zu **diskutieren**.

Hauptteil

Begriffsklärung: Dialekt

„**Dialekt**“ bezeichnet eine **lokal oder regional begrenzte Sprachvarietät**, die sich von der **Standardsprache** z. B. auf phonologischer, syntaktischer, lexikalischer und semantischer Ebene **unterscheiden** kann, aber nicht zwingend unterscheiden muss. Dialekte sind funktional, indem sie eine **Abgrenzung** der Sprechenden nach außen leisten und Ausdruck von **regionalem Zugehörigkeitsgefühl** sind. Dialektsprechende signalisieren über ihren Sprachgebrauch häufig auch **Heimatverbundenheit**. Dialekte können auch außerhalb ihrer lokalen Begrenzung bewusst verwendet werden, um eine bestimmte Wirkung zu erzielen (z. B. in der Werbung). Im Unterschied zur Hochsprache dominiert bei Dialekten der **mündliche Einsatz**, sodass sich in der Regel keine einheitliche Schriftlichkeit gebildet hat. Historisch gesehen ist die allgemein anerkannte sprachliche Norm („Hochsprache“) aus verschiedenen Dialekten zunächst als Schriftsprache entstanden.

Begriffsklärung: Soziolekt

Mit „**Soziolekt**“ wird eine Sprachvarietät bezeichnet, die eine bestimmte **soziale Gruppe** benutzt. Gruppen lassen sich z. B. nach **Alter** (z. B. Jugendsprache), **sozialer Schicht** (z. B. elaborierter vs. restringierter Sprachcode), **Beruf bzw. Fachgebiet** (Medizinersprache) oder **Hobby** (z. B. Gamersprache) systematisieren. Im Gegensatz zu Dialekten sind Soziolekte **nicht lokal** begrenzt. Soziolekte können sich z. B. auf phonologischer, syntaktischer, lexikalischer und semantischer Ebene **von der Standardsprache unterscheiden**. Dadurch sind sie für diejenigen, die nicht zur Gruppe der Sprechenden gehören, manchmal nur begrenzt verständlich.

Begriffsklärung: Jugendsprache

„**Jugendsprache**“ ist ein **Beispiel** für einen Soziolekt: Eine bestimmte **Altersgruppe** nutzt u. a. lexikalische (z. B. Neologismen, Anglizismen), morphologisch-grammatische (z. B. Abkürzungen) oder semantische Besonderheiten (z. B. Übertreibungen). Jugendsprache entwickelt sich **dynamisch** und uneinheitlich, der jugendsprachliche Wortschatz verändert sich schnell. Im Vergleich zur Standardsprache ist Jugendsprache grammatisch oft **weniger komplex**, **weniger regelgeleitet** und eher im **mündlichen Sprachgebrauch** verortet. Für die meist jugendlichen Sprechenden dient dieser Soziolekt dazu, **Nähe, Identifikation und Lebensgefühl** auszudrücken. Dabei fällt eine ausgeprägte Sprachökonomie auf, etwa in Form von Vereinfachungen, wenn eine Bewertung auf ein Wort reduziert wird.

Roland Kaehlbrandts Positionierung gegen Heike Wiese wirkt auf den ersten Blick nachvollziehbar. Das liegt vor allem daran, dass er eine **moderate Stellung** zwischen dem sprachpflegerischen Aufschrei, die deutsche Sprache gehe an den Jugendsprachen zugrunde, und Wieses Aufwertung des „Kiezdeutsch" zu einem neuen Dialekt einnimmt.

Auseinandersetzung mit Kaehlbrandts Position

Dem Sprachwissenschaftler ist dabei insofern zuzustimmen, als **Sprachnormen** eine **wichtige Rolle** spielen. Die Beherrschung der Standardsprache sichert die Verständigung innerhalb der Gesellschaft und hat insofern eine **stabilisierende soziale Funktion**.

Zustimmung: Bedeutung von Sprachnormen und soziale Funktion

Allerdings haben **Jugendsprachen** und im Besonderen auch das „Kiezdeutsch" ebenfalls eine **soziale Funktion**. Ganz richtig beschreibt Kaehlbrandt diese damit, dass junge Menschen sich im Rahmen ihres **Identitätsbildungsprozesses** von den Erwachsenen auch sprachlich abgrenzen.

Zustimmung: Bedeutung von Jugendsprachen

Allerdings ist es **fraglich**, ob dieser Prozess tatsächlich dadurch **gefährdet** werden kann, dass sich Erwachsene Elemente der Jugendsprache aneignen. Zum einen beschränkt sich diese Aneignung in der Regel auf **wenige Wörter**. Zum anderen sind Jugendsprachen so **anpassungsfähig**, dass sie schnell neue Abgrenzungsmöglichkeiten finden. Kaehlbrandts Sprachbeispiele sind hier im Übrigen nicht besonders tragfähig, denn Worte wie „geil" oder „uncool" waren eben schon in der Jugend der „Enddreißiger[]" (Z. 10) aktuell und sind in der Umgangssprache heimisch geworden.

Relativierung: Aneignung eher kein Problem

Auch Wieses **kulturelle und linguistische Erhöhung** des „Kiezdeutsch" (vgl. Z. 60) wird wohl kaum dazu führen, dass Jugendliche in ihrer Entwicklung behindert werden, weil es durch diese Anerkennung nicht mehr zur Abgrenzung taugen würde. Sie dürften der linguistischen Einordnung ihres Sprachgebrauchs tendenziell **gleichgültig** gegenüberstehen oder einfach **neue Ausdrucks- und Abgrenzungsmöglichkeiten** finden.

Relativierung: Aufwertung eher kein Problem

Zuzustimmen ist Kaehlbrandt sicherlich in seiner Einschätzung, dass die für das „Kiezdeutsch" typischen Formulierungen „keine Anregung für eine neue Norm sein" (Z. 68 f.) sollen. Denn Sprache als Mittel der Verständigung setzt ein breites Repertoire an Ausdrucksmöglichkeiten voraus. Die **Erosion von standardisierten Regeln** könnte dieses **Repertoire beschränken**.

Zustimmung: „Kiezdeutsch" als neue Norm?

Allerdings suggeriert Kaehlbrandt hier, dass Wiese das „Kiezdeutsch" zu einer neuen Norm erheben wolle. Damit geht er aber an ihrem Anliegen vorbei: Die Sprachwissenschaftlerin betont den Status des „Kiezdeutsch" als **Varietät neben anderen Varietäten** und will ihm nicht den Rang einer neuen Sprachnorm zubilligen. Ihr kommt es lediglich vor allem darauf an, die Grammatikalität und Regelhaftigkeit dieser Varietät aufzuzeigen.

Einschränkung: falsche Suggestion

Mit seiner Kritik an Wieses Einordnung als Dialekt hingegen hat er recht: Das „Kiezdeutsch“ ist eher als **Soziolekt** einzuordnen, weil er weitgehend auf die Altersgruppe junger Menschen beschränkt ist und zudem die für den Dialekt typische lokale Begrenztheit nicht gegeben ist: „Kiezdeutsch“ wird ebenso in Berlin wie in München und Hamburg und anderen Großstädten gesprochen.

Zustimmung: „Kiezdeutsch“ kein Dialekt

Entscheidender als die fachwissenschaftliche Einordnung ist aber die von Kaehlbrandt gestellte Frage nach den gesellschaftlichen und beruflichen Folgen der „Allgegenwart und Einfachheit des Kiezdeutsch“ (Z. 70 f.) für „die 10 Millionen Mitbürger, die zuhause kein Deutsch sprechen“ (Z. 69 f.). Damit reißt der Autor eine weitere Bedeutung von Sprachnormen an: den **Zusammenhang zwischen Sprache und gesellschaftlicher Partizipation**. Kulturelle Teilhabe und berufliche Qualifikation funktionieren in der Regel nicht, wenn Hochdeutsch als Standardsprache mündlich und schriftlich nicht hinreichend beherrscht wird. Insofern erscheint Kaehlbrandts Mahnung erst einmal plausibel, dass das „Kiezdeutsch“ unerwünschte soziale und ökonomische Effekte haben könnte.

Zustimmung: berufliche und gesellschaftliche Folgen

Allerdings scheint Kaehlbrandt einen wichtigen Punkt zu übersehen: Heike Wiese betont, dass es nicht das eine Deutsch gebe, sondern die deutsche Sprache ein **ganzes Spektrum von Stilen** umfasse, wozu auch die Jugendsprache gehöre. Sie ordnet „Kiezdeutsch“ als einen Teil des Sprachrepertoires von Jugendlichen ein, die sie grundsätzlich in der Lage sieht, adressatengerecht zu kommunizieren, d. h. z. B. mit Eltern und Lehrkräften anders zu sprechen als mit Gleichaltrigen. Wiese spricht damit den Jugendlichen die Kompetenz zum **Code-Switching** zu. Das gleichzeitige Beherrschen der Standardsprache und des Soziolekts „Kiezdeutsch“ kann in diesem Sinne als **innere Mehrsprachigkeit** und daher sogar als Bereicherung der Ausdrucksmöglichkeiten verstanden werden. Die beschriebene gesellschaftliche und berufliche **Gefahr** dürfte zumindest für die Jugendlichen insofern eher **gering** sein.

Einschränkung: Fähigkeit zum Code-Switching

Schluss

Auf der Grundlage der unterstützenden und einschränkenden Argumente lässt sich zusammenfassen: Kaehlbrandts Zurückweisung von „Kiezdeutsch“ als Dialekt, seine Kritik an einer Überhöhung der Sprachvarietät und die Betonung der Bedeutung von Sprachnormen erscheinen zwar plausibel. Allerdings **überschätzt** er die **Gefahren**, die er in der Aneignung der Jugendsprache durch Erwachsene, in der sprachwissenschaftlichen Aufwertung des „Kiezdeutsch“, aber auch in der „Allgegenwart“ dieser Sprachvarietät sieht. Zudem schmälert Kaehlbrandt selbst die Qualität seiner Argumentation, wenn er Wiese Ansichten zu unterstellen scheint, die sie gar nicht vertritt.

Grundkurs Deutsch (Nordrhein-Westfalen): Abiturprüfung 2022
Vergleichende Analyse literarischer Texte

Materialgrundlage

Bertolt Brecht: Über die Bezeichnung Emigranten. In: Ders.: Die Gedichte. Hrsg. von Jan Knopf. Verbesserte Neuausgabe. 3. Auflage. Frankfurt a. M.: Suhrkamp Verlag 2020, S. 350 f.
Issam Al-Najm: Die Grenze der Angst. In: Artur Nickel (Hrsg.): Von Fluchten und Wiederfluchten. Eine Anthologie. Vechta-Langförden: Geest-Verlag 2017, S. 413 f.

Aufgaben

	Punkte
1. Analysieren Sie das Gedicht „Über die Bezeichnung Emigranten" von Bertolt Brecht.	33
2. Erschließen Sie Issam Al-Najms Gedicht „Die Grenze der Angst" in inhaltlicher und sprachlicher Hinsicht. Vergleichen Sie anschließend die Gedichte von Brecht und Al-Najm unter dem Aspekt, welches Verhältnis zur Heimat darin jeweils zum Ausdruck kommt. Berücksichtigen Sie dabei auch die jeweilige Gestaltungsweise.	39

Zugelassene Hilfsmittel:
– Wörterbuch zur deutschen Rechtschreibung

Bertolt Brecht
Über die Bezeichnung Emigranten (1937)

Immer fand ich den Namen falsch, den man uns gab: Emigranten.
Das heißt doch Auswandrer. Aber wir
Wanderten doch nicht aus, nach freiem Entschluss
Wählend ein andres Land. Wanderten wir doch auch nicht
Ein in ein Land, dort zu bleiben, womöglich für immer.
Sondern wir flohen. Vertriebene sind wir, Verbannte.
Und kein Heim, ein Exil soll das Land sein, das uns da aufnahm.
Unruhig sitzen wir so, möglichst nahe den Grenzen
Wartend des Tags der Rückkehr, jede kleinste Veränderung
Jenseits der Grenze beobachtend, jeden Ankömmling
Eifrig befragend, nichts vergessend und nichts aufgebend
Und auch verzeihend nichts, was geschah, nichts verzeihend.
Ach, die Stille der Sunde[1] täuscht uns nicht! Wir hören die Schreie
Aus ihren Lagern bis hierher. Sind wir doch selber
Fast wie Gerüchte von Untaten, die da entkamen
Über die Grenzen. Jeder von uns
Der mit zerrissenen Schuhn durch die Menge geht
Zeugt von der Schande, die jetzt unser Land befleckt.
Aber keiner von uns
Wird hier bleiben. Das letzte Wort
Ist noch nicht gesprochen.

Quelle: Bertolt Brecht: Über die Bezeichnung Emigranten. In: Ders.: Die Gedichte. Hrsg. von Jan Knopf. Verbesserte Neuausgabe. 3. Auflage. Frankfurt a. M.: Suhrkamp Verlag 2020, S. 350 f.

Anmerkungen:
1 *Sunde*: regionale Bezeichnung für Meerenge; im Ostseeraum bezeichnet das Wort Sund eine Meerenge zwischen Festland und einer vorgelagerten Insel.

Anmerkung zum Autor:
Bertolt Brecht lebte von 1898 bis 1956. 1933 verließ Brecht Deutschland. Er gelangte über Prag, Wien, Zürich, Paris und Dänemark nach Schweden und schließlich 1941 in die USA. 1947 kehrte Brecht zurück nach Europa, 1948 nach Ostberlin. Das vorliegende Gedicht entstammt der Sammlung „Svendborger Gedichte“, die während der Jahre des Exils in Dänemark entstand (1933–1939).

Issam Al-Najm
Die Grenze der Angst (2017)

Meine Heimat,
Zwischen dir und mir gibt es eine Grenze
Die Grenze der Angst.
Ich kann nicht zurück
Du hinderst mich daran.
Ich habe nicht gelogen
Ich bin nicht einfach geflohen
Es gab viele Gründe:
Wenn meine Gedanken versuchen weit zu fliegen,
Sperrst du sie in deinen Käfig.
Wenn meine Blicke anders werden,
Machst du das Licht aus,
Damit wir nicht mehr sehen
Aber warum?
Ich war immer stolz auf dich
Habe immer von dir gesprochen
Ich war wie ein Kind,
Das ein fröhliches Spiel mit dir suchte.
Jetzt ist alles weg,
Die schmerzhaften Erinnerungen
Die schönen Erinnerungen
Aber die Grenze bleibt
Ich habe Angst davor
Zurückzufahren
Ich werde sie nicht los
Meine Heimat,
Ich vermisse dich
Aber die Grenze der Angst
Treibt mich immer um.

Quelle: Issam Al-Najm: Die Grenze der Angst. In: Artur Nickel (Hrsg.): Von Fluchten und Wiederfluchten. Eine Anthologie. Vechta-Langförden: Geest-Verlag 2017, S. 413 f.

Anmerkung zum Autor:
Issam Al-Najm wurde 1984 in Syrien geboren. 2015 floh er aus Syrien nach Deutschland. Issam Al-Najm schreibt bereits seit seinem zehnten Lebensjahr eigene Texte. In seiner Heimat schrieb er Gedichte auf Arabisch, heute schreibt er seine Gedichte auf Deutsch. 2018 erhielt er den ersten Preis in einem Literaturwettbewerb der Literarischen Gesellschaft Bochum.

Teilaufgabe 1

Hinweise und Tipps

Welche Aufgabenart liegt vor und wie sind die Teilaufgaben gewichtet?
Die vorliegende Abituraufgabe ist dem ***Aufgabentyp I b*** *zuzuordnen. Verlangt wird eine* ***vergleichende Analyse literarischer Texte****. Für die beiden Teilaufgaben gibt es ähnlich viele Punkte. Bei der ersten Teilaufgabe, die auf eine Gedichtanalyse abzielt, können Sie 33 Punkte erreichen. Die* ***zweite Teilaufgabe****, bei der Sie ein weiteres Gedicht erschließen und mit dem ersten Gedicht vergleichen sollen, ist mit 39 Punkten* ***etwas stärker gewichtet****.*

Was verlangt die Aufgabenstellung von mir?
Die erste Teilaufgabe zielt auf eine Analyse des vorliegenden Gedichts von Bertolt Brecht ab. Da ***keine Schwerpunkte*** *für die Erschließung des Textes vorgegeben sind, müssen Sie diese* ***selbst setzen****. Wichtig ist, dass Sie die* ***inhaltliche, formale und sprachliche Gestaltung*** *des Gedichts in den Blick nehmen und dabei beschreibende, deutende und wertende Aussagen miteinander verknüpfen. Auch eine Betrachtung der* ***Sprechsituation*** *trägt zum Verständnis der Eigenart des Textes bei. Auf Basis Ihrer Analyseergebnisse sollen Sie zu einer zusammenfassenden* ***Deutung*** *gelangen.*
Kleiner Hinweis: Ab dem Abitur 2023 kommt bei literarischen Texten nicht mehr der Operator „Analysieren", sondern der Operator „Interpretieren" zum Einsatz.

Wie gehe ich bei der Bearbeitung der Aufgabe sinnvollerweise vor?
Lesen Sie das Gedicht mehrmals aufmerksam durch und entwickeln Sie ein Gespür für die besondere Situation, in der sich das lyrische Ich befindet. Dabei helfen Ihnen auch die ***Anmerkungen*** *zum Text. Aktivieren Sie zudem Ihr* ***literaturgeschichtliches Vorwissen*** *zur Exilliteratur. Nachdem Sie ein grundlegendes Verständnis für den Inhalt des Gedichts erreicht haben, vollziehen Sie am besten den Aufbau des Textes nach. Folgen Sie dabei der Chronologie des Textes und prüfen Sie, welche Verse eine* ***gedankliche Einheit*** *bilden. Markieren Sie diese Einheiten und vermerken Sie neben dem Text in Stichworten, worum es im jeweiligen Abschnitt geht. Auch Ihre* ***Beobachtungen zur sprachlichen Gestaltung*** *des Gedichts halten Sie durch entsprechende* ***Notizen am besten direkt auf dem Textblatt*** *fest. Je genauer Sie bei diesem Analyseschritt vorgehen, desto leichter fällt Ihnen später das Schreiben. Die Betrachtung der formalen Gestaltung des Gedichts wird angesichts des Verzichts auf eine traditionelle Form und der prosaischen Sprache eher kurz ausfallen. Intensiver sollten Sie sich mit der Sprechsituation im vorliegenden Gedicht befassen. Beachten Sie hierbei die* ***Verwendung der Personalpronomina und der Zeitformen****.*

Wie kann ich meinen Aufsatz strukturieren?
In der ***Einleitung*** *geben Sie die* ***Basisinformationen zum Text*** *(Autor, Titel, Textsorte, Entstehungszeit) wieder und erfassen dessen* ***Kernthema****. Im* ***Hauptteil*** *Ihres Aufsatzes sollte zunächst eine inhaltliche Durchdringung des Inhalts des Gedichts erfolgen. Gehen Sie bei diesem Analyseschritt auf dessen* ***gedanklichen Aufbau*** *ein. Ihre Notizen auf dem Textblatt helfen Ihnen dabei. Ob Sie* ***Bemerkungen zur Sprechsituation*** *vor die Zusammenfassung des Inhalts stellen oder auf diesen Analyseaspekt an anderer*

Stelle eingehen, bleibt Ihnen überlassen. Es bietet sich an, sich im Folgenden der ***Form des Gedichts*** *zuzuwenden. Wichtig ist, dass Sie in diesem Zuge auch eine Verbindung zum Inhalt herstellen. Eine Verknüpfung mit der inhaltlichen Ebene muss auch bei der* ***Analyse der sprachlichen Mittel*** *erfolgen. Dabei können Sie Vers für Vers vorgehen und die wesentlichen Merkmale der sprachlichen Gestaltung herausarbeiten – oder aber Sie stellen Ihre diesbezüglichen Beobachtungen summarisch dar. Ihre Befunde sichern Sie durch* ***passende Zitate*** *ab. Am* ***Schluss*** *erfolgt eine* ***zusammenfassende Deutung*** *unter Einbezug der wichtigsten Analyseergebnisse. Nehmen Sie hierfür das Textganze in den Blick und vergegenwärtigen Sie sich die spezifische Situation des Exils, in der sich das lyrische Ich befindet. Bei Ihrer Deutung können Sie auch thematisieren, wie das lyrische Ich mit dieser besonderen Situation umgeht.*

Lösungsvorschlag

Einleitung
Grundinformationen zum Gedicht

In dem 1937 verfassten Gedicht „Über die Bezeichnung Emigranten" von Bertolt Brecht reflektiert das lyrische Ich seine **Situation im Exil**. Dabei versucht es, sowohl das Verhältnis zu dem Land, in das es geflüchtet ist, als auch seine Beziehung zur Heimat zu klären.

Hauptteil
Sprechsituation

Das lyrische Ich stellt sein Schicksal dabei in einen größeren Zusammenhang. Zwar tritt es im ersten Vers als sich artikulierendes Individuum („ich") in Erscheinung, doch versteht es sich als **Teil einer Gruppe**. Das legt der Wechsel zur **1. Person Plural** („uns") im selben Vers nahe. Das lyrische Ich sieht sich als einen von vielen „Verbannte[n]" (V. 6), die ins „Exil" (V. 7) flüchten mussten. Damit macht es sich zum **Sprachrohr** einer Gruppe von Vertriebenen.

Berücksichtigung des biografischen Kontextes

Angesichts des Entstehungskontexts des Gedichts – Brecht befand sich 1937 im dänischen Exil – ist dabei an einen Personenkreis aus Intellektuellen, etwa Schriftstellerinnen und Schriftsteller, zu denken. Der Text lässt jedoch offen, welche Gruppierung genauer gemeint ist.

Aufbau und Inhalt

Der Titel des Gedichts („Über die Bezeichnung Emigranten") lässt vermuten, dass im Text eine **Auseinandersetzung mit dem Begriff der Emigration** stattfindet. In den ersten sechs Versen bestätigt sich diese Erwartungshaltung: Das lyrische Ich begründet, weshalb es die Bezeichnung „Emigranten" (V. 1) für Geflüchtete für unpassend hält: Die Übersiedlung in ein anderes Land ist nicht aus freien Stücken geschehen, wie der Begriff „Emigration" nahelegt, sondern auf Vertreibung zurückzuführen. Davon ausgehend betrachtet **das lyrische Ich** seine **aktuelle Situation** näher (vgl. V. 7–12): Es beschreibt sein distanziertes Verhältnis zum Aufnahmeland, das nicht zu einer neuen Heimat wird, sondern ein „Exil" (V. 7), also ein vorübergehender Aufenthaltsort, ist, von dem aus die Entwicklung im benachbarten Herkunftsland genau verfolgt wird. Angesichts der Berichte der Neuankömmlinge bekundet das lyrische Ich, nichts vergessen und verzeihen zu wollen. In den folgenden Versen (vgl. V. 13–18) ist der **Fokus** des lyrischen Ichs **auf das Heimatland** gerichtet, dessen **Gräueltaten** trotz der Entfernung wahrgenommen würden. Auch der **armselige Zustand der Geflüchteten** sei ein deutlicher Beleg für die dort verübten Verbrechen. In den drei abschließenden Versen (vgl. V. 19 ff.) wird ein **Ausblick** gegeben. Die Personengruppe, der sich das lyrische Ich zugehörig fühlt, werde nicht im Exil bleiben, denn es bestehe die Hoffnung, dass sich die Zeiten ändern werden.

Form

Obwohl das Gedicht also eine **klare gedankliche Struktur** aufweist, spiegelt sich diese nicht in einer strophischen Gliederung wider. Es besteht aus einem **Block mit insgesamt 21 Versen**, die unterschiedlich lang sind. Angesichts der dramatischen Lage der Exilsituation wird offenbar auf eine ästhetische Formgebung verzichtet. Die Verse sind **nicht durch einen Reim oder ein Metrum gebunden**. Es dominiert ein **prosaischer Ton**, der den ernsten und reflexiven Charakter des Texts unterstreicht. Die sukzessive Entfaltung der Gedanken des Sprechers geht dabei über Versgrenzen hinweg. Davon zeugen die **zahlreichen Enjambements** (vgl. z. B. V. 2 ff., 8–12).

Sprachliche Gestaltung

Das Gedicht nutzt vielfältige sprachliche Mittel. So stellt der erste Vers eine Art Hinführung zu einem als problematisch betrachteten Begriff dar. Das Wort „Emigranten" (V. 1) wird erst am Ende des Eingangsverses genannt und erhält durch die **emphatische Nachstellung** besonderes Gewicht. Gleichzeitig wird der Ausdruck dadurch syntaktisch isoliert und bietet so eine Angriffsfläche für die folgende **Kritik an dieser Bezeichnung**. Diese Kritik wird durch die adversativen Satzanfänge „Aber" (V. 2) und „Sondern" (V. 6) deutlich markiert. Die fast **wortgleiche Wiederholung** der Fügung „Wanderten doch nicht" (V. 3) in Vers 4 **schließt** hier die beiden **Argumente** gegen die Einordnung als Emigranten näher **zusammen:** Weder entsprang der Weggang einer freien Wahl (vgl. „freiem Entschluss", V. 3; „Wählend", V. 4), noch war es das Ziel, im Aufnahmeland zu bleiben. Die **Kürze** der beiden Sätze in Vers 6, die **Inversion** („Vertriebene sind wir") sowie die mithilfe einer **Alliteration** („Vertriebene […], Verbannte") noch betonte **nachgestellte Ergänzung** „Verbannte" verleihen der Aussage, dass der Weggang erzwungen war, besonderen **Nachdruck**. Der **Wechsel vom Präteritum ins Präsens** signalisiert, dass im Folgenden die **aktuelle Situation** der Geflüchteten in den Fokus rückt. Der neue Aufenthaltsort sei „kein Heim", sondern „ein Exil" (V. 7). Durch diese **antithetische Gegenüberstellung** verdeutlicht das lyrische Ich seine **innere Distanz** zu dem Land, in dem es Zuflucht gefunden hat. „Wartend" (V. 9), „beobachtend" (V. 10), „jeden Ankömmling / […] befragend, nichts vergessend und nichts aufgebend" (V. 10 f.) würden die Geflüchteten in der Fremde ausharren. Der **gehäufte Gebrauch des Partizip Präsens** zeigt an dieser Stelle, dass die Vertriebenen in einer **Situation permanenter Anspannung** leben, die ein „innerliches Ankommen" in dem fremden Land kaum erlaubt. Zu sehr ist die Aufmerksamkeit auf das Heimatland gerichtet. Denjenigen, die dort verantwortlich für das Unrecht sind, begegnet das lyrische Ich mit einer Haltung, die es mit den Worten „verzeihend nichts […], nichts verzeihend“ (V. 12) beschreibt. Die mit einer Wiederholung verbundene **chiastische Struktur** dieser Formulierung unterstreicht, dass man den Tätern nur Ablehnung entgegenbringen kann – für andere Sichtweisen, die das Urteil abmildern könnten, ist kein Platz. In einem **emotionalen Ausruf**, der mit der Interjektion „Ach“ (V. 13) eingeleitet wird, bringt das lyrische Ich seine **Verzweiflung** angesichts der schrecklichen Zustände im Heimatland zum Ausdruck, über die die trügerische Stille im Exil nicht hinwegtäuschen könne. Die „Schreie“ (V. 13), die noch in der Ferne zu hören seien, stehen als **Pars pro Toto für das Leid** der Verfolgten in der Heimat. Die elende Situation der Vertriebenen sei zudem ein **Zeugnis für das Unrecht**, das im Heimatland verübt wird. **Sinnbildlich stehen dafür ihre „zerrissenen Schuh[e]“** (V. 17). Der **Vergleich**, die Geflüchteten seien selbst „wie Gerüchte von Untaten“ (V. 15), macht deutlich, dass sich die Wahrheit über die Verbrechen in der Heimat auch in der Fremde nicht dauerhaft verbergen lässt. Der **Wechsel vom Präsens ins Futur** markiert dann am Ende des Gedichts eine **Vorhersage:** „[K]einer von uns / Wird hier bleiben.“ (V. 19 f.) Die abschließende Aussage, „[d]as letzte Wort / [sei] noch nicht gesprochen“ (V. 20 f.), ist dabei auch als **Ermutigung** zu verstehen, die sich das lyrische Ich angesichts der verzweifelten Lage selbst zuspricht. Die **parataktisch formulierten Schlussverse** geben zudem zu erkennen, dass der Sprecher **keinen Widerspruch dulden** und sich seine **Zukunftshoffnung** nicht nehmen lassen will.

Schluss

Zusammenfassende Deutung

Erscheint das Gedicht zunächst als Auseinandersetzung mit einem für falsch gehaltenen Begriff (vgl. Titel), so zeigt sich schnell, dass es eher eine Form der **Selbstvergewisserung** in der Exilsituation darstellt. Auch in der Fremde, auf die sich das lyrische Ich nicht einlassen will, ist die **Aufmerksamkeit des Sprechers ganz auf die Heimat gerichtet**. Er verurteilt die Verbrechen im nationalsozialistischen Deutschland und **solidarisiert** sich mit denjenigen, die ebenfalls zur Flucht gezwungen wurden, indem er sich zu deren **Sprachrohr** macht. Als Teil einer Gruppe, die „das andere Deutschland“ repräsentiert, ist es ihm möglich, an seiner Heimat festzuhalten und die Hoffnung auf eine Rückkehr nicht aufzugeben.

In dieser Selbstvergewisserung darf man dabei angesichts der Entstehungszeit und -situation des Gedichts – Brecht war 1933 aus Deutschland geflohen und verfasste das Gedicht 1937 im dänischen Exil – gewiss **autobiografische Züge** erkennen.

Teilaufgabe 2

Hinweise und Tipps

Was verlangt die Aufgabenstellung von mir?
In der zweiten Teilaufgabe ist ein ***Gedichtvergleich*** *gefordert. Zunächst sollen Sie das zweite Gedicht in* ***inhaltlicher und sprachlicher Hinsicht erschließen****. Ihre Analyse kann dabei knapper als beim ersten Gedicht ausfallen. Im Anschluss erfolgt der eigentliche Vergleich, bei dem Sie* ***Gemeinsamkeiten und Unterschiede im Hinblick auf das Verhältnis zur Heimat*** *aufzeigen müssen. Zudem sollen Sie bei Ihren Ausführungen auch Aspekte behandeln, die sich auf die jeweilige* ***Gestaltungsweise*** *beziehen.*

Wie gehe ich bei der Bearbeitung der Aufgabe vor?
Gehen Sie bei der Erschließung des zweiten Gedichts so vor wie beim ersten. Das bedeutet, dass Sie zunächst ***analytische Vorarbeit*** *leisten müssen, indem Sie es mithilfe von Markierungen und Randnotizen erschließen. Im Unterschied zur Analyse in Teilaufgabe 1 ist hier keine eigene Untersuchung der Form nötig (vgl. Aufgabenstellung). Auf der Grundlage der Vorarbeit wird es Ihnen nicht schwerfallen,* ***Gemeinsamkeiten und Unterschiede*** *zwischen den Gedichten festzustellen. Notieren Sie diese auf einem gesonderten Blatt, z. B. in einer Tabelle. Hier können Sie auch gleich* ***passende Belegstellen*** *festhalten.*

Wie kann ich meinen Aufsatz strukturieren?
Diesen Aufgabenteil beginnen Sie am besten mit einer ***kurzen Überleitung****, die zum zweiten Gedicht hinführt. Nennen Sie darin vorab die wichtigsten* ***Basisinformationen zum Text****. Im anschließenden* ***Hauptteil*** *erfolgt zunächst die* ***Analyse des zweiten Textes****. Die Erfassung des Inhalts lässt sich hier gut mit den Ausführungen zur sprachlichen Gestaltung des Gedichts verknüpfen.*
Es folgt der eigentliche ***Gedichtvergleich****. Überlegen Sie sich im Vorfeld, wie Sie diesen anlegen möchten. Insbesondere bei der Darstellung der Unterschiede ist eine gedankliche Vorarbeit zur Strukturierung der Ausführungen unerlässlich. Grundsätzlich haben Sie die Möglichkeit,* ***blockweise*** *vorzugehen. Das heißt, Sie behandeln zunächst Gedicht 1, um im Anschluss Gedicht 2 vergleichend gegenüberzustellen. Oder Sie gehen* ***aspektgeleitet*** *vor und „springen“ bei jedem Vergleichspunkt jeweils von einem Gedicht zum anderen.*

Was gibt es bei dieser Aufgabe sonst noch zu beachten?
Lesen Sie die Aufgabenstellung genau. Der Vergleich soll auf einen Aspekt hin ausgerichtet werden, nämlich auf das ***Verhältnis der Sprecher zu ihrer Heimat****. Das bedeutet, dass Sie auf das Verhältnis zum Exilland nicht eingehen müssen, auch wenn das prinzipiell als geeigneter Vergleichspunkt denkbar wäre.*

Lösungsvorschlag

Auch heute noch müssen Menschen im Exil leben. So musste der Schriftsteller Issam Al-Najm seine syrische Heimat im Jahr 2015 verlassen und flüchtete nach Deutschland. In dem 2017 veröffentlichten Gedicht „Die Grenze der Angst“, das er in deutscher Sprache verfasst hat, beschreibt das lyrische Ich die **gemischten Gefühle** in Bezug auf seine Heimat und setzt sich mit seiner **gegenwärtigen Situation** auseinander.

Aufgaben-bezogene Überleitung
Grundinformationen zum zweiten Gedicht

In dem aus 29 reimlosen Versen bestehenden Gedicht spricht ein lyrisches Ich, das sich selbst auch mehrfach benennt (z. B. „Meine“, V. 1; „mir“, V. 2; „Ich“, V. 4), direkt die zurückgelassene Heimat an. Trotz der Ansprache haben seine Aussagen Züge eines **monologischen Sprechens**. Im Zentrum steht dabei ein Reflexionsprozess, in dessen Verlauf das lyrische Ich sein Verhältnis zur Heimat bestimmt und seiner aktuellen Gefühlslage nachspürt.

Hauptteil
Analyse
Sprechsituation

Das Gedicht beginnt mit der **Anrede** des Heimatlandes („Meine Heimat“, V. 1). Die darin liegende Personifizierung der Heimat prägt den gesamten Text und lässt den Eindruck entstehen, es handele sich um eine persönliche Beziehung. Der Sprecher **konstatiert** im folgenden Vers, dass es zwischen ihm und der mit „du“ angesprochenen Heimat „eine Grenze“ (V. 2) gibt. Diese Grenze wird attributiv und **metaphorisch** als **„Grenze der Angst**“ (V. 3) bezeichnet – als eine Grenze also, die nicht in der physischen Welt, sondern im Inneren des Ichs zu verorten ist. Das anschließende Bekenntnis gewinnt durch die parataktische Formulierung an Eindringlichkeit: Das lyrische Ich sieht sich **nicht** in der Lage, in sein Herkunftsland **zurückzukehren**, denn es werde von der Heimat selbst davon abgehalten.

Inhalt und Sprache

Nach der nüchternen Feststellung des Ist-Zustandes in den Eingangsversen (vgl. V. 1–5) **rechtfertigt** der Sprecher seine Flucht. Er betont seine Aufrichtigkeit (vgl. V. 6 f.) und erklärt, es habe „viele Gründe“ (V. 8) gegeben, das Heimatland zu verlassen. Die folgenden **Metaphern** bringen zum Ausdruck, dass sich das lyrische Ich von seiner Heimat eingeengt fühlt. Es werde daran gehindert, die „Gedanken […] fliegen“ (V. 9) zu lassen, sie würden stattdessen „in [e]inen Käfig“ (V. 10) gesperrt. Das lyrische Ich erscheint dadurch wie ein Vogel, dem seine **Freiheit, neue Horizonte zu entdecken, genommen** wird. Auch in der zweiten Metapher – das Ausschalten des Lichts, wenn das lyrische Ich nach neuen Perspektiven sucht (vgl. V. 11 f.) – kommt die Vorstellung von einer **besitzergreifenden** und die **individuelle Freiheit unterdrückenden Heimat** zum Tragen. Das Präsens verdeutlicht hier, wie gegenwärtig dem lyrischen Ich diese eigentlich vergangenen Erfahrungen noch sind.

Nach seiner Rechtfertigung des eigenen Verhaltens bringt das lyrische Ich mit der schneidenden, elliptisch formulierten **Frage** „Aber warum?“ (V. 14) prägnant sein **Unverständnis** gegenüber den in der Heimat herrschenden Beschränkungen zum Ausdruck. Darin darf man durchaus einen vorwurfsvollen Ton mitlesen. So als wolle das lyrische Ich bekräftigen, dass die Heimat keinen Grund für den beschriebenen Umgang mit ihm gehabt hätte, beschreibt es sein **früheres, äußerst positives Verhältnis** zur Heimat (vgl. V. 15–18). Dabei stellt es seine **Achtung** vor der Heimat („stolz“, V. 15) und seine **Treue** („immer von dir gesprochen“, V. 16) heraus. Seiner Heimat sei es stets zugewandt und unbefangen begegnet. Das verdeutlicht der **Vergleich**, er habe „wie ein Kind / […] ein fröhliches Spiel“ (V. 17 f.) mit ihr beginnen wollen. Der **Wechsel vom Präsens ins Präteritum** (vgl. V. 15, 17) **bzw. Perfekt** (vgl. V. 16) zeigt hier an, dass das positive Verhältnis zur Heimat der Vergangenheit angehört. Es folgt eine ernüchternde **Analyse der aktuellen Situation** (vgl. V. 19–29): Das lyrische Ich muss feststellen, alle **Erinnerungen verloren** zu haben (vgl. V. 19). Durch den folgenden **Parallelismus** wird bekräftigt, dass die guten und schlechten Erinnerungen gleichermaßen ausgelöscht sind („Die schmerzhaften Erinnerungen / Die schönen Erinnerungen“, V. 20 f.). Bei der **Schilderung der gegenwärtigen Gefühlslage** knüpft das lyrische Ich an die Eingangsverse an. Konkreter als zu Beginn wird nun die Angst, die eine Grenze zwischen Heimat und Ich zieht, als Angst vor der Rückkehr beschrieben (vgl. V. 22–25). Die letzten vier Verse zeugen dann von der Ambivalenz der Gefühle gegenüber der Heimat: Einerseits hat der Sprecher des Gedichts **Sehnsucht nach seinem Herkunftsland** („Ich vermisse dich“, V. 27), andererseits beschäftigt ihn unentwegt („immer“, V. 29) die „Grenze der Angst“ (V. 28), weshalb diese wohl auch dem Gedicht den Titel gibt.

Zusammenfassende Deutung

Das Gedicht gestaltet insgesamt ein **zwiespältiges Verhältnis des lyrischen Ichs zu seiner Heimat**. Einerseits bringt dieses seine **Liebe** zu dem Land, aus dem es ursprünglich kommt, zum Ausdruck. Andererseits **grenzt** es sich auch von der verlassenen Heimat **ab**.

Vergleich der Gedichte

Gemeinsamkeiten

Verzicht auf eine traditionelle Form

Die Gedichte von Brecht und Al-Najm haben miteinander ganz grundsätzlich gemein, dass sie sich mit der Situation im **Exil** befassen und dabei insbesondere auch das **Verhältnis zum Herkunftsland** reflektieren. Beide verzichten dabei **auf eine traditionelle Formgebung**. Sie weisen keine Gliederung in Strophen, kein Metrum und kein Reimschema auf. Die Sprache ist jeweils von einer **Nähe zur Prosa** gekennzeichnet. Das kann unter anderem darauf zurückgeführt werden, dass die Schriftsteller von ihrer schwierigen Exilsituation in einer nüchtern gehaltenen Sprache erzählen wollen.

Enge Bindung zur Heimat

Auf inhaltlicher Ebene besteht eine weitere Gemeinsamkeit in der starken **Verbundenheit der Sprecher** mit ihrem **Herkunftsland**. Im Text von Al-Najm erscheint die **Heimat als personifiziertes Gegenüber** des lyrischen Ichs. Durch diese Sprechsituation rückt der

Beziehungsaspekt in den Vordergrund. Zudem bekennt der Sprecher ausdrücklich: „Ich vermisse dich“ (V. 27). Die Sehnsucht nach der Heimat manifestiert sich ebenfalls im Gedicht von Brecht. Das lyrische Ich will dem **Heimatland auch in der Fremde so nah wie möglich sein**. Daher lebt es „möglichst nahe den Grenzen“ (V. 8). Seine ganze Konzentration ist auf das gerichtet, was in der Heimat passiert (vgl. V. 10 f.).

Unterschiede

Verschiedene Anlage der Gedichte

Dennoch sind auch deutliche **Unterschiede** zwischen beiden Texten festzustellen. Das trifft etwa auf die **Sprechsituation** zu. Das lyrische Ich im Gedicht „Über die Bezeichnung Emigranten“ macht sich zum Sprachrohr für die Gruppe der aus Deutschland Vertriebenen. Dadurch erhält der Text auch eine **politische Stoßrichtung**. Das Gedicht „Die Grenze der Angst“ ist dagegen als **vertraulicher Dialog** des lyrischen Ichs mit seinem Heimatland gestaltet. Im Vordergrund steht dabei das **individuelle Empfinden des Sprechers**. Allerdings kann man insbesondere in den Versen 9–13, in denen die Einschränkungen des geistigen Lebens in der Heimat verdeutlicht werden, ebenfalls eine politische Kritik vermuten.

Andere Sprachgestaltung

Während Al-Najm sein Verhältnis zur Heimat dabei eher in einer bildreichen Sprache thematisiert (vgl. insb. V. 2 f., 9–13, V. 17 f.), überwiegt bei Brecht ein reflektierend-beschreibender Gestus.

Gegensätzliche Haltung bezüglich der Rückkehr

Zudem unterscheiden sich beide Texte im Hinblick auf ihre **Zukunftsperspektive**. Das lyrische Ich im Brecht-Gedicht **stellt seine Rückkehr** in das eigene Land in Aussicht, es ist sogar der festen Überzeugung, dass alle Geflüchteten zurückkehren werden. Seinen Zustand beschreibt es als „[w]artend des Tags der Rückkehr“ (V. 9). Es weiß zwar um die große Schuld, die Nazi-Deutschland auf sich geladen hat, es sieht seine künftige Rolle in der Heimat jedoch offenbar auch als Ankläger („nichts verzeihend“, V. 12). Das lässt vermuten, dass der Sprecher eine Rückkehr nach Deutschland auch aus einem Gefühl der Verantwortung gegenüber seinem Land in Betracht zieht. Das lyrische Ich im Gedicht von Al-Najm kann sich dagegen **nicht vorstellen, wieder im Heimatland zu leben** (vgl. V. 4). Es begründet sein Unvermögen mit der **Angst**, die mit der Vorstellung einer möglichen Rückkehr verbunden ist (vgl. V. 23 f.).

Schluss

Exil als Leiderfahrung

Abschließend bleibt festzuhalten, dass die Erfahrung, das eigene Land aufgrund der dortigen Umstände verlassen und im Exil leben zu müssen, als äußerst schmerzhaft dargestellt wird. In beiden Texten kommt das **Leid infolge der Trennung von der Heimat** zum Ausdruck. Zugleich wird jedoch auch deutlich, dass es ganz **unterschiedliche Wege** gibt, mit dieser traumatischen Erfahrung **umzugehen:** Während Al-Najms Gedicht mit der deutlichen Artikulation des **Zwiespalts zwischen Liebe zu und Angst vor der Heimat** schließt, entlässt Brecht die Leserschaft mit der **Hoffnung** darauf, dass das **Exil enden** und die **Rückkehr möglich** sein wird.

Grundkurs Deutsch (Nordrhein-Westfalen): Abiturprüfung 2022
Analyse eines Sachtextes mit weiterführendem Schreibauftrag

Materialgrundlage

Thomas Eicher u. a.: Nur geträumt. Vorwort. In: Dies. (Hrsg.): Nur geträumt. Traumtexte der deutschsprachigen Literatur seit der Aufklärung. Dortmund: projekt verlag 1997 (Studienprojekte – Projektstudien; 1), S. 9–18, hier: S. 9, 12, 13, 15, 18.
Zitat-Quelle: Robert Seethaler: Der Trafikant. Zürich – Berlin: Kein & Aber 2012, S. 250.

Aufgaben

Punkte

1. Analysieren Sie den vorliegenden Auszug aus dem Vorwort „Nur geträumt" eines Sammelbandes von literarischen Traumdarstellungen im Hinblick auf die den Träumen allgemein zugesprochene Bedeutung und ihre Funktion in der Literatur. Berücksichtigen Sie dabei die unterschiedlichen Gestaltungsmöglichkeiten literarischer Träume. 36

2. *„7. Juni 1938*
   Der See hat auch schon bessere Zeiten gesehen, die Geranien leuchten in der Nacht, aber es ist ja ein Feuer, und getanzt wird sowieso immer, das Licht ver"

   Ordnen Sie den zitierten Traum des Protagonisten Franz vom Ende des Romans „Der Trafikant" in den Gesamtkontext ein und erschließen Sie die Bildlichkeit dieses letzten Traumnotats unter Beachtung des Textzusammenhanges. Erläutern Sie anschließend mithilfe der im Vorwort berücksichtigten Kriterien die Gestaltungsweise und mögliche Funktion des Traumzettels für den Romanabschluss. 36

Zugelassene Hilfsmittel:
- Wörterbuch zur deutschen Rechtschreibung
- Unkommentierte Ausgabe von Robert Seethaler „Der Trafikant" (liegt im Prüfungsraum zur Einsichtnahme vor)

Thomas Eicher u. a.
Nur geträumt. Vorwort[1] (1997)

[…] Träume haben seit jeher etwas Faszinierendes an sich. Zu allen Zeiten haben sie die Aufmerksamkeit der Künstler und Literaten auf sich ziehen können. Sie gelten als Bereich menschlicher Erfahrung, in dem die Wahrnehmungsfähigkeit gleichsam über sich selbst hinauswächst. In Träumen eröffnen sich Übergänge zur Transzendenz[2]; das Individuum vermag hier zu Einsichten über sich selbst und die Welt zu gelangen, die sich dem Wachbewußtsein verschließen. Hier hat die künstlerische Inspiration Quelle und Ort. […]

Literarische Träume gibt es, seit es Literatur gibt. Struktur, Intention und Funktion haben sich bei ihnen im Laufe der Zeit ebenso geändert, wie dies bei der Literatur selber der Fall ist. […] Träume können Einfluß auf die Handlung ausüben, wobei sie in unterschiedlichster Weise strukturbildend wirken können. Sie können sich genausogut auf die Atmosphäre auswirken, entweder für die handelnden Personen oder für den Leser, möglicherweise sogar für beide. Oder sie haben eine psychologische Funktion, wobei sie meistens ein Spiegelbild der augenblicklichen inneren Situation des Träumers sind. […]

Versucht man die Darstellungsproblematik literarischer Träume mit den Spezifika der Gattungen zusammenzubringen, so scheinen insbesondere Erzähltexte für eine sprachliche Abbildung von Träumen prädestiniert[3]. Aus diesem Grund kommt Schönau[4] zu zwei Formen der Traumdarstellung. Er nennt zum einen den *Traumbericht,* der entweder von einer handelnden Figur oder von einem Erzähler erstattet wird, und zum anderen das *Traumerlebnis,* „an dem (in der personalen Erzählsituation) mittels der Innensicht dann der Leser unmittelbar teilnehmen kann“. […]

Obwohl Traumtexte sich alle auf das Träumen als anthropologische Konstante[5] beziehen, nutzen sie diese doch in sehr unterschiedlicher Weise. Viele dieser Träume sind von dem, was wir als Traum empfinden, weit entfernt. Sie nutzen lediglich einige Möglichkeiten der Traumsituation um der Erweiterung der dichterischen Freiheit willen. Zu diesen erweiterten literarischen Möglichkeiten zählen die Aufhebung alltäglicher logischer, räumlicher und chronologischer Beziehungen (Gegenstände können sprechen, Menschen können fliegen, Reisen durch Raum und Zeit), die Möglichkeit zu Sprüngen und Brüchen in der Handlung, eine Veränderung im kommunikativen Verhalten der Personen (Unsagbares wird sagbar), etc. Mit diesen erweiterten Darstellungsmöglichkeiten, die vom Leser aufgrund seiner eigenen Traumerfahrung akzeptiert werden, kann durch die Traumform ein spannungssteigerndes, Aufmerksamkeit erregendes Element in den Text eingebracht werden. Dabei ist jedoch zu unterscheiden zwischen Träumen, die als authentisch, d. h. ‚traumrealistisch‘, erscheinen und solchen, die den Traum nur als literarische Darbietungsform nutzen. Obwohl die Authentizität eines artifiziellen[6] Traumes natürlich vom subjektiven Leseerlebnis abhängig ist, lassen sich einige Merkmale als ‚traumtypisch‘ festhalten. Hierzu zählen, neben den oben genannten durch die Traumform gegebenen erweiterten Darstellungsmöglichkeiten, die Identität von Träumendem und Traumfigur, die Aufhebung moralischer und gesellschaftlicher Konventionen und Tabus, ein Überwiegen von Bildwelt und

Handlung und die Verwendung traumtypischer Motive (z. B. Fliegen, Fallen, Verfolgtwerden, Eingesperrtsein). Als traumuntypisch hingegen wird ein starkes Überwiegen der Sprache gegenüber der Handlung, der fehlende Bezug des Traums zum Träumer, eine komplizierte, mehrschichtige Handlung mit einer Vielzahl handelnder Personen, die Vorausschau auf tatsächlich Eintretendes und der Zugang zu Informationen und Wissen, die der Träumer nicht (auch nicht intuitiv[7]) haben kann, empfunden. Zwischen diesen beiden Polen gibt es eine Vielzahl von Spielarten, wobei der Grad der Authentizität eines Traumes nicht zwangsläufig mit seinem literarischen ‚Wert' übereinstimmen muß. […]

Träume eignen sich in besonderer Weise dazu, Erzähltes symbolisch und (leit-)motivisch zu verdichten. Nicht selten bilden sie Schaltstellen im Erzählvorgang, etwa indem sie die Figurenzeichnung abrunden, Handlungsmotivationen offenlegen oder in anderen Kontexten bereits Entfaltetes durch eine Wiederaufnahme neu bewerten.

Quelle: Thomas Eicher u. a.: Nur geträumt. Vorwort. In: Dies. (Hrsg.): Nur geträumt. Traumtexte der deutschsprachigen Literatur seit der Aufklärung. Dortmund: projekt Verlag 1997 (Studienprojekte – Projektstudien; 1), S. 9–18, hier: S. 9, 12, 13, 15, 18

Anmerkungen:

1 *Vorwort:* Das Vorwort ist unterzeichnet mit „Die Herausgeber", das Titelblatt führt zwölf Namen für die Herausgeberschaft an. Wie üblich in solchen Fällen wird hier nur der erste Name aufgeführt, die weiteren als „u. a." angegeben. Aus Gründen der besseren Lesbarkeit wurden die Fußnoten aus dem Originaltext nicht übernommen.

2 *Transzendenz:* das jenseits der Erfahrung des Gegenständlichen Liegende, Überschreiten der Grenzen der Erfahrung und des Bewusstseins

3 *prädestiniert:* hier: geeignet

4 *Schönau:* Walter Schönau, ein in vorhergehenden Textpassagen bereits genannter Literaturwissenschaftler. Seinem Aufsatz über „Erdichtete Träume" ist auch das angeführte Zitat zuzuordnen.

5 *anthropologische Konstante:* allen Menschen grundsätzlich zukommende Fähigkeit

6 *artifiziell:* künstlich, bewusst erdacht

7 *intuitiv:* unmittelbar verständlich, mittels Eingebung erkannt

Teilaufgabe 1

Hinweise und Tipps

Welche Aufgabenart liegt vor und wie sind die Teilaufgaben gewichtet?
Die Aufgabenstellung entspricht dem ***Aufgabentyp II a,*** *der* ***Analyse eines Sachtextes mit weiterführendem Schreibauftrag****. Die Gewichtung der Teilaufgaben ist gleichwertig, da für beide 36 Punkte vergeben werden. Dies sollten Sie bei der Zeiteinteilung beachten.*

Was verlangt die Aufgabenstellung von mir?
Der Operator „Analysieren" verlangt von Ihnen, dass Sie den Sachtext umfassend auf ***inhaltlicher und sprachlich-formaler Ebene*** *untersuchen, wobei eine Fokussierung in der Aufgabenstellung vorgenommen wird. So soll geklärt werden, welche* ***Bedeutung Träumen allgemein*** *zugeschrieben wird und welche* ***Funktion*** *ihnen speziell* ***in der Literatur*** *zukommt. Zudem soll auf die* ***Gestaltungsmöglichkeiten*** *von literarischen Träumen eingegangen werden.*

Wie gehe ich bei der Bearbeitung der Aufgabe sinnvollerweise vor?
Sie sollten sich den Sachtext mehrmals durchlesen. Sie können den Textauszug schon beim ersten Lesedurchgang in ***Sinnabschnitte*** *gliedern, da sich Ihnen so der* ***Aufbau des Textes*** *erschließt. Anschließend sollten Sie in einem weiteren Lesedurchgang die* ***sprachlich-stilistische Gestaltung*** *des Textes genauer untersuchen. Diese wird zwar in der Aufgabenstellung nicht konkret von Ihnen eingefordert, muss aber berücksichtigt werden. Markieren Sie sprachliche Auffälligkeiten am besten farbig und klären Sie ihre Funktion. Hiernach sollten Sie die in der Aufgabenstellung angesprochenen* ***Aspekte herausarbeiten*** *und Ihre Ergebnisse in Stichpunkten festhalten.*

Wie kann ich meinen Aufsatz strukturieren?
Zuerst verfassen Sie eine ***Einleitung****, in der die Textsorte, der Autor, der Titel des Werkes, das Erscheinungsjahr sowie das Thema des Textauszuges genannt werden. Im* ***Hauptteil*** *analysieren Sie den Sachtext. Hier bietet es sich an, zuerst eine kurze* ***inhaltliche Zusammenfassung*** *der* ***Sinnabschnitte*** *vorzunehmen. Danach können Sie auf die in der Aufgabenstellung genannten* ***Aspekte*** *eingehen. Es empfiehlt sich, dabei der Textchronologie zu folgen. Die sprachliche Gestaltung können Sie hier schon berücksichtigen, im nachfolgenden Lösungsvorschlag wurde deren Untersuchung allerdings an die inhaltliche Betrachtung angefügt, da dies eine summarischere Darstellung der Sprachgestaltung erlaubt. Im* ***Schlussteil*** *sollten Sie Ihre Ergebnisse in einem Fazit zusammenfassen, das möglicherweise bereits eine* ***gedankliche Überleitung*** *zur zweiten Teilaufgabe erlaubt.*

Lösungsvorschlag

Der vorliegende Textauszug entstammt dem Vorwort des Sammelbandes „Nur geträumt. Traumtexte der deutschsprachigen Literatur seit der Aufklärung", welcher von Thomas Eicher im Jahr 1997 in

Einleitung
Grundinformationen zum Textauszug

Dortmund herausgegeben wurde. In dem Auszug wird die Art der **Darstellung von Träumen in der Literatur** sowie die **Funktion**, die **Träumen in literarischen Texten** zukommt, erläutert.

Hauptteil

Einteilung in Sinnabschnitte und erste Inhaltserfassung

Der Text lässt sich in fünf Abschnitte unterteilen. So wird im ersten Abschnitt (Z. 1–7) die Bedeutung von Träumen als Medium **tieferer Erkenntnisse** sowie als **Inspirationsquelle** für Schriftsteller beschrieben. Der zweite Abschnitt (Z. 8–15) stellt die **Kontinuität literarischer Traumdarstellungen** in der Literaturgeschichte ebenso heraus wie die **Veränderungen**, die diese über die Zeit im Hinblick auf Gestaltung, Aussageabsicht und Funktion erfahren haben. Im dritten Teil (Z. 16–22) wird betont, dass sich als literarische Gattung für die Darstellung von Träumen die **Epik** als besonders geeignet erwiesen habe und hierbei zwei Grundformen von Traumdarstellungen dominieren: der **Traumbericht** und das **Traumerlebnis**. Im vierten Abschnitt (Z. 23–50) legen die Verfasser dar, dass Traumtexte das Spektrum der Darstellungsmöglichkeiten verbreitern würden, indem sie die **Einbettung fantastischer, kaum realistischer Elemente** erlaubten. Die Akzeptanz der Leserschaft gegenüber solchen Elementen erklären sie damit, dass das Träumen eine **menschliche Grunderfahrung** sei. Dabei unterscheiden die Herausgeber zwischen Träumen, die Leserinnen und Leser als **traumrealistisch bzw. traumtypisch** gelten, und solchen, die als **traumuntypisch** anzusehen seien. Im letzten Abschnitt (Z. 51–54) wird auf die **erzählerische Funktion** von Träumen in der Literatur eingegangen: So würden sie oft an **Schlüsselstellen** eingebracht, um bestimmte Aspekte mithilfe **symbolischer Verdichtung** hervortreten zu lassen.

Bedeutung von Träumen allgemein

Die Verfasser unterlegen ihrer literaturwissenschaftlichen Auseinandersetzung mit literarischen Träumen eine allgemeine Annahme: Träumen ist für sie eine **grundlegende menschliche Erfahrung**, die von einer gesteigerten „Wahrnehmungsfähigkeit" (Z. 3) geprägt ist und die Möglichkeiten des Menschen erweitern, sowohl das eigene **Ich** als auch die **Welt besser zu verstehen** (vgl. Z. 4 ff.).

Funktion von Träumen in der Literatur

Literarischen Träumen werden vor diesem Hintergrund verschiedene Funktionen zugesprochen: Sie hätten im Hinblick auf die träumenden Figuren oft eine **psychologische Bedeutung**. So würden in Träumen die innere Verfassung einer Figur oder die Beweggründe für bestimmte Handlungen dargelegt (vgl. Z. 13 f., 53). Sie könnten aber auch die Handlung beeinflussen (vgl. Z. 10) oder zur Gestaltung der Atmosphäre genutzt werden (vgl. Z. 11 f.). Für die Autorinnen und Autoren würden Traumdarstellungen „die dichterische[] Freiheit" (Z. 26) **erweitern**, indem sie die Gestaltung von unrealistischem Geschehen ermöglichten. Häufig wird damit laut den Verfassern auch die **erzählerische Dramaturgie** gesteuert, beispielsweise wenn die Träume die Spannung steigern (vgl. Z. 33 f.) oder als „Schaltstellen im Erzählvorgang" (Z. 52) fungieren. Träume könnten zudem bereits

Erzähltes symbolisch verdichten, d. h. in bildlich-komprimierter Form **veranschaulichen** (vgl. Z. 51 f.), oder zur **Aufmerksamkeitssteuerung** genutzt werden (vgl. Z. 33 f.) – sie seien zum Teil aber auch Anlass zur **Neubewertung** des Erzählten.

Gestaltungsmöglichkeiten literarischer Träume

Träume werden – so die Verfasser – vor allem in **Erzähltexten** verwendet, aber ganz **verschiedenartig** gestaltet. Die zwei Grundformen der **erzählerischen Darbietung** unterscheiden sich – so darf man schließen – auch hinsichtlich ihrer Wirkung: In höherem Maße als der von einer Figur oder dem Erzähler erstattete **Traumbericht** erlaube es das personal erzählte **Traumerlebnis**, sich in das Geschilderte hineinzuversetzen. Darüber hinaus heben die Verfasser eher **traumtypische** von eher **traumuntypischen** Darstellungen ab. So würden sich traumtypische Darstellungen etwa dadurch auszeichnen, dass die Logik und die Gesetze von Zeit und Raum ebenso bewusst außer Acht gelassen würden (vgl. Z. 27 ff.) wie ein folgerichtiger Ablauf des Geschilderten (vgl. Z. 29 f.) oder das gewohnte kommunikative Verhalten bestimmter Personen (vgl. Z. 30 f.). Als weitere Kennzeichen nennen die Verfasser summarisch die **Entsprechung von Träumendem und Traumfigur**, den **Wegfall gesellschaftlicher und moralischer Normen**, die Dominanz von **Bildwelt** und **Handlung** gegenüber der Sprache und **traumtypische Motive** wie das Fliegen, Verfolgtwerden oder Eingesperrtsein (vgl. Z. 40–42). Als traumuntypisch seien demgegenüber literarische Träume auszumachen, bei denen die **sprachliche Darstellung** und nicht die Handlung im Vordergrund stehe und auch **keine** schlüssige **Verbindung** zwischen **Traum** und dem **Träumenden** existiere. Ebenso charakteristisch sind laut den Verfassern eine **mehrdimensionale Handlung** mit **großem Figurenensemble** sowie Bezüge zu einem Wissen, in dessen Besitz der Träumende gar nicht sein kann (vgl. Z. 43–47).

Gestalterische Aspekte des Sachtextes

Der Textauszug dürfte sich an eine an dem Thema **interessierte Leserschaft** richten. Indirekt adressieren die Verfasser diese, indem sie Leserinnen und Lesern von Traumtexten ein „subjektive[s] Leseerlebnis" (Z. 37) zugestehen. Die Verfasser verwenden einen bildungssprachlichen Stil („prädestiniert", Z. 18; „artifiziellen", Z. 37) und teilweise Fachbegriffe („(leit-)motivisch", Z. 51 f.), um die eigene **fachliche Versiertheit** bezüglich des Themas herauszustellen. Sie untermauern diese noch mithilfe eines Autoritätsarguments, indem sie sich auf einen Literaturwissenschaftler beziehen (vgl. Z. 19). Wiederholt **fächern** sie Aspekte von (literarischen) Träumen mithilfe von eher **kurzen Sätzen** (vgl. Z. 2–7), **summarischen Aufzählungen** (vgl. Z. 27–31) oder **Beispielen** (vgl. Z. 42 f.) auf und versuchen damit, das Thema greifbarer werden zu lassen. Obwohl durchaus viele hypotaktische Sätze im Text auszumachen sind, hat dieser bisweilen einen stakkatoartigen Stil, weswegen er in manchen Teilen einem **Lexikonartikel**, der prägnant über ein Thema informiert, ähnelt. Der überwiegend **sachliche Grundgestus** des Textes wird allerdings an verschiedenen Stellen beispielsweise durch Metaphern („Spiegelbild", Z. 14; „Schaltstellen", Z. 52) aufgelockert. Insbesondere der erste Absatz scheint mit seinen expliziten („Faszinierendes", Z. 1) und impliziten („hinauswächst", Z. 4; „Inspiration", Z. 6) **Bewertungen Interesse** für das Thema **wecken** zu wollen.

Fazit

Insofern erfüllt der Text die Funktion, die ein **Vorwort** in der Regel hat: Er versucht zum **Weiterlesen** zu animieren, **führt** aber zugleich in grundlegende Aspekte literarischer Traumdarstellungen **ein** und gibt damit eine **Orientierung** für die Rezeption der in dem Sammelband zusammengesellten Traumtexte, denen sich die Leserinnen und Leser nach dem Vorwort zuwenden dürften.

Teilaufgabe 2

Hinweise und Tipps

Was verlangt die Aufgabenstellung von mir?
*In der zweiten Teilaufgabe wird der Bezug zu Robert Seethalers Roman „Der Trafikant" hergestellt. Im Zentrum steht das **letzte** von Franz verfasste **Traumnotat**.*
*Die Aufgabenstellung enthält zwei Arbeitsaufträge: So wird zum einen gefordert, den Traum in den Gesamtzusammenhang des Romans **einzuordnen** und die in der Notiz vorhandene **Bildlichkeit** mit Blick auf den Roman zu **erschließen**. Zum anderen sollen Sie die in Teilaufgabe 1 herausgearbeiteten **Kriterien** auf den Traum beziehen, indem sie diese für eine **Erläuterung** seiner **Gestaltungsweise** und seiner **Funktion** für den Romanabschluss nutzen.*

Wie gehe ich bei der Bearbeitung der Aufgabe sinnvollerweise vor?
*Zunächst vergegenwärtigen Sie sich am besten die **Elemente der Handlung**, die für die **Einordnung** des Traumzettels in den **Romanzusammenhang** zentral sind. Das Ziel ist es dabei nicht, die Romanhandlung zusammenzufassen – vielmehr gilt es, den **Hintergrund** der Traumzettel (u. a. Freuds Empfehlung, Auseinandersetzung mit dem eigenen Gefühlsleben …) zu skizzieren sowie den **Zeitpunkt des Traums** (kurz vor Verhaftung) und dessen **Einbettung in den Roman** (Anezkas Fund zu späterem Zeitpunkt) zu beschreiben. Um die **Bildlichkeit** des Traums erschließen zu können, sollten Sie den letzten Traumzettel gezielt durchgehen und überlegen, auf welche **Stellen bzw. Elemente** des Romans sich die Wörter bzw. Satzteile beziehen und welche **Bedeutung** diese Stellen und Elemente haben (z. B.: Welche Bedeutung hat der See?). Berücksichtigen Sie bei Ihren Überlegungen auch, dass das letzte Wort vervollständigt werden muss.*
*Fertigen Sie danach Notizen dazu an, welche im Vorwort genannten **Gestaltungsaspekte** sich in dem Traumzettel wiederfinden (z. B.: Ist er eher traumtypisch oder traumuntypisch angelegt?).*

*Um die **Funktion** des Notats für den **Romanabschluss** erläutern zu können, bietet es sich an, sich nochmals die Funktionen in Erinnerung zu rufen, die im Vorwort beschrieben werden, und diese dann auf den Roman zu beziehen.*

Wie kann ich meinen Aufsatz strukturieren?
*Sie beginnen die zweite Teilaufgabe mit einer **aufgabenbezogenen Überleitung**, welche die beiden Teilaufgaben inhaltlich miteinander verknüpft. Gehen Sie nun gemäß der Struktur vor, die Ihnen durch die zweigeteilte Aufgabenstellung vorgegeben wird. Vergewissern Sie sich, dass Ihr Aufsatz alle genannten Aspekte der komplexen Aufgabenstellung beinhaltet. Ihre Ergebnisse können durch ein **Fazit** abgerundet werden.*

Was gibt es bei dieser Aufgabe sonst noch zu beachten?
Es ist wichtig, dass Sie eine fundierte Kenntnis des Romangeschehens besitzen, um vor allem bei der Frage nach der Bildlichkeit des Traumnotats sicher und zügig auf bestimmte Textstellen verweisen zu können.

Lösungsvorschlag

Aufgabenbezogene Überleitung

Wie die Verfasser des Vorworts beschreiben, sind literarische Traumdarstellungen sowohl hinsichtlich ihrer Gestaltungsweisen als auch im Hinblick auf ihre Funktionen äußerst vielfältig. In Robert Seethalers Roman „Der Trafikant“ spielen die Träume des jungen Protagonisten Franz Huchel eine wichtige Rolle. Das Ziel der folgenden Ausführungen ist es, zu beschreiben, in welcher Weise sich der letzte in den Roman eingefügte Traumzettel mit den von den Verfassern genannten Kriterien erfassen und deuten lässt.

Hauptteil

Einordnung in den Gesamtzusammenhang des Romans

Um diesen besser verstehen zu können, ist eine **Einordnung** in den Gesamtkontext des Romans hilfreich: Der Psychoanalytiker Sigmund Freud hat Franz geraten, seine Träume zu verschriftlichen, weil diese ihm Aufschluss über seine Gefühlswelt – die sich vor allem wegen einer jungen Frau namens Anezka in Aufruhr befindet – geben könnten. Franz hat daraufhin jeden Morgen seine Träume aufgeschrieben und diese anschließend sogar an der Eingangstür der Trafik angebracht, die er seit der Festnahme von deren Besitzer Otto Trsnjek durch die Nationalsozialisten führt. Das letzte Traumnotat bezieht sich inhaltlich auf den **kurzen Traum**, den Franz in der **Nacht vor seiner Verhaftung** träumt. Er wird verhaftet, als er das Traumnotat an der Ladentür der Trafik anbringt. Jahre später, kurz vor dem Ende des Krieges, kommt Anezka an dem Laden vorbei und weiß intuitiv, dass es sich bei dem verwitterten Zettel, dessen untere Hälfte fehlt, um eine Notiz von Franz handelt. Nachdem Anezka den Zettel eingesteckt hat, wird sie vieler, sich rasch nähernder alliierter Bomber gewahr, vor denen sie sich in Sicherheit zu bringen versucht.

Erschließung der Bildlichkeit

Der im letzten Traumnotat von Franz erwähnte **See** steht für seine **Kindheit und Jugendzeit** in Nußdorf am Attersee. Den See kann man als einen **Ort der Sehnsucht** nach einer vergangenen (heileren) Zeit verstehen, insbesondere in Anbetracht der personifizierenden Notiz, der See hätte „schon bessere Zeiten gesehen". Im Romanverlauf schickt die Mutter Franz mehrere Postkarten mit dem See als Motiv und posiert einmal für ein Foto vor diesem. Kurz vor Franz' Verhaftung geht die Mutter nachts zum See und hat das diffuse Gefühl, dass ihr Sohn in Gefahr schwebt (vgl. S. 244).

Die **Geranien**, die als farbintensive Blumen eigentlich eher positiv konnotiert sind und deren Leuchten an einer Stelle des Romans zuvor als „Hoffnungsschimmer" (S. 8) erscheint, werden im Roman aber auch insofern negativ aufgeladen, als sie an zwei wichtigen Stellen von **Unheil** künden: Beim Unwetter, das Alois Preininger, der die Mutter finanziell unterstützt hat, das Leben kostet und so mittelbar das Leben des Jungen nachhaltig verändert, sind einige Geranien geköpft und ertränkt worden (vgl. S. 7). Und bei der Verhaftung von Franz vor dem Laden schneidet ein Nachbar einer Geranie den Blütenkopf ab, welcher dann leuchtend auf dem Gehsteig liegen bleibt (vgl. S. 246). Dies dürfte nicht nur einen **Rückbezug** zum Anfang des Romans darstellen, sondern auch eine **Vorausdeutung** auf Franz' Schicksal sein.

Das **Tanzen** in Franz' Traumnotat erinnert sowohl an seinen Tanz mit Anezka auf dem Prater als auch an ihre Darbietungen als Solotänzerin. Somit bezieht es sich auf sein Leben in Wien bzw. auf seine **Schwärmerei** für Anezka. In dem Teilsatz „getanzt wird sowieso immer" stechen besonders die beiden letzten Wörter hervor – sie kennzeichnen das Tanzen als eine Form der **Zerstreuung**, die nie, auch in Kriegszeiten nicht, zu einem Stillstand kommt.

Zu dem Begriffsfeld „**Licht**" lassen sich sowohl der Begriff des Feuers als auch die Wörter „leuchten" und die Wendung „in der Nacht" in Bezug setzen. Das „ver" lässt sich vermutlich zu „verlischt" vervollständigen. Dies kann erneut als eine Vorausdeutung verstanden werden, da Franz vermutlich ums Leben kommt. Der Begriff des Feuers in dem Traumnotat wird möglicherweise ambivalent verwendet. Er könnte für Franz' Leidenschaft für Anezka stehen, sodass das Wort positiv konnotiert wäre (vgl. S. 94). Feuer besitzt umgekehrt aber auch eine alles **zerstörende, verzehrende Kraft**.

Gestaltungsweise des Traumzettels

Wie die Erschließung der Bildlichkeit zeigt, ist das Traumnotat von einer hochgradigen **symbolischen** und **leitmotivischen Verdichtung** gekennzeichnet, da zuvor Erzähltes in komprimierter Weise in den Traum einfließt. Dabei lässt sich der Traumzettel eher der Darbietungsform des **Traumberichts** zuordnen, da es sich nicht um eine unmittelbare Wiedergabe, sondern um eine **nachträgliche Verschriftlichung** der Traumerinnerungen handelt. Darüber hinaus ist die Traumdarstellung **zwischen den beiden Polen** „traumtypisch" und „traumuntypisch" zu verorten. **Traumtypisch** ist die ausgeprägte **Bildlichkeit**. Auf eine chronologische, räumliche oder logische Abfolge wird ebenfalls verzichtet. Das könnte allerdings mehr auf die Fragmenthaftigkeit der Erinnerungen als auf die **Traumhandlung** selbst zurückzuführen sein. Die Handlung **überwiegt** auch **nicht** in der Traumdarstellung, da vor allem äußere Eindrücke von der Szenerie wiedergegeben werden. Traumuntypisch wirkt zudem die **unpersönliche Schilderung**, in der es keine identifizierbare Traumfigur gibt, die dem Träumenden entsprechen könnte. Allerdings ist der **Bezug des Träumenden zu dessen Erlebniswelt** (See, Geranien, Tanz) offensichtlich, was wiederum für eine traumrealistische Darstellung spricht.

Funktion des Traumzettels für den Romanabschluss

Eine **kompositorische Funktion** dieses letzten Traumnotats darf man in der **Rahmung** sehen, die sich durch die Verknüpfung mit dem Romananfang über die Elemente „See" und „Geranien" ergibt. Das Traumnotat stellt zudem die **einzige Verbindung** dar, die Anezka noch zu Franz besitzt. Dass sie den Zettel, der ja über das Tanzen auf seine Liebe zu Anezka anspielt, mit sich nimmt, könnte darauf hindeuten, dass ihr die Beziehung zu Franz **nicht vollkommen gleichgültig** ist. Nicht nur in dieser Hinsicht trägt das Notat zur **Figurenzeichnung** bei: In seiner symbolischen Verdichtung richtet es den Blick der Lesenden noch einmal **schlaglichtartig** auf **wichtige Bezugspunkte** in Franz' Leben (Heimat, Liebe), deutet aber zugleich auch auf deren **Vergänglichkeit** hin („schon bessere Zeiten gesehen", „Feuer", „Licht ver"). Durch die Einbettung des Notats am Romanende wird so auch nahegelegt, dass Franz **ums Leben gekommen** ist.

Vor diesem Hintergrund kommt dem Traumzettel – insbesondere als letzter im Roman präsentierter Äußerung von Franz – auch eine **atmosphärische Funktion** zu: Er erzeugt angesichts der offensichtlichen Unwiederbringlichkeit des Erlebten, die sich auch im schlechten Zustand des Zettels und insgesamt der Trafik zeigt, eine **von sentimentaler Erinnerung an das Verlorene geprägte Stimmung**.

Schlussgedanke

Insgesamt stützt die Integration des Traumnotats am Ende des Romans so die Vermutung, dass Franz den **politischen Verhältnissen zum Opfer** gefallen ist. Ob Anezka, die sich den Verhältnissen flexibel angepasst hat, am Ende überleben oder ob sie beim Luftangriff der Alliierten ebenfalls sterben wird, bleibt offen.

Abiturprüfung NRW – Deutsch 2023
Grundkurs

Um Ihnen die Prüfung 2023 schnellstmöglich zur Verfügung stellen zu können, bringen wir sie in digitaler Form heraus.

Sobald die Original-Prüfungsaufgaben 2023 freigegeben sind, können sie als PDF auf der Plattform **MyStark** heruntergeladen werden (Zugangscode vgl. Umschlaginnenseite).

Aktuelle Prüfung

www.stark-verlag.de/mystark

PRÜFUNGS-ANGST

STOPP DIE PANIK

Mit der Fußsohlen-Methode

Prüfungen können Angst- und Fluchtsituationen sein. Dein Körper schüttet Adrenalin aus und dämpft das Gefühl in den Füßen. Z. B. beim Weglaufen ist es gut, wenn man die Füße nicht spürt. Eine Prüfung ist aber **keine Gefahrensituation**. Signalisiere deinem Körper, dass du nicht weglaufen musst, und bring das Gefühl in deine Füße zurück:

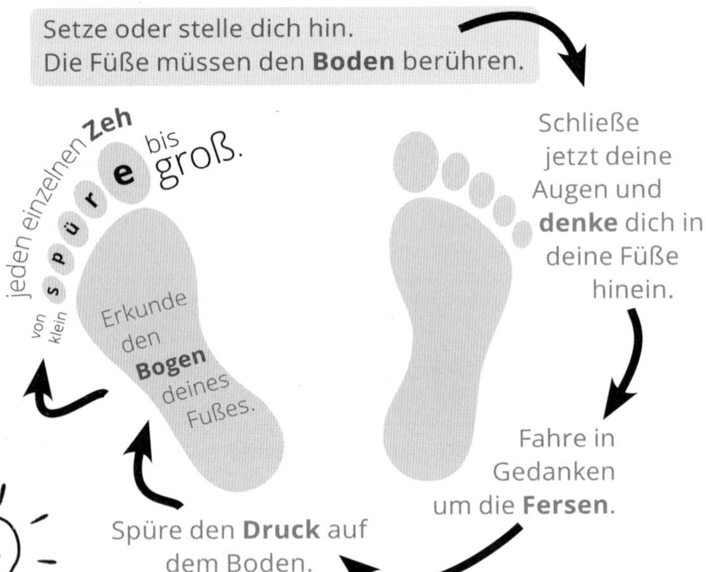

Dein Körper **fühlt** die Füße wieder und denkt, er sei in keiner Panik-Situation, sondern in **Sicherheit**.